biblio **Roman** collège

Au Bonheur des Dames

ÉMILE ZOLA

Notes, questionnaires et dossier Bibliocollège
par Isabelle de LISLE,
agrégée de Lettres modernes
professeur en collège et en lycée

Crédits photographiques :

pp. 4 (détail) et **p. 253 :** Portrait d'Émile Zola par Édouard Manet, 1868, © Photothèque Hachette Livre.

pp. 5, 9, 10, 11, 35, 110,124,157, 168, 224,251 : © Photothèque Hachette Livre. **p. 27 :** Œuvres complètes illustrées d'Émile Zola, t. XI, *Au Bonheur des Dames*, éd. « ne variatur », © éd. Fasquelle, Paris 1906, BNF. **pp. 28 et 61 :** © BNF, Estampes et Photographie. **p. 162 :** © Cartographie Hachette Éducation. **p. 240 :** Photo © Archives Le Bon Marché Rive Gauche. **p. 254 :** Portrait de Madame Berthe Morisot par elle-même © Photothèque Hachette Livre.

Couverture : Publicité pour Le Bon Marché à Paris. Chromolithographie de la fin du XIXe siècle. © Abecasis Leemage. **Plat 2 de couverture :** Photo : © Leemage/FineArtImages. **Plat 3 de couverture :** © Photo : Leemage/Photo Josse.

Conception graphique

Couverture : *Stéphanie Benoit*

Intérieur : GRAPH'in-folio

Mise en page

APS

Dossier pédagogique téléchargeable gratuitement sur :
www.enseignants.hachette-education.com

ISBN : 978-2-01-394963-7

www.parascolaire.hachette-education.com

Sommaire

❶ L'auteur

❷ *Au Bonheur des Dames*

❸ Dossier Bibliocollège

L'essentiel sur l'auteur

Émile Zola, romancier et journaliste français du XIXe siècle, est le chef de file du mouvement naturaliste.

Publié en 1883, *Au Bonheur des Dames*, est le onzième volume de la série des *Rougon-Macquart, Histoire naturelle et sociale d'une famille sous le Second Empire*, un ensemble de vingt romans indépendants mais reliés par la généalogie des personnages.

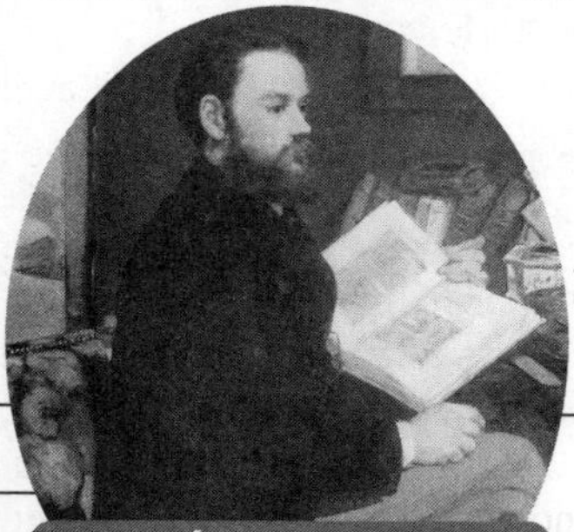

ÉMILE ZOLA
(1840-1902)

Ses contemporains :
- Les peintres impressionnistes Paul Cézanne, Édouard Manet, Claude Monet et Auguste Renoir.
- Le romancier Guy de Maupassant (1850-1893), auteur de *Une vie* (1883) et *Bel-Ami* (1885).

Des personnalités-clés :
- L'écrivain réaliste Gustave Flaubert (1821-1880), auteur de *Madame Bovary* en 1857.
- Le baron Haussmann, maître d'œuvre de la transformation de Paris.
- Le capitaine Dreyfus pour la défense de qui Zola écrit « J'accuse... ! » en 1898.

Biographie

Émile Zola
naît en 1840, dix ans après le décès de Balzac, la grande figure du réalisme. Sur les traces de son aîné, Zola, journaliste engagé, inaugure le naturalisme, un mouvement littéraire qui revendique une dimension scientifique et marque profondément le genre romanesque français.

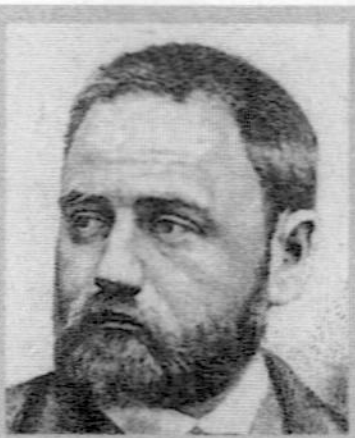

Identité :
Émile Zola

Naissance :
2 avril 1840, à Paris

Décès :
29 septembre 1902 (à 62 ans) à Paris

Genres pratiqués :
journalisme, roman

▶ Une enfance entre Paris et la Provence

Fils d'un ingénieur italien, Émile Zola naît le 2 avril 1840 à Paris. Lorsque, en 1843, son père est chargé de construire un système destiné à améliorer l'alimentation de la ville d'Aix-en-Provence en eau, la famille Zola part s'installer dans le Sud de la France. En 1847, le père d'Émile Zola décède et la famille connaît des difficultés financières.

À Aix-en-Provence, Émile se lie d'amitié avec Paul Cézanne qui deviendra quelques années plus tard un peintre impressionniste connu ; Zola en fera le portrait dans un de ses romans, *L'Œuvre*, paru en 1886. Les deux jeunes gens se plaignent de la petite vie qu'ils mènent et rêvent de devenir poètes.

La famille Zola s'installe à Paris et, en 1859, Émile échoue au baccalauréat. Sans travail et sans argent, il participe à la vie bouillonnante de la capitale et fréquente les artistes, Manet, Monet, Renoir…

Paul Cézanne et l'impressionnisme

Paul Cézanne (1839-1906) est un peintre impressionniste français considéré comme le précurseur d'un des courants de la peinture du XXe siècle (le cubisme). Il a beaucoup représenté la Provence, notamment La Montagne Sainte-Victoire.

Le terme d'impressionnisme, créé par la critique pour se moquer d'un tableau de Monet, regroupe des peintres qui ont choisi de quitter leurs ateliers pour peindre en plein-air et qui, abandonnant un tracé précis, privilégient les couleurs et la lumière.

SAINTE-BEUVE, TAINE ET LITTRÉ

- Charles-Augustin de Sainte-Beuve (1804-1869) est un critique littéraire.
- Hippolyte Taine (1828-1893) est un philosophe et un historien.
- Émile Littré (1807-1881), philosophe et homme politique, est surtout connu pour son *Dictionnaire de la langue française* appelé « le Littré ».

LE NATURALISME

Le naturalisme est un mouvement littéraire et artistique du XIXe siècle qui vise à reproduire la réalité avec une objectivité parfaite et dans tous ses aspects.
Émile Zola, le chef de file des romanciers naturalistes, cherche à montrer que les hommes sont déterminés par leur hérédité et leur milieu social (voir page 248).

▶ Premiers succès

Les premières publications

En 1862, Zola est engagé chez Hachette comme chef de la publicité, ce qui lui permet de rencontrer des auteurs comme Sainte-Beuve, Taine ou Littré à qui il voue une grande admiration.
Dans le même temps, il publie dans des revues des nouvelles, tantôt réalistes, tantôt fantastiques. Il les réunit dans ses *Contes à Ninon* qui paraissent en 1864, suivis, en 1865, par un roman autobiographique, *La Confession de Claude*. À partir de 1866, il tente de vivre de sa plume et publie différents articles dans des revues : il est critique d'art mais aussi journaliste politique. Les articles qu'il écrit après 1868 témoignent de son opposition à l'Empire (Napoléon III est empereur de 1851 à 1870).
En 1865, il fait la connaissance de Gabrielle Alexandrine Meley qu'il épouse en 1870.

Le succès littéraire : *Thérèse Raquin*

Publié en 1867, *Thérèse Raquin* est un succès. En 1868, dans la préface qu'il rédige pour la deuxième édition de ce roman, Zola affirme appartenir à un groupe d'écrivains « naturalistes ». Il fréquente alors les frères Goncourt, deux écrivains réalistes, et fait la connaissance de Gustave Flaubert dont le roman *Madame Bovary*, inspiré d'un fait divers, a fait grand bruit lors de sa parution en 1857. C'est également à ce moment-là qu'il forme le projet de composer une grande fresque romanesque : *Les Rougon-Macquart, Histoire naturelle et sociale d'une famille sous le Second Empire*. Les deux premiers volumes, *La Fortune des Rougon* et *La Curée*, paraissent en 1871 et 1872.

▶ Les Rougon-Macquart : un ensemble de romans naturalistes

Le travail préparatoire

Zola réunit une documentation très importante pour chacun de ses romans; il va sur le terrain, dans les mines pour *Germinal* ou dans le grand magasin parisien *Au Bon Marché* pour *Au Bonheur des Dames*. Il bâtit avec minutie le plan de chaque histoire, répertorie ses personnages sur des fiches.

Vingt romans

Ce travail préparatoire important ne retarde pas pour autant la parution des romans qui se succèdent à un rythme soutenu : *Le Ventre de Paris* (1873), *La Conquête de Plassans* (1874), *La Faute de l'abbé Mouret* (1875), *Son excellence Eugène Rougon* (1876), *L'Assommoir* (1877)... Le dernier roman, *Le Docteur Pascal*, paraît en 1893. Entre-temps, les lecteurs découvrent *Nana* (1880), *Au Bonheur des Dames* (1883), *Germinal* (1885), *La Bête humaine* (1890)... Vingt romans en tout.

Au cœur de la vie intellectuelle parisienne

Parallèlement, Zola continue d'écrire des articles dans lesquels il défend ses amis peintres et sa conception d'un roman scientifique. Chef de file du naturalisme, le romancier fréquente les grands écrivains de son temps tels Gustave Flaubert ou Guy de Maupassant.

▶ La remise en question du naturalisme

Dans les années 1890, le naturalisme est remis en question et l'on reproche à Zola son goût pour la représentation de la misère. D'autres courants littéraires voient le jour, comme le symbolisme par exemple. Zola se lance alors dans une nouvelle série, *Les Trois Villes* : *Lourdes* (1884), *Rome* (1896) et *Paris* (1898). Un autre projet se forme également, *Les Quatre Évangiles*, mais il restera inachevé.

De 1871 à 1893 : Publication des 20 romans des Rougon-Macquart.

◗ PEINTURE DES MILIEUX

Zola place ses personnages dans des milieux différents : les faubourgs parisiens pour *L'Assommoir*, les mines du Nord pour *Germinal*, le monde des trains pour *La Bête humaine*...

◗ LE SYMBOLISME

Le mouvement symboliste réunit des artistes (écrivains, peintres, musiciens) qui, en réaction au naturalisme, cherchent à suggérer les nuances les plus subtiles, à évoquer les états d'âme.

L'AFFAIRE DREYFUS (1894-1906)

En 1894, dans un contexte propice à l'antisémitisme, le capitaine Dreyfus est injustement accusé de trahison et condamné. Pendant douze ans, la France est profondément divisée : dreyfusards et anti-dreyfusards s'affrontent. Le capitaine condamné sera innocenté et réhabilité en 1906.

▶ L'engagement en faveur de Dreyfus

Les dernières années du siècle sont principalement marquées par l'engagement d'Émile Zola en faveur du capitaine Dreyfus, injustement accusé de trahison. Zola publie en 1896 un article, « Pour les Juifs », et, le 13 janvier 1898, dans le journal *L'Aurore*, il fait paraître une lettre ouverte « J'accuse… ! » mettant en cause le haut commandement de l'armée. Cet article au fort retentissement lui vaut une lourde amende et un an de prison.

Zola choisit de s'exiler une année en Angleterre. Jusqu'à sa mort en 1902, il luttera pour la révision du procès de Dreyfus.

▶ La mort d'Émile Zola

Le 29 septembre 1902, dans des circonstances non élucidées – accidentelles ou criminelles –, Zola est trouvé asphyxié chez lui.

Ses cendres seront transférées au Panthéon en 1908.

Conclusion de « J'accuse...! » : « Je n'ai qu'une passion, celle de la lumière, au nom de l'humanité qui a tant souffert et qui a droit au bonheur. Ma protestation enflammée n'est que le cri de mon âme. Qu'on ose donc me traduire en cour d'assises et que l'enquête ait lieu au grand jour ! J'attends. »

ZOLA vu par...

JULES BARBEY D'AUREVILLY

« M. Émile Zola croit qu'on peut être un grand artiste en fange, comme on est un grand artiste en marbre. Sa spécialité, à lui, c'est la fange. »

GUY DE MAUPASSANT

« Fils des romantiques, [...]
Zola porte en lui une tendance au poème, un besoin de grandir, de grossir, de faire des symboles avec les êtres et les choses. »

ÉMILE ZOLA

Au Bonheur des Dames

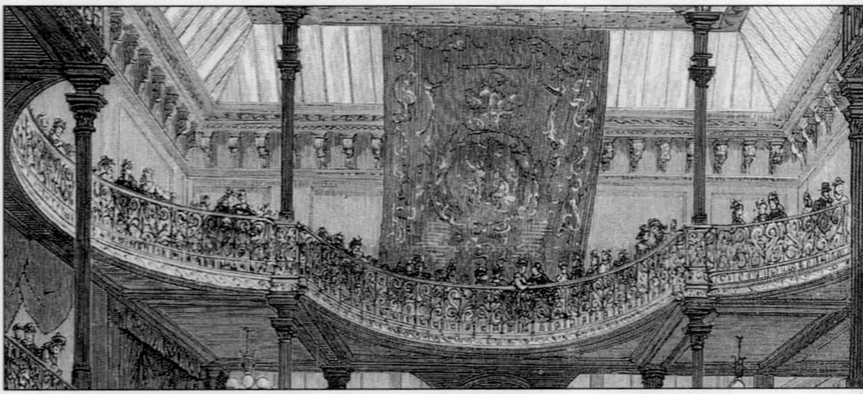

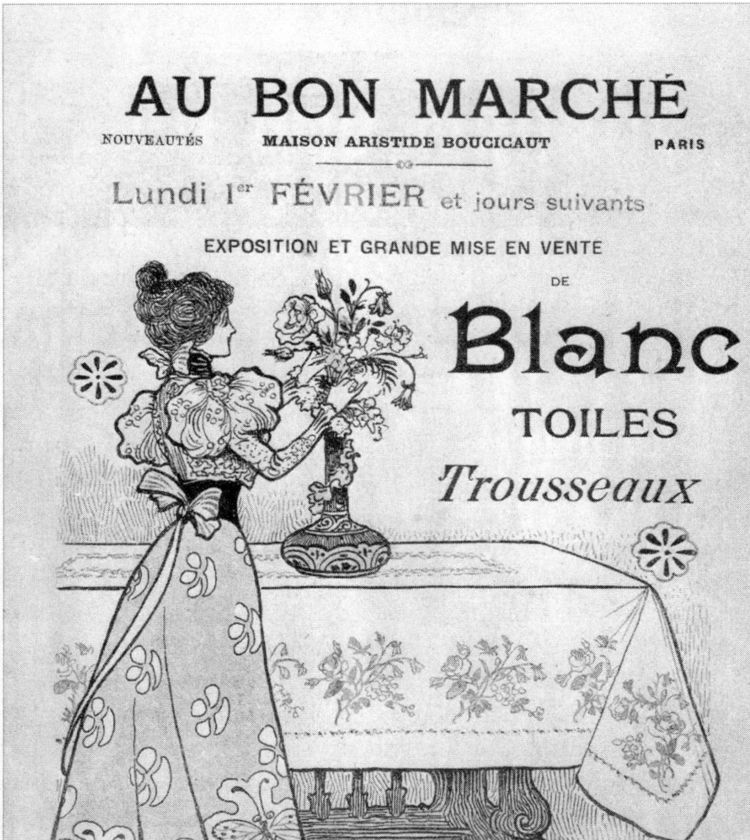

Affiche publicitaire du magasin parisien *Au Bon Marché*.

Chapitre I

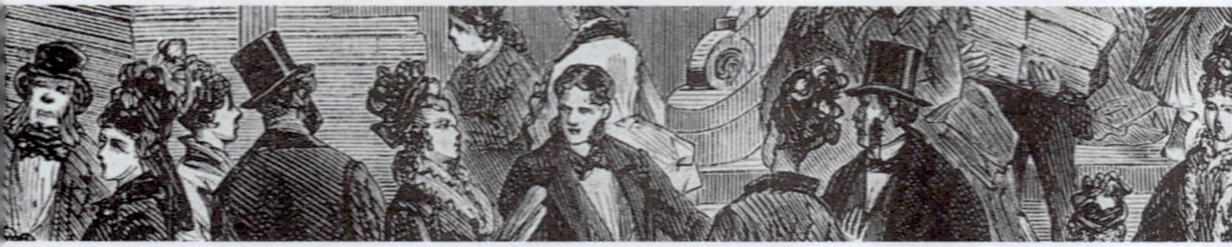

Denise était venue à pied de la gare Saint-Lazare[1], où un train de Cherbourg[2] l'avait débarquée avec ses deux frères, après une nuit passée sur la dure banquette d'un wagon de troisième classe. Elle tenait par la main Pépé, et Jean la suivait, tous les trois brisés du voyage, effarés et perdus, au milieu du vaste Paris, le nez levé sur les maisons, demandant à chaque carrefour la rue de la Michodière, dans laquelle leur oncle Baudu demeurait. Mais, comme elle débouchait enfin sur la place Gaillon, la jeune fille s'arrêta net de surprise.

– Oh ! dit-elle, regarde un peu, Jean !

Et ils restèrent plantés, serrés les uns contre les autres, tout en noir, achevant les vieux vêtements du deuil de leur père. Elle, chétive[3] pour ses vingt ans, l'air pauvre, portait un léger paquet ; tandis que, de l'autre côté, le petit frère, âgé de cinq ans, se pendait à son bras, et que, derrière son épaule, le grand frère, dont les seize ans superbes florissaient, était debout, les mains ballantes.

– Ah bien ! reprit-elle après un silence, en voilà un magasin !

C'était, à l'encoignure[4] de la rue de la Michodière et de la rue Neuve-Saint-Augustin, un magasin de nouveautés[5] dont les étalages éclataient en notes vives, dans la douce et pâle

Notes

1. ***gare Saint-Lazare :*** gare parisienne desservant la Normandie.
2. ***Cherbourg :*** ville de Normandie.
3. ***chétive :*** maigre, fragile.
4. ***encoignure :*** angle.
5. ***magasin de nouveautés :*** magasin où l'on vend des tissus, des vêtements, des objets de toilette.

journée d'octobre. Huit heures sonnaient à Saint-Roch[1], il n'y avait sur les trottoirs que le Paris matinal, les employés filant à leurs bureaux et les ménagères courant les boutiques. Devant la porte, deux commis[2], montés sur une échelle double, finissaient de pendre des lainages, tandis que, dans une vitrine de la rue Neuve-Saint-Augustin, un autre commis, agenouillé et le dos tourné, plissait délicatement une pièce[3] de soie bleue. Le magasin, vide encore de clientes, et où le personnel arrivait à peine, bourdonnait à l'intérieur comme une ruche qui s'éveille.

– Fichtre ! dit Jean. Ça enfonce Valognes[4]... Le tien n'était pas si beau.

Denise hocha la tête. Elle avait passé deux ans là-bas, chez Cornaille, le premier marchand de nouveautés de la ville ; et ce magasin, rencontré brusquement, cette maison énorme pour elle, lui gonflait le cœur, la retenait, émue, intéressée, oublieuse du reste. Dans le pan coupé donnant sur la place Gaillon, la haute porte, toute en glace, montait jusqu'à l'entresol[5], au milieu d'une complication d'ornements, chargés de dorures. Deux figures allégoriques[6], deux femmes riantes, la gorge nue et renversée, déroulaient l'enseigne : *Au Bonheur des Dames*. Puis, les vitrines s'enfonçaient, longeaient la rue de la Michodière et la rue Neuve-Saint-Augustin, où elles occupaient, outre la maison d'angle, quatre autres maisons, deux à gauche, deux à droite, achetées et aménagées récemment. C'était un développement qui lui semblait sans fin, dans la fuite de la perspective, avec les étalages du rez-de-chaussée et les glaces sans tain[7] de l'entresol, derrière lesquelles on voyait toute la vie intérieure

Notes

1. ***rue de la Michodière, place Gaillon, rue Neuve-Saint-Augustin, Saint-Roch :*** rues, place et église du IIe arrondissement.
2. ***commis :*** employés de second ordre.
3. ***pièce :*** pièce de tissu.
4. ***Valognes :*** ville de Normandie.
5. ***entresol :*** étage bas de plafond, intermédiaire entre le rez-de-chaussée et le premier étage.
6. ***allégoriques :*** représentant une idée abstraite.
7. ***tain :*** alliage métallique qu'on applique derrière une glace pour réfléchir la lumière.

des comptoirs. En haut, une demoiselle, habillée de soie, taillait un crayon, pendant que, près d'elle, deux autres dépliaient des manteaux de velours.

– *Au Bonheur des Dames*, lut Jean avec son rire tendre de bel adolescent, qui avait eu déjà une histoire de femme à Valognes. Hein ? c'est gentil, c'est ça qui doit faire courir le monde !

Mais Denise demeurait absorbée, devant l'étalage de la porte centrale. Il y avait là, au plein air de la rue, sur le trottoir même, un éboulement de marchandises à bon marché, la tentation de la porte[1], les occasions qui arrêtaient les clientes au passage. Cela partait de haut, des pièces de lainage et de draperie, mérinos, cheviottes[2], molletons[3], tombaient de l'entresol, flottantes comme des drapeaux, et dont les tons neutres, gris ardoise, bleu marine, vert olive, étaient coupés par les pancartes blanches des étiquettes. À côté, encadrant le seuil, pendaient également des lanières de fourrure, des bandes étroites pour garnitures de robe, la cendre fine des dos de petit-gris[4], la neige pure des ventres de cygne, les poils de lapin de la fausse hermine[5] et de la fausse martre[6]. Puis, en bas, dans des casiers, débordaient des articles de bonneterie[7] vendus pour rien, gants et fichus de laine tricotés, capelines, gilets, tout un étalage d'hiver, aux couleurs bariolées, chinées, rayées, avec des taches saignantes de rouge. Denise vit une tartanelle[8] à quarante-cinq centimes, des bandes de vison d'Amérique à un franc, et des mitaines[9] à cinq sous. C'était un déballage géant de foire, le magasin semblait crever et jeter son trop-plein à la rue.

Notes

1. ***de la porte*** : marchandises disposées à la porte du magasin.
2. ***mérinos, cheviottes*** : étoffes de laine.
3. ***molletons*** : étoffes épaisses de coton.
4. ***petit-gris*** : écureuil de Sibérie à fourrure argentée.
5. ***hermine*** : petit mammifère apprécié pour sa fourrure blanche.
6. ***martre*** : petit mammifère à fourrure brune.
7. ***bonneterie*** : articles en maille tels les gants, les sous-vêtements...
8. ***tartanelle*** : lainage à grands carreaux.
9. ***mitaines*** : gants qui laissent les doigts découverts.

L'oncle Baudu était oublié. Pépé lui-même, qui ne lâchait pas la main de sa sœur, ouvrait les yeux énormes. Une voiture les força tous trois à quitter le milieu de la place; et, machinalement, ils prirent la rue Neuve-saint-Augustin, ils suivirent les vitrines, s'arrêtant de nouveau devant chaque étalage. D'abord, ils furent séduits par un arrangement compliqué : en haut, des parapluies, posés obliquement, semblaient mettre un toit de cabane rustique; dessous, des bas de soie, pendus à des tringles, montraient des profils arrondis de mollets, les uns semés de bouquets de roses, les autres de toutes nuances, les noirs à jour, les rouges à coins brodés, les chairs[1] dont le grain satiné avait la douceur d'unepeau de blonde; enfin, sur le drap de l'étagère, des gants étaient jetés symétriquement, avec leurs doigts allongés, leur paume étroite de vierge byzantine[2], cette grâce raidie et comme adolescente des chiffons de femme qui n'ont pas été portés. Mais la dernière vitrine surtout les retint. Une exposition de soies, de satins et de velours, y épanouissait, dans une gamme souple et vibrante, les tons les plus délicats des fleurs : au sommet, les velours, d'un noir profond, d'un blanc de lait caillé; plus bas, les satins, les roses, les bleus, aux cassures[3] vives, se décolorant en pâleurs d'une tendresse infinie; plus bas encore, les soies, toute l'écharpe de l'arc-en-ciel, des pièces retroussées en coques,[4] plissées comme autour d'une taille qui se cambre, devenues vivantes sous les doigts savants des commis; et, entre chaque motif, entre chaque phrase colorée de l'étalage, courait un accompagnement discret, un léger cordon bouillonné de foulard crème. C'était là, aux deux bouts, que se trouvaient, en piles colossales, les deux soies dont la maison avait la propriété exclusive, le Paris-Bonheur et le Cuir-d'Or, des articles exceptionnels, qui allaient révolutionner le commerce des nouveautés.

Notes

1. ***chairs :*** bas couleur chair.
2. ***vierge byzantine :*** statue de la Vierge dans l'art byzantin (476-1453).
3. ***cassures :*** plis.
4. ***en coques :*** en forme de coquilles.

– Oh ! cette faille[1] à cinq francs soixante ! murmura Denise, étonnée devant le Paris-Bonheur.

Jean commençait à s'ennuyer. Il arrêta un passant.

– La rue de la Michodière, monsieur ?

Quand on la lui eut indiquée, la première à droite, tous trois revinrent sur leurs pas, en tournant autour du magasin. Mais, comme elle entrait dans la rue, Denise fut reprise parune vitrine, où étaient exposées des confections[2] pour dames. Chez Cornaille, à Valognes, elle était spécialement chargée des confections. Et jamais elle n'avait vu cela, une admiration la clouait sur le trottoir. Au fond, une grande écharpe en dentelle de Bruges[3], d'un prix considérable, élargissait un voile d'autel, deux ailes déployées, d'une blancheur rousse ; des volants de point d'Alençon se trouvaient jetés en guirlandes ; puis, c'était, à pleines mains, un ruissellement de toutes les dentelles, les malines, les valenciennes, les applications de Bruxelles, les points[4] de Venise, comme une tombée de neige. À droite et à gauche, des pièces de drap dressaient des colonnes sombres, qui reculaient encore ce lointain de tabernacle[5]. Et les confections étaient là, dans cette chapelle élevée au culte des grâces de la femme : occupant le centre, un article hors ligne, un manteau de velours, avec des garnitures de renard argenté ; d'un côté, une rotonde[6] de soie, doublée de petit-gris ; de l'autre, un paletot[7] de drap, bordé de plumes de coq ; enfin, des sorties de bal, en cachemire blanc, en matelassé[8] blanc, garnies de cygne ou de chenille. Il y en avait pour tous les caprices, depuis les sorties de bal à vingt-neuf francs jusqu'au manteau de velours affiché dix-huit cents francs. La gorge ronde des mannequins gonflait l'étoffe, les hanches

Notes

1. *faille :* tissu en soie à gros grains.
2. *confections :* vêtements.
3. Bruges, Alençon, Bruxelles et Venise sont réputées pour leurs dentelles.
4. *malines, valenciennes, applications, points :* différentes spécialités de broderie.
5. *tabernacle :* dans une église, lieu sacré où se trouve conservée l'hostie consacrée.
6. *rotonde :* sorte de cape.
7. *paletot :* veste courte.
8. *matelassé :* étoffe constituée de plusieurs épaisseurs de tissus.

fortes exagéraient la finesse de la taille, la tête absente était remplacée par unegrande étiquette, piquée avec une épingle dans le molleton[1] rouge du col; tandis que les glaces, aux deux côtés de la vitrine, par un jeu calculé, les reflétaient et les multipliaient sans fin, peuplaient la rue de ces belles femmes à vendre, et qui portaient des prix en gros chiffres, à la place des têtes.

– Elles sont fameuses! murmura Jean, qui ne trouva rien d'autre pour dire son émotion.

Du coup, il était lui-même redevenu immobile, la bouche ouverte. Tout ce luxe de la femme le rendait rose de plaisir. Il avait la beauté d'une fille, une beauté qu'il semblait avoir volée à sa sœur, la peau éclatante, les cheveux roux et frisés, les lèvres et les yeux mouillés de tendresse. Près de lui, dans son étonnement, Denise paraissait plus mince encore, avec son visage long à bouche trop grande, son teint fatigué déjà, sous sa chevelure pâle. Et Pépé, également blond, d'un blond d'enfance, se serrait davantage contre elle, comme pris d'un besoin inquiet de caresses, troublé et ravi par les belles dames de la vitrine. Ils étaient si singuliers[2] et si charmants, sur le pavé, ces trois blonds vêtus pauvrement de noir, cette fille triste entre ce joli enfant et ce garçon superbe, que les passants se retournaient avec des sourires.

Depuis un instant, un gros homme à cheveux blancs et à grande face jaune, debout sur le seuil d'une boutique, de l'autre côté de la rue, les regardait. Il était là, le sang aux yeux, la bouche contractée, mis hors de lui par les étalages du *Bonheur des Dames*, lorsque la vue de la jeune fille et de ses frères avait achevé de l'exaspérer. Que faisaient-ils, ces trois nigauds, à bâiller ainsi devant des parades de charlatan[3] ?

– Et l'oncle? fit remarquer brusquement Denise, comme éveillée en sursaut.

Notes

1. ***molleton*** : revêtement épais.
2. ***singuliers*** : particuliers, uniques.
3. ***charlatan*** : escroc.

– Nous sommes rue de la Michodière, dit Jean, il doit loger par ici.

Ils levèrent la tête, se retournèrent. Alors, juste devant eux, au-dessus du gros homme, ils aperçurent une enseigne verte, dont les lettres jaunes déteignaient sous la pluie : *Au Vieil Elbeuf, draps et flanelles, Baudu, successeur de Hauchecorne.* La maison, enduite d'un ancien badigeon rouillé, toute plate au milieu des grands hôtels Louis XIV qui l'avoisinaient[1], n'avait que trois fenêtres de façade ; et ces fenêtres, carrées, sans persiennes[2], étaient simplement garnies d'une rampe de fer, deux barres en croix. Mais, dans cette nudité, ce qui frappa surtout Denise, dont les yeux restaient pleins des clairs étalages du *Bonheur des Dames*, ce fut la boutique du rez-de-chaussée, écrasée de plafond, surmontée d'un entresol très bas, aux baies[3] de prison, en demi-lune. Une boiserie, de la couleur de l'enseigne, d'un vert bouteille que le temps avait nuancé d'ocre et de bitume, ménageait, à droite et à gauche, deux vitrines profondes, noires, poussiéreuses, où l'on distinguait vaguement des pièces d'étoffe entassées. La porte, ouverte, semblait donner sur les ténèbres humides d'une cave.

– C'est là, reprit Jean.

– Eh bien ! il faut entrer, déclara Denise. Allons, viens, Pépé.

Tous trois pourtant se troublaient, saisis de timidité. Lorsque leur père était mort, emporté par la même fièvre qui avait pris leur mère, un mois auparavant, l'oncle Baudu, dans l'émotion de ce double deuil, avait bien écrit à sa nièce qu'il y aurait toujours chez lui une place pour elle, le jour où elle voudrait tenter la fortune à Paris ; mais cette lettre remontait déjà à près d'une année, et la jeune fille se repentait maintenant d'avoir ainsi quitté Valognes, en un coup de tête, sans avertir son oncle. Celui-ci ne les connaissait point, n'ayant plus remis les pieds là-bas, depuis qu'il en était parti tout jeune, pour entrer comme

Notes

1. ***l'avoisinaient*** : étaient ses voisins, l'entouraient.

2. ***persiennes*** : volets.

3. ***baies*** : fenêtres.

petit commis chez le drapier Hauchecorne, dont il avait fini par épouser la fille.

– Monsieur Baudu ? demanda Denise, en se décidant enfin à s'adresser au gros homme, qui les regardait toujours, surpris de leurs allures.

– C'est moi, répondit-il.

Alors, Denise rougit fortement et balbutia :

– Ah ! tant mieux !... Je suis Denise, et voici Jean, et voici Pépé... Vous voyez, nous sommes venus, mon oncle.

Baudu parut frappé de stupéfaction. Ses gros yeux rouges vacillaient dans sa face jaune, ses paroles lentes s'embarrassaient. Il était évidemment à mille lieues de cette famille qui lui tombait sur les épaules.

– Comment ! comment ! vous voilà ! répéta-t-il à plusieurs reprises. Mais vous étiez à Valognes !... Pourquoi n'êtes-vous pas à Valognes ?

De sa voix douce, un peu tremblante, elle dut lui donner des explications. Après la mort de leur père, qui avait mangé jusqu'au dernier sou dans sa teinturerie, elle était restée la mère des deux enfants. Ce qu'elle gagnait chez Cornaille ne suffisait point à les nourrir tous les trois. Jean travaillait bien chez un ébéniste[1], un réparateur de meubles anciens ; mais il ne touchait pas un sou. Pourtant, il prenait goût aux vieilleries, il taillait des figures dans du bois ; même, un jour, ayant découvert un morceau d'ivoire, il s'était amusé à faire une tête, qu'un monsieur de passage avait vue ; et justement, c'était ce monsieur qui les avait décidés à quitter Valognes, en trouvant à Paris une place pour Jean, chez un ivoirier[2].

– Vous comprenez, mon oncle, Jean entrera dès demain en apprentissage, chez son nouveau patron. On ne me demande pas d'argent, il sera logé et nourri... Alors, j'ai pensé que Pépé

Notes

1. *ébéniste :* artisan qui travaille le bois.

2. *ivoirier :* artisan qui travaille l'ivoire (provenant des défenses d'animaux).

et moi, nous nous tirerions toujours d'affaire. Nous ne pouvons pas être plus malheureux qu'à Valognes.

Ce qu'elle taisait, c'était l'escapade amoureuse de Jean, des lettres écrites à une fillette noble de la ville, des baisers échangés par-dessus un mur, tout un scandale qui l'avait déterminée au départ; et elle accompagnait surtout son frère à Paris pour veiller sur lui, prise de terreurs maternelles, devant ce grand enfant si beau et si gai, que toutes les femmes adoraient.

L'oncle Baudu ne pouvait se remettre. Il reprenait ses questions. Cependant, quand il l'eut ainsi entendue parler de ses frères, il la tutoya.

– Ton père ne vous a donc rien laissé? Moi, je croyais qu'il y avait encore quelques sous. Ah! je lui ai assez conseillé, dans mes lettres, de ne pas prendre cette teinturerie! Un brave cœur, mais pas deux liards de tête[1] !... Et tu es restée avec ces gaillards sur les bras, tu as dû nourrir ce petit monde!

Sa face bilieuse[2] s'était éclairée, il n'avait plus les yeux saignants dont il regardait le *Bonheur des Dames*. Brusquement, il s'aperçut qu'il barrait la porte.

– Allons, dit-il, entrez, puisque vous êtes venus... Entrez, ça vaudra mieux que de baguenauder[3] devant des bêtises.

Et, après avoir adressé aux étalages d'en face une dernière moue de colère, il livra passage aux enfants, il pénétra le premier dans la boutique, en appelant sa femme et sa fille.

– Élisabeth, Geneviève, arrivez donc, voici du monde pour vous!

Mais Denise et les petits eurent une hésitation devant les ténèbres de la boutique. Aveuglés par le plein jour de la rue, ils battaient des paupières comme au seuil d'un trou inconnu, tâtant le sol du pied, ayant la peur instinctive de quelque marche traîtresse. Et, rapprochés encore par cette crainte vague, se ser-

Notes

1. *pas deux liards de tête :* incapable de réfléchir.

2. *bilieuse :* coléreuse.

3. *baguenauder :* flâner.

rant davantage les uns contre les autres le gamin, toujours dans les jupes de la jeune fille et le grand derrière, ils faisaient leur entrée avec une grâce souriante et inquiète. La clarté matinale découpait la noire silhouette de leurs vêtements de deuil, un jour oblique dorait leurs cheveux blonds.

– Entrez, entrez, répétait Baudu.

En quelques phrases brèves, il mettait au courant Mme Baudu et sa fille. La première était une petite femme mangée d'anémie[1], toute blanche, les cheveux blancs, les yeux blancs, les lèvres blanches. Geneviève, chez qui s'aggravait encore la dégénérescence[2] de sa mère, avait la débilité[3] et la décoloration d'une plante grandie à l'ombre. Pourtant, des cheveux noirs magnifiques, épais et lourds, poussés comme par miracle dans cette chair pauvre, lui donnaient un charme triste.

– Entrez, dirent à leur tour les deux femmes. Vous êtes les bienvenus.

Et elles firent asseoir Denise derrière le comptoir. Aussitôt, Pépé monta sur les genoux de sa sœur, tandis que. Jean, adossé contre une boiserie, se tenait près d'elle. Ils se rassuraient, regardaient la boutique, où leurs yeux s'habituaient à l'obscurité. Maintenant, ils la voyaient, avec son plafond bas et enfumé, ses comptoirs de chêne polis par l'usage, ses casiers séculaires[4] aux fortes ferrures. Des ballots[5] de marchandises sombres montaient jusqu'aux solives[6]. L'odeur des draps et des teintures, une odeur âpre de chimie, semblait décuplée[7] par l'humidité du plancher. Au fond, deux commis et une demoiselle rangeaient des pièces de flanelle[8] blanche.

Notes

1. ***anémie*** : maladie liée à un manque de fer et caractérisée notamment par une grande pâleur.
2. ***dégénérescence*** : dégradation de l'état de santé, considérée par Zola comme héréditaire.
3. ***débilité*** : fragilité.
4. ***séculaires*** : datant de plusieurs siècles.
5. ***ballots*** : paquets.
6. ***solives*** : charpentes.
7. ***décuplée*** : multipliée par dix.
8. ***flanelle*** : mince étoffe de laine.

– Peut-être ce petit monsieur-là prendrait-il volontiers quelque chose ? dit Mme Baudu en souriant à Pépé.

– Non, merci, répondit Denise. Nous avons bu une tasse de lait dans un café, devant la gare.

Et, comme Geneviève regardait le léger paquet qu'elle avait posé par terre, elle ajouta :

– J'ai laissé notre malle là-bas.

Elle rougissait, elle comprenait qu'on ne tombait pas de la sorte chez le monde. Déjà, dans le wagon, dès que le train avait quitté Valognes, elle s'était sentie pleine de regret ; et voilà pourquoi, à l'arrivée, elle avait laissé la malle et fait déjeuner les enfants.

– Voyons, dit tout d'un coup Baudu, causons peu et causons bien… Je t'ai écrit, c'est vrai, mais il y a un an ; et, vois-tu, ma pauvre fille, les affaires n'ont guère marché, depuis un an…

Il s'arrêta, étranglé par une émotion qu'il ne voulait pas montrer. Mme Baudu et Geneviève, l'air résigné, avaient baissé les yeux.

– Oh ! continua-t-il, c'est une crise qui passera, je suis bien tranquille… Seulement, j'ai diminué mon personnel, il n'y a plus ici que trois personnes, et le moment n'est guère venu d'en engager une quatrième. Enfin, je ne puis te prendre comme je te l'offrais, ma pauvre fille.

Denise l'écoutait, saisie, toute pâle. Il insista, en ajoutant :

– Ça ne vaudrait rien, ni pour toi, ni pour nous.

– C'est bien, mon oncle, finit-elle par dire péniblement. Je tâcherai de m'en tirer tout de même.

Les Baudu n'étaient pas de mauvaises gens. Mais ils se plaignaient de n'avoir jamais eu de chance. Au temps où leur commerce marchait, ils avaient dû élever cinq garçons, dont trois étaient morts à vingt ans ; le quatrième avait mal tourné, le cinquième venait de partir pour le Mexique, comme capitaine. Il ne leur restait que Geneviève. Cette famille avait coûté gros, et Baudu s'était achevé, en achetant à Rambouillet, le pays du père de sa femme, une grande baraque de maison. Aussi toute une aigreur[1] grandissait-elle, dans sa loyauté maniaque de vieux commerçant.

– On prévient, reprit-il en se fâchant peu à peu de sa propre dureté. Tu pouvais m'écrire, je t'aurais répondu de rester là-bas… Quand j'ai appris la mort de ton père, parbleu ! je t'ai dit ce qu'on dit d'habitude. Mais tu tombes là, sans crier gare[2]… C'est très embarrassant.

Il haussait la voix, il se soulageait. Sa femme et sa fille restaient les regards à terre, en personnes soumises qui ne se permettaient jamais d'intervenir. Cependant, tandis que Jean blêmissait, Denise avait serré contre sa poitrine Pépé terrifié. Elle laissa tomber deux grosses larmes.

– C'est bien, mon oncle, répéta-t-elle. Nous allons nous en aller.

Du coup, il se contint. Un silence embarrassé régna. Puis, il reprit d'un ton bourru :

– Je ne vous mets pas à la porte… Puisque vous êtes entrés maintenant, vous coucherez toujours en haut, ce soir. Nous verrons après.

Alors, Mme Baudu et Geneviève comprirent, sur un regard, qu'elles pouvaient arranger les choses. Tout fut réglé. Il n'y avait point à s'occuper de Jean. Quant à Pépé, il serait à merveille chez Mme Gras, une vieille dame qui habitait un grand rez-de-chaussée, rue des Orties, où elle prenait en pension complète des enfants jeunes, moyennant quarante francs par mois. Denise déclara qu'elle avait de quoi payer le premier mois. Il ne restait donc qu'à la placer elle-même. On lui trouverait bien une place dans le quartier.

– Est-ce que Vinçard ne demandait pas une vendeuse ? dit Geneviève.

– Tiens ! c'est vrai ! cria Baudu. Nous irons le voir après déjeuner. Il faut battre le fer pendant qu'il est chaud[3].

Notes

1. *aigreur :* déception mêlée de colère.
2. *sans crier gare :* sans prévenir.
3. *battre le fer pendant qu'il est chaud :* profiter d'une occasion sans attendre.

Pas un client n'était venu déranger cette explication de famille. La boutique restait noire et vide.

[Lors du déjeuner, Baudu explique à Denise que Geneviève est fiancée à Colomban, le premier commis, qui prendra sa succession à la tête de la boutique. Puis il l'emmène chez Vinçard, dans l'espoir que celui-ci lui propose une place. Le marchand ne peut embaucher la jeune fille, mais Robineau, un des commis du *Bonheur des Dames* qui est présent dans la boutique, lui suggère de se présenter au grand magasin, au vif mécontentement de Baudu. En rentrant, l'oncle et sa nièce rencontrent Bourras qui tient un petit commerce de cannes et de parapluies ; ce dernier leur annonce que Mouret, le propriétaire du *Bonheur des Dames*, cherche à acheter sa maison afin d'agrandir son magasin – ce qu'il considère comme *« une déclaration de guerre »*. Le soir, à table, Baudu revient sur la proposition de Robineau.]

– C'est ton affaire, tu es bien libre, répéta d'abord Baudu. Nous ne voulons pas t'influencer… Seulement, si tu savais quelle maison !

Par phrases coupées, il conta l'histoire de cet Octave Mouret[1]. Toutes les chances ! Un garçon tombé du Midi à Paris, avec l'audace aimable d'un aventurier ; et, dès le lendemain, des histoires de femme, une continuelle exploitation de la femme, le scandale d'un flagrant délit, dont le quartier parlait encore ; puis, la conquête brusque et inexplicable de Mme Hédouin, qui lui avait apporté le *Bonheur des Dames*.

– Cette pauvre Caroline ! interrompit Mme Baudu. Elle était un peu ma parente. Ah ! si elle avait vécu, les choses tourneraient autrement. Elle ne nous laisserait pas assassiner… Et c'est lui qui l'a tuée. Oui, dans ses constructions ! Un matin, en visitant les travaux, elle est tombée dans un trou. Trois jours après, elle mourait. Elle qui n'avait jamais été malade, qui était si bien portante, si belle !… Il y a de son sang sous les pierres de la maison.

Note

1. Octave Mouret est un personnage de *Pot-Bouille* (1882) qui est employé dans une petite boutique portant déjà le nom de *Au Bonheur des Dames*.

Au travers des murs, elle désignait le grand magasin de sa main pâle et tremblante. Denise, qui écoutait comme on écoute un conte de fées, eut un léger frisson. La peur qu'il y avait, depuis le matin, au fond de la tentation exercée sur elle, venait peut-être du sang de cette femme, qu'elle croyait voir maintenant dans le mortier[1] rouge du sous-sol.

– On dirait que ça lui porte bonheur, ajouta Mme Baudu, sans nommer Mouret.

Mais le drapier haussait les épaules, dédaigneux de ces fables de nourrice. Il reprit son histoire, il expliqua la situation, commercialement. Le *Bonheur des Dames* avait été fondé en 1822 par les frères Deleuze. À la mort de l'aîné, sa fille, Caroline, s'était mariée avec le fils d'un fabricant de toile, Charles Hédouin ; et, plus tard, étant devenue veuve, elle avait épousé ce Mouret. Elle lui apportait donc la moitié du magasin. Trois mois après le mariage, l'oncle Deleuze décédait à son tour sans enfants ; si bien que, lorsque Caroline avait laissé ses os dans les fondations, ce Mouret était resté seul héritier, seul propriétaire du *Bonheur*. Toutes les chances !

– Un homme à idées, un brouillon[2] dangereux qui bouleversera le quartier, si on le laisse faire ! continua Baudu. Je crois que Caroline, un peu romanesque elle aussi, a dû être prise par les projets extravagants du monsieur... Bref, il l'a décidée à acheter la maison de gauche, puis la maison de droite ; et lui-même, quand il a été seul, en a acheté deux autres ; de sorte que le magasin a grandi, toujours grandi, au point qu'il menace de nous manger tous, maintenant !

Il s'adressait à Denise, mais il parlait pour lui, remâchant, par un besoin fiévreux de se satisfaire, cette histoire qui le hantait.

[...]

Notes

1. ***mortier*** : matériau de construction fait de ciment, de chaux et de sable.

2. ***brouillon*** : personne qui brasse des affaires sans être efficace.

Et elle parla de monter se coucher de bonne heure avec les enfants, car ils étaient très fatigués tous les trois. Mais six heures sonnaient à peine, elle voulut bien rester un moment encore dans la boutique. La nuit s'était faite, elle retrouva la rue noire, trempée d'une pluie fine et drue, qui tombait depuis le coucher du soleil. Ce fut pour elle une surprise ; quelques instants avaient suffi, la chaussée était trouée de flaques, les ruisseaux roulaient des eaux sales, une boue épaisse, piétinée, poissait les trottoirs ; et, sous l'averse battante, on ne voyait plus que le défilé confus des parapluies, se bousculant, se ballonnant, pareils à de grandes ailes sombres, dans les ténèbres. Elle recula d'abord, prise de froid, le cœur serré davantage par la boutique mal éclairée, lugubre à cette heure. Un souffle humide, l'haleine du vieux quartier, venait de la rue ; il semblait que le ruissellement des parapluies coulât jusqu'aux comptoirs, que le pavé avec sa boue et ses flaques entrât, achevât de moisir l'antique rez-de-chaussée, blanc de salpêtre[1]. C'était toute une vision de l'ancien Paris mouillé, dont elle grelottait, avec un étonnement navré de trouver la grande ville si glaciale et si laide.

Mais, de l'autre côté de la chaussée, le *Bonheur des Dames* allumait les files profondes de ses becs de gaz[2]. Et elle se rapprocha, attirée de nouveau et comme réchauffée à ce foyer d'ardente lumière. La machine ronflait toujours, encore en activité, lâchant sa vapeur dans un dernier grondement, pendant que les vendeurs repliaient les étoffes et que les caissiers comptaient la recette[3]. C'était, à travers les glaces pâlies d'une buée, un pullulement[4] vague de clartés, tout un intérieur confus d'usine. Derrière le rideau de pluie qui tombait, cette apparition reculée, brouillée, prenait l'apparence d'une chambre de chauffe[5]

Notes

1. ***salpêtre*** : nom ordinaire du sulfate de potassium qui se forme sur les murs humides.
2. ***becs de gaz*** : lampadaires qui fonctionnent au gaz.
3. ***recette*** : argent gagné.
4. ***pullulement*** : prolifération.
5. ***chambre de chauffe*** : chaudière.

géante, où l'on voyait passer les ombres noires des chauffeurs[1], sur le feu rouge des chaudières. Les vitrines se noyaient, on ne distinguait plus, en face, que la neige des dentelles, dont les verres dépolis d'une rampe de gaz[2] avivaient[3] le blanc ; et, sur ce fond de chapelle, les confections s'enlevaient en vigueur, le grand manteau de velours, garni de renard argenté, mettait le profil d'une femme sans tête, qui courait par l'averse à quelque fête, dans l'inconnu des ténèbres de Paris.

Denise, cédant à la séduction, était venue jusqu'à la porte, sans se soucier du rejaillissement des gouttes, qui la trempait. À cette heure de nuit, avec son éclat de fournaise, le *Bonheur des Dames* achevait de la prendre tout entière. Dans la grande ville, noire et muette sous la pluie, dans ce Paris qu'elle ignorait, il flambait comme un phare, il semblait à lui seul la lumière et la vie de la cité. Elle y rêvait son avenir, beaucoup de travail pour élever les enfants, avec d'autres choses encore, elle ne savait quoi, des choses lointaines dont le désir et la crainte la faisaient trembler. L'idée de cette femme morte dans les fondations lui revint ; elle eut peur, elle crut voir saigner les clartés ; puis, la blancheur des dentelles l'apaisa, une espérance lui montait au cœur, toute une certitude de joie ; tandis que la poussière d'eau volante lui refroidissait les mains et calmait en elle la fièvre du voyage.

– C'est Bourras, dit une voix derrière son dos.

Elle se pencha, elle aperçut Bourras, immobile au bout de la rue, devant la vitrine où elle avait remarqué, le matin, toute une construction ingénieuse, faite avec des parapluies et des cannes. Le grand vieillard s'était glissé dans l'ombre, pour s'emplir les yeux de cet étalage triomphal ; et, la face douloureuse, il ne sentait pas même la pluie qui battait sa tête nue, dont les cheveux blancs ruisselaient.

Notes

1. ***chauffeurs :*** personnes chargées d'alimenter la chaudière.
2. ***rampe de gaz :*** lampe fonctionnant au gaz.
3. ***avivaient :*** rendaient plus vif, plus lumineux.

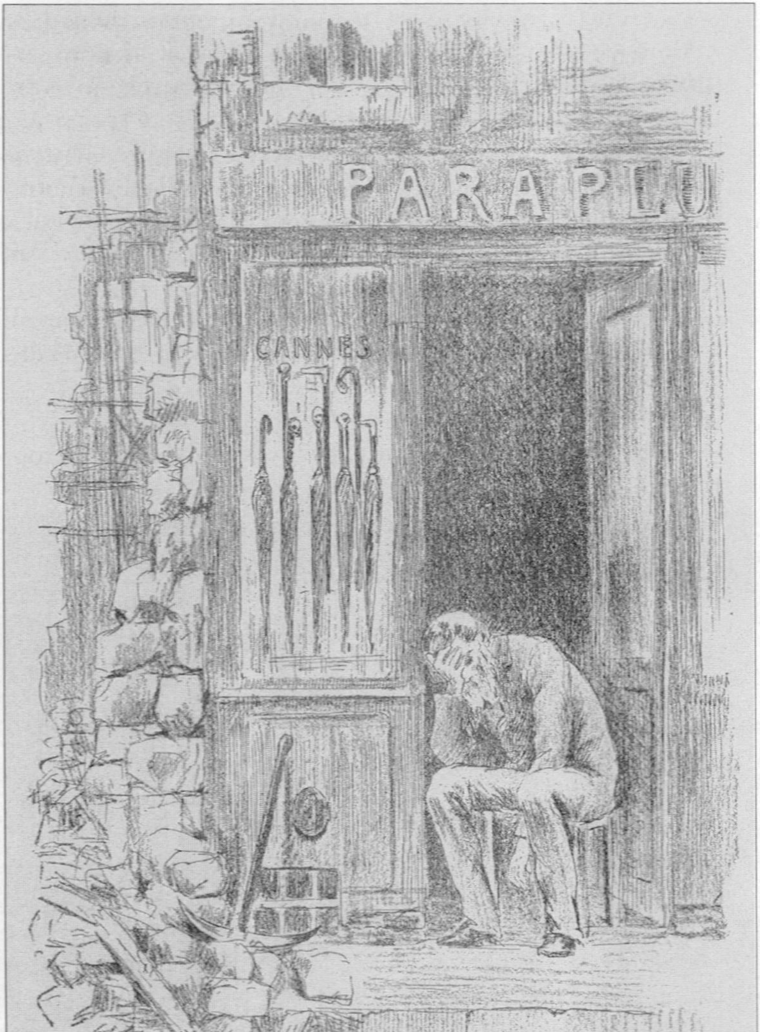

Bourras devant sa boutique.

– Il est bête, fit remarquer la voix, il va prendre du mal.

Alors, en se tournant, Denise vit qu'elle avait de nouveau les Baudu derrière elle. Malgré eux, comme Bourras qu'ils trouvaient bête, ils revenaient toujours là, devant ce spectacle qui leur crevait le cœur. C'était une rage à souffrir. Geneviève, très pâle, avait constaté que Colomban regardait, à l'entresol, les ombres des vendeuses passer sur les glaces ; et, pendant que Baudu étranglait de rancune rentrée, les yeux de Mme Baudu s'étaient emplis de larmes, silencieusement.

– N'est-ce pas, tu t'y présenteras demain ? finit par demander le drapier, tourmenté d'incertitude, et sentant bien d'ailleurs que sa nièce était conquise comme les autres.

Elle hésita, puis avec douceur :

– Oui, mon oncle, à moins que cela ne vous fasse trop de peine.

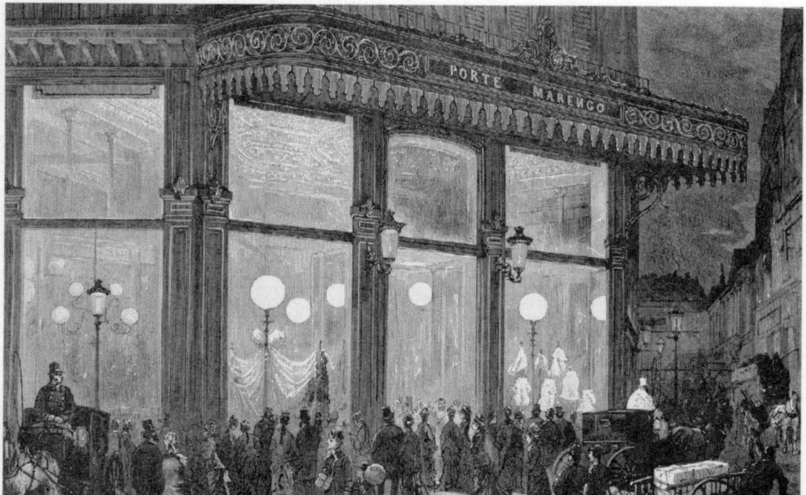

Grands Magasins du Louvre, 1877.
La porte Marengo éclairée de nuit à la lumière électrique.

Au fil du texte

Questions sur le chapitre I (pp. 11 à 28)

AVEZ-VOUS BIEN LU ?

1) Définissez les liens familiaux qui unissent les personnages en complétant les phrases suivantes :
a) Jean, âgé de …… ans, et Pépé, âgé de …… ans, sont les .... de Denise, une jeune fille de .... ans.
b) Baudu et Geneviève sont respectivement .... et .... de Denise.

2) Où habitait Denise avant d'arriver à Paris ? Pourquoi est-elle partie ?

3) Qu'attend Denise du marchand de tissus Baudu ?

4) Qui dirige *Au Bonheur des Dames* ? En quelle année ce magasin a-t-il été fondé ?

5) Qui est Caroline Hédouin ? Dans quelles circonstances est-elle décédée ?

ÉTUDIER UN *INCIPIT**

incipit **: début d'une œuvre (en latin,** ***incipit*** **: « il commence »).**

Les questions que se pose le lecteur au début d'un récit

Les premières pages d'un roman informent le lecteur en répondant aux questions sur :
– le **cadre spatio-temporel** : où et quand ?
– les **personnages** : qui ?
– l'**intrigue** : quoi ?

6) Quelles informations le lecteur retire-t-il de la première phrase du roman ?

7 Dans la première phrase, justifiez la terminaison du participe passé *« débarquée »*. Quel est l'effet produit par le choix de ce verbe et par cette construction ?

8 Comment Zola pique-t-il la curiosité du lecteur dans cette phrase ?

9 Montrez en quoi le premier chapitre répond aux questions que le lecteur est en droit de se poser lorsqu'il ouvre un roman.

10 Quel est le type de phrases* dominant dans les répliques* des premières pages ? Quel est l'effet produit ?

***types de phrases* : phrases déclarative, interrogative, exclamative, injonctive.**
***répliques* : paroles des personnages.**

Étudier la mise en place des personnages

11 Quels sont les traits de caractère de Denise ? Justifiez précisément votre réponse.

12 Quelles relations devine-t-on au sein de la famille Baudu ?

13 En quoi peut-on dire que Baudu est un personnage complexe ?

Étudier l'entrecroisement des discours (l. 1 à 30)

Les différents discours

Le **discours narratif** rapporte une histoire.
Le **discours descriptif** peint un lieu, un objet ou un personnage.
Le **discours explicatif** développe une explication.
Le **discours argumentatif** défend une opinion.

14 À quels temps sont les verbes du premier paragraphe ? Justifiez leur emploi.

15 À partir de la ligne 11 (*« Et ils restèrent »*) et en vous aidant des temps des verbes, repérez les passages descriptifs. Comment s'insèrent-ils dans le discours narratif ?

Étudier la description (l. 400 à 451)

composition : plan, organisation.
proposition : groupe de mots centré sur un verbe conjugué.
point de vue : regard à partir duquel s'organise la description.

16 Dégagez la composition* du passage.

17 Dans le premier paragraphe (l. 400 à 418), quelle proposition* introduit la description et montre qu'elle est menée du point de vue* de Denise ?

Le lexique

Les termes employés créent une atmosphère et indiquent l'opinion de l'auteur. Le lexique positif ou **mélioratif** permet de faire l'éloge d'une situation ou d'une personne alors que le lexique négatif ou **péjoratif** exprime une critique ou un rejet.

18 Relevez le vocabulaire péjoratif relatif à Paris dans ce même paragraphe. Quel rôle particulier joue l'expression *« la grande ville si glaciale et si laide »* ?

fantastique : registre se caractérisant par l'intrusion du surnaturel dans le réel.

19 Dans quelle mesure peut-on dire que la description dans le deuxième paragraphe (l. 452 à 469) glisse vers le fantastique* ?

20 Comment le *Bonheur des Dames* apparaît-il à Denise ?

Lire l'image

21 Comment la représentation de Bourras exprime-t-elle la misère du petit commerce (page 27) ?

22 En quoi la représentation des *Grands Magasins du Louvre* (page 28) s'oppose-t-elle à celle de la boutique de Bourras (page 27) ?

À VOS PLUMES !

23 À la fin du chapitre, imaginez que Geneviève, seule, vienne retrouver sa cousine sur le pas de la porte. La jeune fille, tout en regardant le magasin, évoque sa vie dans la sombre boutique de son père. Racontez cette scène en mêlant récit, analyse de la situation et expression des sentiments.

24 Au XXIe siècle, vous découvrez un lieu (musée, salle de spectacle…) dont la modernité vous surprend et vous fascine. En vous inspirant de la description du *Bonheur des Dames*, décrivez cet endroit en évoquant vos impressions.

Chapitres II à VI

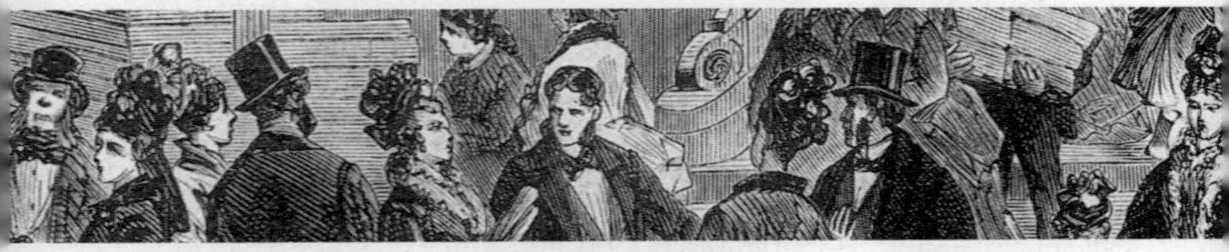

CHAPITRE II

[Le lendemain, à sept heures et demie, Denise, très intimidée, se rend au *Bonheur des Dames*. Devant le magasin, dans la foule des employés qui arrivent au travail, ses yeux croisent *« les yeux couleur de vieil or, d'une douceur de velours »* d'Octave Mouret, qu'elle prend pour un chef de rayon. Un peu plus tard, dans son bureau, celui-ci discute avec Bourdoncle, son collaborateur favori.]

Bourdoncle marchait toujours à petits pas. Il alla jeter un coup d'œil dans la rue Neuve-Saint-Augustin, par les hautes glaces de la fenêtre, puis revint en disant :

– Vous savez qu'elles se vengeront.

– Qui donc ? demanda Mouret, auquel la conversation échappait.

– Mais les femmes.

Alors, il s'égaya davantage, il laissa percer le fond de sa brutalité, sous son air d'adoration sensuelle. D'un haussement d'épaules, il parut déclarer qu'il les jetterait toutes par terre, comme des sacs vides, le jour où elles l'auraient aidé à bâtir sa fortune. Bourdoncle, entêté, répétait de son air froid :

– Elles se vengeront… Il y en aura une qui vengera les autres, c'est fatal.

– As pas peur ! cria Mouret en exagérant son accent provençal. Celle-là n'est pas encore née, mon bon. Et, si elle vient, vous savez…

Il avait levé son porte-plume, il le brandissait, et il le pointa dans le vide, comme s'il eût voulu percer d'un couteau un cœur invisible. L'associé reprit sa marche, s'inclinant comme toujours devant la supériorité du patron, dont le génie plein de trous le déconcertait pourtant. Lui, si net, si logique, sans passion, sans chute possible, en était encore à comprendre le côté fille du succès, Paris se donnant dans un baiser au plus hardi.

Un silence régna. On n'entendait que la plume de Mouret. Puis, sur des questions brèves posées par lui, Bourdoncle fournit des renseignements au sujet de la grande mise en vente des nouveautés d'hiver, qui devait avoir lieu le lundi suivant. C'était une très grosse affaire, la maison y jouait sa fortune, car les bruits du quartier avaient un fond de vérité, Mouret se jetait en poète dans la spéculation, avec un tel faste[1], un besoin tel du colossal, que tout semblait devoir craquer sous lui. Il y avait là un sens nouveau du négoce[2], une apparente fantaisie commerciale, qui autrefois inquiétait Mme Hédouin, et qui aujourd'hui encore, malgré de premiers succès, consternait parfois les intéressés. On blâmait à voix basse le patron d'aller trop vite ; on l'accusait d'avoir agrandi dangereusement les magasins, avant de pouvoir compter sur une augmentation suffisante de la clientèle ; on tremblait surtout en le voyant mettre tout l'argent de la caisse sur un coup de cartes, emplir les comptoirs d'un entassement de marchandises, sans garder un sou de réserve. Ainsi, pour cette mise en vente, après les sommes considérables payées aux maçons, le capital entier se trouvait dehors : une fois de plus, il s'agissait de vaincre ou de mourir. Et lui, au milieu de cet effarement, gardait une gaieté triomphante, une certitude des millions, en homme adoré des femmes, et qui ne peut être trahi. Lorsque Bourdoncle se permit de témoigner certaines craintes, à propos du développement exagéré donné à des

Notes

1. *faste :* déploiement de luxe.

2. *négoce :* commerce.

rayons dont le chiffre d'affaires restait douteux, il eut un beau rire de confiance en criant :

– Laissez donc, mon cher, la maison est trop petite !

L'autre parut abasourdi[1], pris d'une peur qu'il ne cherchait plus à cacher. La maison trop petite ! une maison de nouveautés où il y avait dix-neuf rayons, et qui comptait quatre cent trois employés !

– Mais sans doute, reprit Mouret, nous serons forcés de nous agrandir avant dix-huit mois… J'y songe sérieusement. Cette nuit, Mme Desforges[2] m'a promis de me faire rencontrer demain chez elle avec une personne… Enfin, nous en causerons, quand l'idée sera mûre.

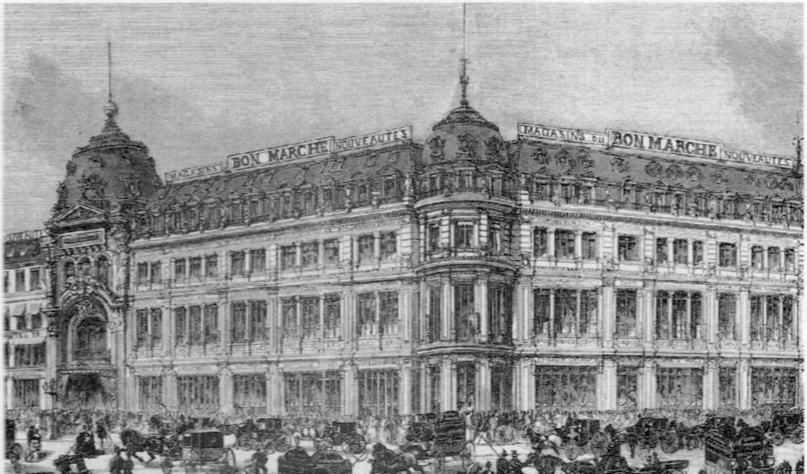

Vue générale des magasins du *Bon Marché*, 1874.

Notes

1. *abasourdi* : stupéfait, profondément déconcerté.

2. Cette femme de la haute société est la maîtresse de Mouret.

[Mouret, accompagné de Bourdoncle, fait le tour du magasin.]

Cependant, Bourdoncle avait pris une des pièces de soie, dont il examinait le grain d'un air attentif d'homme compétent. C'était une faille à lisière[1] bleu et argent, le fameux Paris-Bonheur, avec laquelle Mouret comptait porter un coup décisif.

– Elle est vraiment très bonne, murmura l'intéressé.

– Et elle fait surtout plus d'effet qu'elle n'est bonne, dit Bouthemont. Il n'y a que Dumonteil pour nous fabriquer ça... À mon dernier voyage, quand je me suis fâché avec Gaujean, celui-ci voulait bien mettre cent métiers[2] sur ce modèle, mais il exigeait vingt-cinq centimes de plus par mètre.

Presque tous les mois, Bouthemont allait ainsi en fabrique, vivant des journées à Lyon[3], descendant dans les premiers hôtels, ayant l'ordre de traiter les fabricants à bourse ouverte[4]. Il jouissait d'ailleurs d'une liberté absolue, il achetait comme bon lui semblait, pourvu que, chaque année, il augmentât dans une proportion fixée d'avance le chiffre d'affaires de son comptoir[5] ; et c'était même sur cette augmentation qu'il touchait son tant pour cent[6] d'intérêt. En somme, sa situation, au *Bonheur des Dames*, comme celle de tous les chefs, ses collègues, se trouvait être celle d'un commerçant spécial, dans un ensemble de commerces divers, une sorte de vaste cité du négoce.

– Alors, c'est décidé, reprit-il, nous la marquons cinq francs soixante... Vous savez que c'est à peine le prix d'achat.

– Oui! oui, cinq francs soixante, dit vivement Mouret, et si j'étais seul, je la donnerais à perte.

Le chef de rayon eut un bon rire.

Notes

1. ***lisière :*** bordure d'un tissu.
2. ***métiers :*** métiers à tisser.
3. ***Lyon :*** ville réputée pour ses fabricants de soie, les soyeux.
4. ***à bourse ouverte :*** généreusement.
5. ***comptoir :*** rayon.
6. ***tant pour cent :*** pourcentage; Bouthemont est intéressé à la vente; il touche un pourcentage de la recette.

– Oh ! moi, je ne demande pas mieux… Ça va tripler la vente, et comme mon seul intérêt est d'arriver à de grosses recettes…

Mais Bourdoncle restait grave, les lèvres pincées. Lui, touchait son tant pour cent sur le bénéfice total[1] , et son affaire[2] n'était pas de baisser les prix. Justement, le contrôle qu'il exerçait consistait à surveiller la marque[3], pour que Bouthemont, cédant au seul désir d'accroître le chiffre de vente, ne vendît pas à trop petit gain. Du reste, il était repris par ses inquiétudes anciennes, devant des combinaisons de réclame[4] qui lui échappaient. Il osa montrer sa répugnance, en disant :

– Si nous la donnons à cinq francs soixante, c'est comme si nous la donnions à perte, puisqu'il faudra prélever nos frais qui sont considérables… On la vendrait partout à sept francs.

Du coup, Mouret se fâcha. Il tapa de sa main ouverte sur la soie, il cria nerveusement :

– Mais je le sais, et c'est pourquoi je désire en faire cadeau à nos clientes… En vérité, mon cher, vous n'aurez jamais le sens de la femme. Comprenez donc qu'elles vont se l'arracher, cette soie !

– Sans doute, interrompit l'intéressé, qui s'entêtait, et plus elles se l'arracheront, plus nous perdrons.

– Nous perdrons quelques centimes sur l'article, je le veux bien. Après ? le beau malheur, si nous attirons toutes les femmes et si nous les tenons à notre merci, séduites, affolées devant l'entassement de nos marchandises, vidant leur porte-monnaie sans compter ! Le tout, mon cher, est de les allumer, et il faut pour cela un article qui flatte, qui fasse époque. Ensuite, vous pouvez vendre les autres articles aussi cher qu'ailleurs, elles croiront les payer chez vous meilleur marché. Par exemple, notre Cuir-d'Or, ce taffetas à sept francs cinquante, qui se vend partout

Notes

1. ***bénéfice total :*** ce qui reste de la recette totale une fois déduites les dépenses.
2. ***affaire :*** intérêt.
3. ***marque :*** marge, gain réalisé sur les produits vendus sous le nom du magasin.
4. ***réclame :*** publicité.

ce prix, va passer également pour une occasion extraordinaire, et suffira à combler la perte du Paris-Bonheur... Vous verrez, vous verrez !

Il devenait éloquent.

– Comprenez-vous ! je veux que dans huit jours le Paris-Bonheur révolutionne la place. Il est notre coup de fortune, c'est lui qui va nous sauver et qui nous lancera. On ne parlera que de lui, la lisière bleu et argent sera connue d'un bout de la France à l'autre... Et vous entendrez la plainte furieuse de nos concurrents. Le petit commerce y laissera encore une aile. Enterrés, tous ces brocanteurs[1] qui crèvent de rhumatismes, dans leurs caves !

[Après avoir relevé une erreur d'Albert Lhomme, un caissier, dont la mère, Mme Aurélie, est première des confections et le père, premier caissier, les deux hommes poursuivent leur visite quotidienne.]

Ceux-ci, en effet, continuaient leur inspection en traversant le hall. Ils s'arrêtèrent, ils demandèrent à Robineau des explications, au sujet d'un stock de velours, dont les cartons empilés encombraient une table. Et, comme celui-ci répondait que la place manquait :

– Je vous le disais, Bourdoncle, s'écria Mouret en souriant, le magasin est déjà trop petit ! Il faudra un jour abattre les murs jusqu'à la rue de Choiseul... Vous verrez l'écrasement, lundi prochain !

Et, à propos de cette mise en vente qu'on préparait dans tous les comptoirs, il interrogea de nouveau Robineau, il lui donna des ordres. Mais, depuis quelques minutes, sans cesser de parler, il suivait du regard le travail de Hutin[2], qui s'attardait à mettre des soies bleues à côté de soies grises et de soies jaunes, puis qui se reculait, pour juger de l'harmonie des tons. Brusquement, il intervient.

Notes

1. ***brocanteurs*** : marchands d'objets sans valeur.

2. ***Hutin*** : un des employés du magasin, très ambitieux et rival de Robineau.

– Mais pourquoi cherchez-vous à ménager l'œil? dit-il. N'ayez donc pas peur, aveuglez-le… Tenez! du rouge! du vert! du jaune!

Il avait pris les pièces, il les jetait, les froissait, en tirait des gammes éclatantes. Tous en convenaient le patron était le premier étalagiste[1] de Paris, un étalagiste révolutionnaire à la vérité, qui avait fondé l'école du brutal et du colossal dans la science de l'étalage. Il voulait des écroulements, comme tombés au hasard des casiers éventrés, et il les voulait flambants des couleurs les plus ardentes, s'avivant l'un par l'autre. En sortant du magasin, disait-il, les clientes devaient avoir mal aux yeux. Hutin, qui, au contraire, était de l'école classique de la symétrie et de la mélodie cherchées dans les nuances, le regardait allumer cet incendie d'étoffes au milieu d'une table, sans se permettre la moindre critique, mais les lèvres pincées par une moue d'artiste dont une telle débauche[2] blessait les convictions.

– Voilà! cria Mouret, quand il eut fini. Et laissez-le… Vous me direz s'il raccroche les femmes, lundi!

Justement, comme il rejoignait Bourdoncle et Robineau, une femme arrivait, qui resta quelques secondes plantée et suffoquée devant l'étalage. C'était Denise. Après avoir hésité près d'une heure dans la rue, en proie à une terrible crise de timidité, elle venait de se décider enfin. Seulement, elle perdait la tête, au point de ne pas comprendre les explications les plus claires; et les commis auxquels elle demandait en balbutiant Mme Aurélie, avaient beau lui indiquer l'escalier de l'entresol, elle remerciait, puis elle tournait à gauche, si on lui avait dit de tourner à droite; de sorte que, depuis dix minutes, elle battait le rez-de-chaussée, allant de rayon en rayon, au milieu de la curiosité méchante et de l'indifférence maussade des vendeurs. C'était à la fois, en elle une envie de se sauver et un besoin d'admiration qui la retenait.

Notes

1. *étalagiste :* personne chargée de l'étalage, c'est-à-dire de la présentation des marchandises.
2. *débauche :* excès.

Elle se sentait perdue, toute petite dans le monstre, dans la machine encore au repos, tremblant d'être prise par le branle[1] dont les murs frémissaient déjà. Et la pensée de la boutique du *Vieil Elbeuf,* noire et étroite, agrandissait encore pour elle le vaste magasin, le lui montrait doré de lumière, pareil à une ville, avec ses monuments, ses places, ses rues, où il lui semblait impossible qu'elle trouvât jamais sa route.

[Denise a fini par trouver le rayon des confections. On lui indique Mme Aurélie.]

– Madame Aurélie, je vous prie ?

– C'est moi.

Denise avait la bouche sèche, les mains froides, reprise d'une de ses anciennes peurs d'enfant, lorsqu'elle tremblait d'être fouettée. Elle bégaya sa demande, dut la recommencer pour la rendre intelligible. Mme Aurélie la regardait de ses grands yeux fixes, sans qu'un pli de son masque d'empereur daignât s'attendrir.

– Quel âge avez-vous donc ?

– Vint ans, madame.

– Comment vingt ans ! mais vous n'en paraissez pas seize !

De nouveau, les vendeuses levaient la tête. Denise se hâta d'ajouter :

– Oh ! je suis très forte !

Mme Aurélie haussa ses larges épaules. Puis, elle déclara :

– Mon Dieu ! je veux bien vous inscrire. Nous inscrivons ce qui se présente… Mademoiselle Prunaire, donnez-moi le registre.

On ne le trouva pas tout de suite, il devait être entre les mains de l'inspecteur Jouve. Comme la grande Clara allait le chercher, Mouret arriva, toujours suivi de Bourdoncle. Ils achevaient le tour des comptoirs de l'entresol, ils avaient traversé les dentelles,

Note

1. ***branle*** *:* mouvement.

les châles, les fourrures, l'ameublement, la lingerie[1], et ils finissaient par les confections. Mme Aurélie s'écarta, causa un moment avec eux d'une commande de paletots qu'elle comptait faire chez un des gros entrepreneurs de Paris; d'ordinaire, elle achetait directement et sous sa responsabilité; mais, pour les achats importants, elle préférait consulter la direction. Ensuite, Bourdoncle lui conta la nouvelle négligence de son fils Albert, qui parut la désespérer : cet enfant la tuerait; au moins, le père, s'il n'était pas fort, avait pour lui de la conduite. Toute cette dynastie des Lhomme, dont elle était le chef incontesté, lui donnait parfois bien du mal.

Cependant, Mouret surpris de retrouver Denise, se pencha pour demander à Mme Aurélie ce que cette jeune fille faisait là; et, quand la première eut répondu qu'elle se présentait comme vendeuse, Bourdoncle avec son dédain de la femme, fut suffoqué de cette prétention.

– Allons donc! murmura-t-il, c'est une plaisanterie! Elle est trop laide.

– Le fait est qu'elle n'a rien de beau, dit Mouret, n'osant la défendre, bien que touché encore de son extase[2] en bas, devant l'étage.

Mais on apportait le registre, et Mme Aurélie revint vers Denise. Celle-ci ne faisait décidément pas une bonne impression. Elle était très propre, dans sa mince robe de laine noire; on ne s'arrêtait pas à cette pauvreté de la mise[3], car on fournissait l'uniforme, la robe de soie réglementaire; seulement, elle paraissait bien chétive et elle avait le visage triste. Sans exiger des filles belles, on les voulait agréables, pour la vente. Et, sous les regards de ces dames et de ces messieurs, qui l'étudiaient, qui la pesaient, comme une jument que des paysans marchandent à la foire, Denise achevait de perdre contenance[4].

Notes

1. *lingerie :* rayon où l'on vend les articles de toile, notamment le linge de maison.
2. *extase :* admiration religieuse.
3. *mise :* tenue vestimentaire.
4. *contenance :* assurance.

– Votre nom ? demanda la première, la plume à la main, prête à écrire sur le bout d'un comptoir.

– Denise Baudu, madame.

– Votre âge ?

– Vingt ans et quatre mois.

Et elle répéta, en se hasardant à lever les yeux sur Mouret, sur ce prétendu chef de rayon qu'elle rencontrait toujours, et dont la présence la troublait :

– Je n'en ai pas l'air, mais je suis très solide.

On sourit. Bourdoncle regardait ses ongles avec impatience. La phrase d'ailleurs tomba au milieu d'un silence décourageant.

– Dans quelle maison avez-vous été, à Paris ? reprit la première.

– Mais, madame, j'arrive de Valognes.

Ce fut un nouveau désastre. D'ordinaire, le *Bonheur des Dames* exigeait de ses vendeuses un stage d'un an dans une des petites maisons de Paris. Denise alors désespéra ; et, sans la pensée des enfants, elle serait partie pour mettre fin à cet interrogatoire inutile.

– Où étiez-vous à Valognes ?

– Chez Cornaille.

– Je le connais, bonne maison, laissa échapper Mouret.

Jamais d'habitude, il n'intervenait dans cet embauchage[1] des employés, les chefs de rayon ayant la responsabilité de leur personnel. Mais, avec son sens délicat de la femme, il sentait chez cette jeune fille un charme caché, une force de grâce et de tendresse, ignorée d'elle-même. La bonne renommée de la maison de début était d'un grand poids ; souvent, elle décidait de l'acceptation. Mme Aurélie continua d'une voix plus douce :

– Et pourquoi êtes-vous sortie de chez Cornaille ?

Note

1. ***embauchage*** *:* embauche.

– Des raisons de famille, répondit Denise en rougissant. Nous avons perdu nos parents, j'ai dû suivre mes frères… D'ailleurs, voici un certificat.

Il était excellent. Elle recommençait à espérer, quand une dernière question la gêna.

– Avez-vous d'autres références à Paris ?… Où demeurez-vous ?

– Chez mon oncle, murmura-t-elle, hésitant à le nommer, craignant qu'on ne voulût jamais de la nièce d'un concurrent. Chez mon oncle Baudu, là, en face.

Du coup, Mouret intervint une seconde fois.

– Comment, vous êtes la nièce de Baudu !… Est-ce que c'est Baudu qui vous envoie ?

– Oh ! non, monsieur !

Et elle ne put s'empêcher de rire, tant l'idée lui parut singulière. Ce fut une transfiguration[1]. Elle restait rose, et le sourire, sur sa bouche un peu grande, était comme un épanouissement du visage entier. Ses yeux gris prirent une flamme tendre, ses joues se creusèrent d'adorables fossettes, ses pâles cheveux eux-mêmes semblèrent voler, dans la gaieté bonne et courageuse de tout son être.

– Mais elle est jolie ! dit tout bas Mouret à Bourdoncle.

L'intéressé refusa d'en convenir, d'un geste d'ennui. Clara avait pincé les lèvres, tandis que Marguerite tournait le dos. Seule, Mme Aurélie approuva Mouret de la tête, quand il reprit :

– Votre oncle a eu tort de ne pas vous amener, sa recommandation suffisait… On prétend qu'il nous en veut. Nous sommes d'esprit plus large, et s'il ne peut occuper sa nièce dans sa maison, eh bien ! nous lui montrerons que sa nièce n'a eu qu'à frapper chez nous pour être accueillie… Répétez-lui que je l'aime toujours beaucoup, qu'il doit s'en prendre, non pas à moi, mais

Note

1. *transfiguration* : transformation d'un visage éclairé par la joie.

aux nouvelles conditions du commerce. Et dites-lui qu'il achèvera de se couler, s'il s'entête dans un tas de vieilleries ridicules.

Denise redevint toute blanche. C'était Mouret. Personne n'avait dit son nom, mais il se désignait lui-même et elle le devinait maintenant, elle comprenait pourquoi ce jeune homme lui avait causé une telle émotion, dans la rue, au rayon des soieries, à présent encore. Cette émotion, où elle ne pouvait lire[1], pesait de plus en plus sur son cœur, comme un poids trop lourd. Toutes les histoires contées par son oncle, revenaient à sa mémoire, grandissant Mouret, l'entourant d'une légende, faisant de lui le maître de la terrible machine, qui depuis le matin la tenait dans les dents de fer de ses engrenages. Et, derrière sa jolie tête, à la barbe soignée, aux yeux couleur de vieil or, elle voyait la femme morte, cette Mme Hédouin, dont le sang avait scellé les pierres de la maison. Alors, elle fut reprise du froid de la veille, elle crut qu'elle avait simplement peur de lui.

Mme Aurélie, cependant, fermait le registre. Il lui fallait une seule vendeuse, et il y avait dix demandes inscrites. Mais elle était trop désireuse d'être agréable au patron pour hésiter. La demande toutefois suivrait son cours, l'inspecteur Jouve irait aux renseignements, ferait son rapport, et la première prendrait une décision.

– C'est bien, mademoiselle, dit-elle majestueusement, pour réserver son autorité. On vous écrira.

L'embarras tint encore Denise immobile, pendant un instant. Elle ne savait de quel pied sortir, au milieu de tout ce monde. Enfin, elle remercia Mme Aurélie; et, lorsqu'elle dut passer devant Mouret et Bourdoncle, elle salua. Ceux-ci, d'ailleurs, qui ne s'occupaient déjà plus d'elle, ne lui rendirent pas même son salut, très attentifs à examiner avec Mme Frédéric le modèle du manteau à taille[2]. Clara eut un geste vexé, en regardant Mar-

Notes

1. *où elle ne pouvait lire :* qu'elle ne pouvait déchiffrer.

2. *manteau à taille :* manteau cintré.

guerite, comme pour prédire que la nouvelle vendeuse n'aurait pas beaucoup d'agrément[1] au rayon. Sans doute Denise sentit derrière elle cette indifférence et cette rancune, car elle descendit l'escalier avec le même trouble qu'elle l'avait monté, en proie à une singulière angoisse, se demandant si elle devait se désespérer ou se réjouir d'être venue. Pouvait-elle compter sur la place ? elle recommençait à en douter, dans le malaise qui l'avait empêchée de comprendre nettement. De toutes ses sensations, deux persistaient et effaçaient peu à peu les autres : le coup porté en elle par Mouret, profond jusqu'à la peur ; puis, l'amabilité de Hutin[2], la seule joie de sa matinée, un souvenir d'une douceur charmante, qui l'emplissait de gratitude[3]. Quand elle traversa le magasin pour sortir, elle chercha le jeune homme, heureuse à l'idée de le remercier encore des yeux, et elle fut triste de ne pas le voir.

– Eh bien ! mademoiselle, avez-vous réussi ? lui demanda une voix émue, comme elle était enfin sur le trottoir.

Elle se retourna, elle reconnut le grand garçon blême et dégingandé[4], qui lui avait adressé la parole, le matin. Lui aussi sortait du *Bonheur des Dames*, et il paraissait plus effrayé qu'elle, tout ahuri[5] de l'interrogatoire qu'il venait de subir.

– Mon Dieu ! je n'en sais rien, monsieur, répondit-elle.

– C'est comme moi, alors. Ils ont une manière de vous regarder et de vous parler, là-dedans !... Je suis pour les dentelles, je sors de chez Crèvecœur, rue du Mail.

Ils étaient de nouveau l'un devant l'autre ; et, ne sachant de quelle façon se quitter, ils se mirent à rougir. Puis, le jeune homme, pour dire encore quelque chose dans l'excès de sa timidité, osa demander, de son air gauche et bon :

– Comment vous nommez-vous, mademoiselle ?

Notes

1. ***agrément*** **:** plaisir.
2. Hutin a guidé la jeune fille dans le magasin.
3. ***gratitude*** **:** reconnaissance.
4. ***dégingandé*** **:** grand et ayant des gestes peu coordonnés.
5. ***ahuri*** **:** étonné.

– Denise Baudu.

– Moi, je me nomme Henri Deloche.

Maintenant, ils souriaient. Ils cédèrent à la fraternité de leurs situations, ils se tendirent la main.

– Bonne chance !

– Oui, bonne chance !

CHAPITRE III

[Chaque samedi, Henriette Desforges, protégée du grand financier le baron Hartmann et maîtresse de Mouret, reçoit ses amis. Cette semaine-là, elle présente le patron du *Bonheur des Dames* au baron. Les deux hommes se retirent pour parler affaires et Mouret propose au financier une association qui lui permettrait d'agrandir encore son magasin.]

Le baron Hartmann, qui avait suivi le geste de Mouret, regardait ces dames, par la porte restée grande ouverte. Et il les écoutait d'une oreille, pendant que le jeune homme, enflammé du désir de le convaincre, se livrait davantage, lui expliquait le mécanisme du nouveau commerce des nouveautés. Ce commerce était basé maintenant sur le renouvellement continu et rapide du capital, qu'il s'agissait de faire passer en marchandises le plus de fois possible, dans la même année. Ainsi, cette année-là, son capital, qui était seulement de cinq cent mille francs, venait de passer quatre fois et avait ainsi produit deux millions d'affaires[1]. Une misère, d'ailleurs, qu'on décuplerait, car il se disait certain de faire plus tard reparaître le capital quinze et vingt fois, dans certains comptoirs.

– Vous entendez, monsieur le baron, toute la mécanique est là. C'est bien simple, mais il fallait le trouver. Nous n'avons pas besoin d'un gros roulement de fonds. Notre effort unique est de nous débarrasser très vite de la marchandise achetée, pour

Note

1. ***d'affaires :*** de chiffre d'affaires (argent gagné sans déduire les dépenses).

la remplacer par d'autre, ce qui fait rendre au capital autant de fois son intérêt. De cette manière, nous pouvons nous contenter d'un petit bénéfice; comme nos frais généraux[1] s'élèvent au chiffre énorme de seize pour cent, et que nous ne prélevons guère sur les objets que vingt pour cent de gain[2], c'est donc un bénéfice de quatre pour cent au plus[3]; seulement, cela finira par faire des millions, lorsqu'on opérera sur des quantités de marchandises considérables et sans cesse renouvelées… Vous suivez, n'est-ce pas? rien de plus clair.

Le baron hocha de nouveau la tête. Lui, qui avait accueilli les combinaisons les plus hardies, et dont on citait encore les témérités[4], lors des premiers essais de l'éclairage au gaz, restait inquiet et têtu.

– J'entends bien, répondit-il. Vous vendez bon marché pour vendre beaucoup, et vous vendez beaucoup pour vendre bon marché… Seulement, il faut vendre, et j'en reviens à ma question : à qui vendrez-vous? comment espérez-vous entretenir une vente aussi colossale?

Un éclat brusque de voix, venu du salon, coupa les explications de Mouret. C'était Mme Guibal qui aurait préféré les volants de vieil alençon en tablier seulement.

– Mais, ma chère, disait Mme de Boves, le tablier en était couvert aussi. Jamais je n'ai rien vu de plus riche.

– Tiens! vous me donnez une idée, reprenait Mme Desforges. J'ai déjà quelques mètres d'alençon… Il faut que j'en cherche pour une garniture[5].

Notes

1. *frais généraux :* dépenses de fonctionnement (salaires…).
2. *vingt pour cent de gain :* 20 % du prix de vente revient au magasin, les 80 % restants allant au fabricant.
3. *quatre pour cent au plus :* 20 % du prix de vente auxquels on retire les 16 % de frais généraux.
4. *témérités :* opérations audacieuses.
5. *garniture :* pièce de dentelle destinée à embellir une robe.

Et les voix tombèrent, ne furent plus qu'un murmure. Des chiffres sonnaient, tout un marchandage fouettait les désirs, ces dames achetaient des dentelles à pleines mains.

– Eh ! dit enfin Mouret, quand il put parler, on vend ce qu'on veut, lorsqu'on sait vendre ! Notre triomphe est là.

Alors, avec sa verve[1] provençale, en phrases chaudes qui évoquaient les images, il montra le nouveau commerce à l'œuvre. Ce fut d'abord la puissance décuplée de l'entassement, toutes les marchandises accumulées sur un point, se soutenant et se poussant ; jamais de chômage ; toujours l'article de la saison était là ; et, de comptoir en comptoir, la cliente se trouvait prise, achetait ici l'étoffe, plus loin le fil, ailleurs le manteau, s'habillait, puis tombait dans des rencontres imprévues, cédait au besoin de l'inutile et du joli. Ensuite, il célébra la marque[2] en chiffres connus. La grande révolution des nouveautés partait de cette trouvaille. Si l'ancien commerce, le petit commerce agonisait, c'était qu'il ne pouvait soutenir la lutte des bas prix, engagée par la marque. Maintenant, la concurrence avait lieu sous les yeux mêmes du public, une promenade aux étalages établissait les prix, chaque magasin baissait, se contentait du plus léger bénéfice possible ; aucune tricherie, pas de coup de fortune longtemps médité sur un tissu vendu le double de sa valeur, mais des opérations courantes, un tant pour cent régulier prélevé sur tous les articles, la fortune mise dans le bon fonctionnement d'une vente, d'autant plus large qu'elle se faisait au grand jour. N'était-ce pas une création étonnante ? Elle bouleversait le marché, elle transformait Paris, car elle était faite de la chair et du sang de la femme.

– J'ai la femme, je me fiche du reste ! dit-il dans un aveu brutal, que la passion lui arracha.

Notes

1. *verve :* parole aisée et vive.

2. *marque :* produit vendu au nom du magasin en grande quantité mais avec un bénéfice réduit.

À ce cri, le baron Hartmann parut ébranlé. Son sourire perdait sa pointe ironique, il regardait le jeune homme, gagné peu à peu par sa foi[1], pris pour lui d'un commencement de tendresse.

– Chut! murmura-t-il paternellement, elles vont vous entendre.

Mais ces dames parlaient maintenant toutes à la fois, tellement excitées, qu'elles ne s'écoutaient même plus entre elles. Mme de Boves achevait la description de la toilette de soirée : une tunique de soie mauve, drapée et retenue par des nœuds de dentelle; le corsage décolleté très bas, et encore des nœuds de dentelle aux épaules.

– Vous verrez, disait-elle, je me fais faire un corsage pareil avec un satin…

– Moi, interrompait Mme Bourdelais, j'ai voulu du velours, oh! une occasion!

Mme Marty demandait :

– Hein? combien la soie?

Puis, toutes les voix repartirent ensemble. Mme Guibal, Henriette, Blanche, mesuraient, coupaient, gâchaient. C'était un saccage d'étoffes, la mise au pillage des magasins, un appétit de luxe qui se répandait en toilettes jalousées et rêvées, un bonheur tel à être dans le chiffon, qu'elles y vivaient enfoncées, ainsi que dans l'air tiède nécessaire à leur existence.

Mouret, cependant, avait jeté un coup d'œil vers le salon. Et, en quelques phrases dites à l'oreille du baron Hartmann, comme s'il lui eût fait de ces confidences amoureuses qui se risquent parfois entre hommes, il acheva d'expliquer le mécanisme du grand commerce moderne. Alors, plus haut que les faits déjà donnés, au sommet, apparut l'exploitation de la femme. Tout y aboutissait, le capital sans cesse renouvelé, le système de l'entassement des marchandises, le bon marché qui attire, la marque en chiffres connus qui tranquillise. C'était la femme que les

Note

1. *foi* : confiance.

magasins se disputaient par la concurrence, la femme qu'ils prenaient au continuel piège de leurs occasions, après l'avoir étourdie devant leurs étalages. Ils avaient éveillé dans sa chair de nouveaux désirs, ils étaient une tentation immense, où elle succombait fatalement, cédant d'abord à des achats de bonne ménagère, puis gagnée par la coquetterie, puis dévorée. En décuplant la vente, en démocratisant le luxe, ils devenaient un terrible agent de dépense, ravageaient les ménages, travaillaient au coup de folie de la mode, toujours plus chère.

[...]

Le baron, à demi conquis, hésitait pourtant à s'engager de la sorte. Un doute restait au fond du charme qui opérait peu à peu sur lui. Il allait répondre d'une façon évasive[1], lorsqu'un appel pressant de ces dames lui évita cette peine. Des voix répétaient, au milieu de légers rires :

– Monsieur Mouret ! monsieur Mouret !

Et comme celui-ci, contrarié d'être interrompu, feignait de ne pas entendre, Mme de Boves, debout depuis un moment, vint jusqu'à la porte du petit salon.

– On vous réclame, monsieur Mouret... Ce n'est guère galant de vous enterrer dans les coins pour causer d'affaires.

Alors, il se décida, et avec une bonne grâce apparente, un air de ravissement, dont le baron fut émerveillé. Tous deux se levèrent, passèrent dans le grand salon.

– Mais je suis à votre disposition, mesdames, dit-il en entrant, le sourire aux lèvres.

Un brouhaha de triomphe l'accueillit. Il dut s'avancer davantage, ces dames lui firent place au milieu d'elles. Le soleil venait de se coucher derrière les arbres du jardin, le jour tombait, une ombre fine noyait peu à peu la vaste pièce. C'était l'heure attendrie du crépuscule, cette minute de discrète volupté, dans les appartements parisiens, entre la clarté de la rue qui se meurt

Note

1. *évasive :* floue, qui ne prend aucun engagement.

et les lampes qu'on allume encore à l'office[1]. M. de Boves et Vallagnosc[2], toujours debout devant la fenêtre, jetaient sur le tapis une nappe d'ombre ; tandis que, immobile dans le dernier coup de lumière qui venait de l'autre fenêtre, M. Marty, entré discrètement depuis quelques minutes, mettait son profil pauvre, une redingote étriquée[3] et propre, un visage blêmi par le professorat, et que la conversation de ces dames sur la toilette achevait de bouleverser.

– Est-ce toujours pour lundi prochain, cette mise en vente ? demandait justement Mme Marty.

– Mais, sans doute, madame, répondit Mouret d'une voix de flûte, une voix d'acteur qu'il prenait, quand il parlait aux femmes.

Henriette alors intervint.

– Vous savez, nous irons toutes... On dit que vous préparez des merveilles.

– Oh ! des merveilles ! murmura-t-il d'un air de fatuité[4] modeste, je tâche simplement d'être digne de vos suffrages[5].

Mais elles le pressaient de questions. Mme Bourdelais, Mme Guibal, Blanche elle-même, voulaient savoir.

– Voyons, donnez-nous des détails, répétait Mme de Boves avec insistance. Vous nous faites mourir.

Et elles l'entouraient, lorsque Henriette remarqua qu'il n'avait seulement pas pris une tasse de thé. Alors, ce fut une désolation ; quatre d'entre elles se mirent à le servir, mais à la condition qu'il répondrait ensuite. Henriette versait, Mme Marty tenait la tasse, pendant que Mme de Boves et Mme Bourdelais se disputaient l'honneur de le sucrer. Puis, quand il eut refusé de s'asseoir, et qu'il commença à boire son thé lentement, debout

Notes

1. *office :* pièce attenante à la cuisine, réservée aux domestiques.
2. *Vallagnosc :* un des amis d'enfance de Mouret qui compte épouser Mlle de Boves.
3. *étriquée :* trop étroite.
4. *fatuité modeste :* prétention cachée sous une fausse modestie.
5. *suffrages :* marques d'approbation.

au milieu d'elles, toutes se rapprochèrent, l'emprisonnèrent du cercle étroit de leurs jupes. La tête levée, les regards luisants, elles lui souriaient.

– Votre soie, votre Paris-Bonheur, dont tous les journaux parlent ? reprit Mme Marty, impatiente.

– Oh ! répondit-il, un article extraordinaire, une faille à gros grain, souple, solide... Vous la verrez, mesdames. Et vous ne la trouverez que chez nous, car nous en avons acheté la propriété exclusive.

– Vraiment ! une belle soie à cinq francs soixante ! dit Mme Bourdelais enthousiasmée. C'est à ne pas croire.

Cette soie, depuis que les réclames étaient lancées, occupait dans leur vie quotidienne une place considérable. Elles en causaient, elles se la promettaient, travaillées de désir et de doute. Et, sous la curiosité bavarde dont elles accablaient le jeune homme, apparaissaient leurs tempéraments particuliers d'acheteuses : Mme Marty, emportée par sa rage de dépense, prenant tout au *Bonheur des Dames*, sans choix, au hasard des étalages ; Mme Guibal, s'y promenant des heures sans jamais faire une emplette, heureuse et satisfaite de donner un simple régal à ses yeux ; Mme de Boves, serrée d'argent[1], toujours torturée d'une envie trop grosse, gardant rancune aux marchandises, qu'elle ne pouvait emporter ; Mme Bourdelais, d'un flair de bourgeoise sage et pratique, allant droit aux occasions[2], usant des grands magasins avec une telle adresse de bonne ménagère, exempte de fièvre[3], qu'elle y réalisait de fortes économies ; Henriette enfin, qui, très élégante, y achetait seulement certains articles, ses gants, de la bonneterie, tout le gros linge[4].

[...]

Depuis un instant, Mme Marty, très excitée par la conversation, retournait fiévreusement son sac de cuir rouge sur ses

Notes

1. ***serrée d'argent*** **:** disposant de peu d'argent.
2. ***occasions*** **:** bonnes affaires.
3. ***exempte de fièvre*** **:** sans passion.
4. ***gros linge*** **:** linge de maison (draps, nappes...).

genoux. Elle n'avait pu encore montrer ses achats, elle brûlait de les étaler, dans une sorte de besoin sensuel. Et, brusquement, elle oublia son mari, elle ouvrit le sac, sortit quelques mètres d'une étroite dentelle roulée autour d'un carton.

– C'est cette valenciennes pour ma fille, dit-elle. Elle a trois centimètres, et délicieuse, n'est-ce pas?... Un franc quatre-vingt-dix.

La dentelle passa de main en main. Ces dames se récriaient. Mouret affirma qu'il vendait ces petites garnitures au prix de fabrique. Pourtant, Mme Marty avait refermé le sac, comme pour y cacher des choses qu'on ne montre pas. Mais, devant le succès de la valenciennes, elle ne put résister à l'envie d'en tirer encore un mouchoir.

– Il y avait aussi ce mouchoir... De l'application de Bruxelles, ma chère... Oh! une trouvaille! Vingt francs!

Et, dès lors, le sac devint inépuisable. Elle rougissait de plaisir, une pudeur de femme qui se déshabille la rendait charmante et embarrassée, à chaque article nouveau qu'elle sortait. C'était une cravate en blonde[1] espagnole de trente francs; elle n'en voulait pas, mais le commis lui avait juré qu'elle tenait la dernière et qu'on allait les augmenter. C'était ensuite une voilette[2] en chantilly : un peu chère, cinquante francs; si elle ne la portait pas, elle en ferait quelque chose pour sa fille.

– Mon Dieu! les dentelles, c'est si joli! répétait-elle avec son sourire nerveux. Moi, quand je suis là-dedans, j'achèterais le magasin.

– Et ceci? lui demanda Mme de Boves en examinant un coupon de guipure[3].

– Ça, répondit-elle, c'est un entre-deux... Il y en a vingt-six mètres. Un franc le mètre, comprenez-vous!

Notes

1. *blonde :* dentelle sur soie écrue.
2. *voilette :* petit voile fixé sur le chapeau et destiné à dissimuler partiellement le visage.
3. *guipure :* broderie à larges mailles.

– Tiens ! dit Mme Bourdelais surprise, que voulez-vous donc en faire ?

– Ma foi, je ne sais pas... Mais elle était si drôle de dessin !

À ce moment, comme elle levait les yeux, elle aperçut en face d'elle son mari terrifié. Il avait blêmi davantage, toute sa personne exprimait l'angoisse résignée d'un pauvre homme, qui assiste à la débâcle de ses appointements[1], si chèrement gagnés. Chaque nouveau bout de dentelle était pour lui un désastre, d'amères journées de professorat englouties, des courses au cachet[2] dans la boue dévorées, l'effort continu de sa vie aboutissant à une gêne[3] secrète, à l'enfer d'un ménage nécessiteux[4]. Devant l'effarement croissant de son regard, elle voulut rattraper le mouchoir, la voilette, la cravate ; et elle promenait ses mains fiévreuses, elle répétait avec des rires gênés :

– Vous allez me faire gronder par mon mari... Je t'assure, mon ami, que j'ai été encore très raisonnable ; car il y avait une grande pointe[5] de cinq cents francs, oh ! merveilleuse !

[Le baron promet son engagement financier si la vente du Paris-Bonheur, annoncée pour le lundi suivant, rencontre le succès espéré par Mouret.]

CHAPITRE IV

1 Ce lundi-là, le 10 octobre, un clair soleil de victoire perça les nuées grises, qui depuis une semaine assombrissaient Paris. Toute la nuit encore, il avait bruiné, une poussière d'eau dont l'humidité salissait les rues ; mais, au petit jour, sous les haleines vives qui emportaient les nuages, les trottoirs s'étaient essuyés ; et le ciel bleu avait une gaieté limpide de printemps.

Notes

1. *appointements :* revenus.

2. *courses au cachet :* courses dans Paris pour le salaire ponctuel d'un cours particulier.

3. *gêne :* difficulté financière.

4. *nécessiteux :* manquant d'argent pour subvenir à ses besoins élémentaires.

5. *pointe :* triangle de tissu.

[…]

Le matin, à huit heures, lorsque Denise, qui allait justement débuter ce lundi-là, avait traversé le salon oriental[1], elle était restée saisie, ne reconnaissant plus l'entrée du magasin, achevant de se troubler dans ce décor de harem[2], planté à la porte. Un garçon l'ayant conduite sous les combles[3] et remise entre les mains de Mme Cabin, chargée du nettoyage et de la surveillance des chambres, celle-ci l'installa au numéro 7, où l'on avait déjà monté sa malle. C'était une étroite cellule mansardée[4], ouvrant sur le toit par une fenêtre à tabatière[5], meublée d'un petit lit, d'une armoire de noyer, d'une table de toilette et de deux chaises. Vingt chambres pareilles s'alignaient le long d'un corridor[6] de couvent, peint en jaune; et, sur les trente-cinq demoiselles de la maison, les vingt qui n'avaient pas de famille à Paris couchaient là, tandis que les quinze autres logeaient au-dehors, quelques-unes chez des tantes ou des cousines d'emprunt[7]. Tout de suite, Denise ôta la mince robe de laine, usée par la brosse, raccommodée aux manches, la seule qu'elle eût apportée de Valognes. Puis, elle passa l'uniforme de son rayon, une robe de soie noire, qu'on avait retouchée pour elle, et qui l'attendait sur le lit. Cette robe était encore un peu grande, trop large aux épaules. Mais elle se hâtait tellement, dans son émotion, qu'elle ne s'arrêta point à ces détails de coquetterie. Jamais elle n'avait porté de la soie. Quand elle redescendit, endimanchée, mal à l'aise, elle regardait luire la jupe, elle éprouvait une honte aux bruissements tapageurs[8] de l'étoffe.

Notes

1. Mouret a acheté une collection de tapis anciens et imaginé un décor oriental pour émerveiller les clientes dès leur entrée dans le magasin.
2. *harem :* lieu où vivent les femmes dans les palais orientaux.
3. *sous les combles :* sous les toits; là où logent traditionnellement les employés ou les domestiques.
4. *mansardée :* dont la fenêtre est percée dans le toit.
5. *fenêtre à tabatière* : fenêtre percée dans le toit qui s'ouvre comme le couvercle d'une tabatière (boîte à tabac).
6. *corridor :* couloir.
7. *d'emprunt :* qu'elles faisaient passer pour leurs tantes ou leurs cousines.
8. *tapageurs :* manquant de discrétion.

En bas, comme elle entrait au rayon, une querelle éclatait. Elle entendit Clara dire d'une voix aiguë :

– Madame, je suis arrivée avant elle.

– Ce n'est pas vrai, répondait Marguerite. Elle m'a bousculée à la porte, mais j'avais déjà mis le pied dans le salon.

Il s'agissait de l'inscription au tableau de ligne, qui réglait les tours de vente. Les vendeuses s'inscrivaient sur une ardoise, dans leur ordre d'arrivée ; et, chaque fois qu'une d'elles avait eu une cliente, elle remettait son nom à la queue. Mme Aurélie finit par donner raison à Marguerite.

– Toujours des injustices ! murmura furieusement Clara.

Mais l'entrée de Denise réconcilia ces demoiselles. Elles la regardèrent, puis se sourirent. Pouvait-on se fagoter[1] de la sorte ! La jeune fille alla gauchement s'inscrire au tableau de ligne, où elle se trouvait la dernière. Cependant, Mme Aurélie l'examinait avec une moue inquiète. Elle ne put s'empêcher de dire :

– Ma chère, deux comme vous tiendraient dans votre robe. Il faudra la faire rétrécir… Et puis, vous ne savez pas vous habiller. Venez donc, que je vous arrange un peu.

Et elle l'emmena devant une des hautes glaces, qui alternaient avec les portes pleines des armoires, où étaient serrées les confections. La vaste pièce, entourée de ces glaces et de ces boiseries de chêne sculpté, garnie d'une moquette rouge à grands ramages[2], ressemblait au salon banal d'un hôtel, que traverse un continuel galop de passants. Ces demoiselles complétaient la ressemblance, vêtues de leur soie réglementaire, promenant leurs grâces marchandes, sans jamais s'asseoir sur la douzaine de chaises réservées aux clientes seules. Toutes avaient, entre deux boutonnières du corsage, comme piqué dans la poitrine, un grand crayon qui se dressait, la pointe en l'air ; et l'on apercevait, sortant à demi d'une poche, la tache blanche du cahier de

Notes

1. *se fagoter :* mal s'habiller.

2. *ramages :* dessins de rameaux.

notes de débit[1]. Plusieurs risquaient des bijoux, des bagues, des broches, des chaînes; mais leur coquetterie, le luxe dont elles luttaient[2], dans l'uniformité imposée de leur toilette, était leurs cheveux nus, des cheveux débordants, augmentés de nattes et de chignons quand ils ne suffisaient pas, peignés, frisés, étalés.

– Tirez donc la ceinture par-devant, répétait Mme Aurélie. Là, vous n'avez plus de bosse dans le dos, au moins… Et vos cheveux, est-il possible de les massacrer ainsi! Ils seraient superbes, si vous vouliez.

C'était en effet, la seule beauté de Denise. D'un blond cendré, ils lui tombaient jusqu'aux chevilles; et, quand elle se coiffait, ils la gênaient, au point qu'elle se contentait de les rouler et de les retenir en un tas, sous les fortes dents d'un peigne de corne[3]. Clara, très ennuyée par ces cheveux, affectait d'en rire, tellement ils étaient noués de travers, dans leur grâce sauvage. Elle avait appelé d'un signe une vendeuse du rayon de la lingerie, une fille à figure large, l'air agréable. Les deux rayons, qui se touchaient, étaient en continuelle hostilité; mais ces demoiselles s'entendaient parfois pour se moquer des gens.

– Mademoiselle Cugnot, voyez donc cette crinière, répétait Clara, que Marguerite poussait du coude, en feignant aussi d'étouffer de rire.

Seulement, la lingère[4] n'était pas en train de plaisanter. Elle regardait Denise depuis un instant, elle se rappelait ce qu'elle avait souffert elle-même, les premiers mois, dans son rayon.

– Eh bien! quoi? dit-elle. Toutes n'en ont pas, de ces crinières!

[Les clientes n'affluent pas et Octave Mouret, qui a beaucoup misé sur cette vente du Paris-Bonheur, est pris d'inquiétude.]

Notes

1. *débit :* ce qui est dû par la cliente.
2. Le luxe est l'objet d'une compétition entre les vendeuses.
3. *corne :* écaille de tortue.
4. *lingère :* vendeuse du rayon lingerie.

Mouret se planta, seul et debout, au bord de la rampe[1] du hall. De là, il dominait le magasin, ayant autour de lui les rayons de l'entresol, plongeant sur les rayons du rez-de-chaussée. En haut, le vide lui parut navrant : aux dentelles, une vieille dame faisait fouiller tous les cartons, sans rien acheter; tandis que trois vauriennes[2] à la lingerie, choisissaient longuement des cols à dix-huit sous. En bas, sous les galeries couvertes, dans les coups de lumière qui venaient de la rue, il remarqua que les clientes commençaient à être plus nombreuses. C'était un lent défilé, une promenade devant les comptoirs, espacée, pleine de trous; à la mercerie[3], à la bonneterie, des femmes en camisole[4] se pressaient; seulement, il n'y avait presque personne au blanc[5] ni aux lainages. Les garçons de magasin, avec leur habit vert dont les larges boutons de cuivre luisaient, attendaient le monde, les mains ballantes. Par moments, passait un inspecteur, l'air cérémonieux, raidi dans sa cravate blanche. Et le cœur de Mouret était surtout serré par la paix morte du hall : le jour y tombait de haut, d'un vitrage aux verres dépolis[6], qui tamisait[7] la clarté en une poussière blanche, diffuse et comme suspendue, sous laquelle le rayon des soieries semblait dormir, au milieu d'un silence frissonnant de chapelle. Le pas d'un commis, des paroles chuchotées, un frôlement de jupe qui traversait, y mettaient seuls des bruits légers, étouffés dans la chaleur du calorifère[8]. Pourtant, des voitures arrivaient : on entendait l'arrêt brusque des chevaux; puis, des portières se refermaient violemment. Au-dehors, montait un lointain brouhaha, des curieux qui se

Notes

1. ***rampe :*** rampe d'accès aux étages, escalier.
2. ***vauriennes :*** femmes de basse condition.
3. ***mercerie :*** rayon où l'on vend les articles destinés aux travaux de couture.
4. ***femmes en camisole :*** femmes en chemises – ce qui indique leur basse condition sociale.
5. ***blanc :*** linge de maison.
6. ***dépolis :*** dont la surface est traitée de telle sorte que la transparence est atténuée.
7. ***tamisait :*** filtrait.
8. ***calorifère :*** appareil de chauffage.

bousculaient en face des vitrines, des fiacres[1] qui stationnaient sur la place Gaillon, toute l'approche d'une foule. Mais, en voyant les caissiers inactifs se renverser derrière leur guichet, en constatant que les tables aux paquets[2] restaient nues, avec leurs boîtes à ficelle et leurs mains de papier bleu, Mouret, indigné d'avoir peur, croyait sentir sa grande machine s'immobiliser et se refroidir sous lui.

[La clientèle finit par arriver et l'on se presse à tous les rayons. Henriette Desforges et ses amies font leurs emplettes.]

– Tiens ! dit Mme Marty, vous regardez des cravates et des voilettes pareilles aux miennes.

C'était vrai, Mme de Boves, que les dentelles de Mme Marty tourmentaient depuis le samedi, n'avait pu résister au besoin de se frotter du moins aux mêmes modèles, puisque la gêne où son mari la laissait ne lui permettait pas de les emporter. Elle rougit légèrement, elle expliqua que Blanche avait voulu voir les cravates de blonde espagnole. Puis, elle ajouta :

– Vous allez aux confections… Eh bien ! à tout à l'heure. Voulez-vous dans le salon oriental ?

– C'est ça, dans le salon oriental… Hein ? superbe !

Elles se séparèrent en se pâmant[3] , au milieu de l'encombrement produit par la vente des entre-deux[4] et des petites garnitures à bas prix. Deloche, heureux d'être occupé, s'était remis à vider les cartons devant la mère et la fille. Et, lentement, parmi les groupes pressés le long des comptoirs, l'inspecteur Jouve se promenait de son allure militaire, étalant sa décoration, gardant ces marchandises précieuses et fines, si faciles à cacher au fond d'une manche. Quand il passa derrière Mme de Boves, surpris

Notes

1. *fiacres* : voitures à chevaux, louées pour une course.
2. *tables aux paquets* : tables sur lesquelles on met en paquet la marchandise achetée.
3. *en se pâmant* : en exprimant de façon exagérée une admiration (la pâmoison) proche de l'évanouissement.
4. *entre-deux* : bandes de broderie d'ornement à bords droits.

de la voir les bras plongés dans un tel flot de dentelles, il jeta un regard vif sur ses mains fiévreuses.

– À droite, mesdames, dit Hutin en reprenant sa marche.

Il était hors de lui. N'était-ce donc pas assez de lui faire manquer une vente, en bas ? Voilà qu'elles l'attardaient maintenant, à chaque détour du magasin ! Et, dans son irritation, il y avait surtout la rancune des rayons de tissus contre les rayons d'articles confectionnés, en lutte continuelle, se disputant les clientes, se volant leur tant pour cent et leur guelte[1]. La soie, plus que les lainages encore, enrageait, lorsqu'il lui fallait conduire aux confections une dame, qui se décidait pour un manteau, après s'être fait montrer des taffetas[2] et des failles.

– Mademoiselle Vadon ! dit Hutin d'une voix qui se fâchait, lorsqu'il fut enfin dans le comptoir.

Mais celle-ci passa sans l'écouter, toute à une vente qu'elle bâclait. La pièce était pleine, une queue de monde la traversait dans un bout, entrant et sortant par la porte des dentelles et celle de la lingerie, qui se faisaient face ; tandis que, au fond, des clientes en taille[3] essayaient des vêtements, les reins cambrés devant les glaces. La moquette rouge étouffait le bruit des pas, la voix haute et lointaine du rez-de-chaussée se mourait, ce n'était plus que le murmure discret, la chaleur d'un salon, alourdie par toute une cohue de femmes.

– Mademoiselle Prunaire ! cria Hutin.

Et, comme celle-là ne s'arrêtait pas davantage, il ajouta entre ses dents, de manière à ne pouvoir être entendu :

– Tas de guenons !

Lui, surtout, ne les aimait guère, les jambes cassées de monter l'escalier pour leur amener des acheteuses, furieux du gain qu'il les accusait de lui prendre ainsi dans la poche. C'était une lutte sourde, où elles-mêmes apportaient une égale âpreté[4] ; et, dans

Notes

1. ***guelte :*** prime accordée au vendeur en fonction de la quantité vendue.
2. ***taffetas :*** tissu léger en soie.
3. ***en taille :*** en corsage.
4. ***âpreté :*** agressivité.

leur fatigue commune, toujours sur pied, la chair morte, les sexes disparaissaient, il ne restait plus face à face que des intérêts contraires, irrités par la fièvre du négoce.

– Alors, il n'y a personne ? demanda Hutin.

Mais il aperçut Denise. On l'occupait au déplié[1] depuis le matin, on ne lui avait abandonné que quelques ventes douteuses, qu'elle avait manquées d'ailleurs. Quand il la reconnut, occupée à débarrasser une table d'un tas énorme de vêtements, il courut la chercher.

– Tenez ! mademoiselle, servez donc ces dames qui attendent.

Vivement, il lui mit sur le bras les articles de Mme Marty, qu'il était las de promener. Son sourire revenait, et il y avait, dans ce

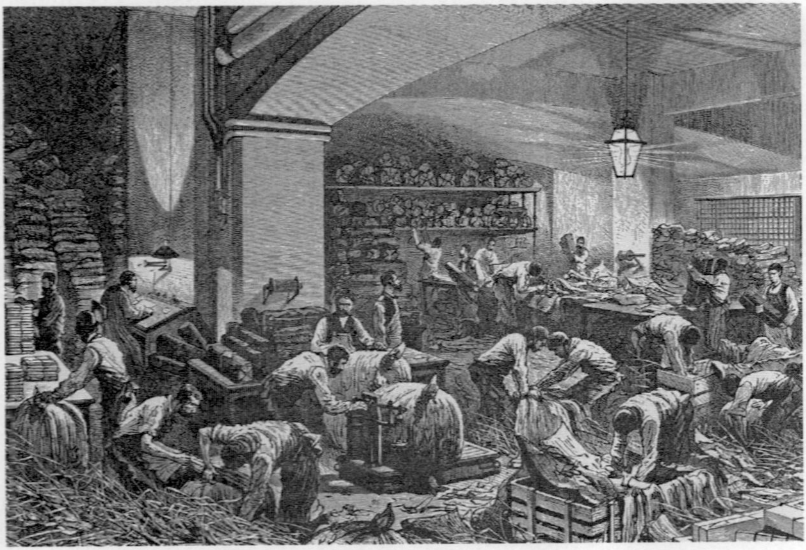

Sous-sol des *Grands Magasins du Louvre* : atelier d'emballage des expéditions des marchandises dans les départements et à l'étranger.

Note

1. *déplié* : étalage des marchandises.

sourire, la secrète méchanceté d'un vendeur d'expérience, se doutant de l'embarras où il allait jeter ces dames et la jeune fille. Celle-ci, cependant, demeurait tout émue devant cette vente inespérée qui se présentait. Pour la seconde fois, il lui apparaissait comme un ami inconnu, fraternel et tendre, toujours prêt dans l'ombre à la sauver. Ses yeux brillèrent de gratitude, elle le suivit d'un long regard, pendant qu'il jouait des coudes, afin de regagner son rayon au plus vite.

– Je désirerais un manteau, dit Mme Marty.

Alors, Denise la questionna. Quel genre de manteau? Mais la cliente n'en savait rien, elle n'avait pas d'idée, elle voulait voir les modèles de la maison. Et la jeune fille, très lasse déjà, étourdie par le monde, perdit la tête; elle n'avait jamais servi qu'une clientèle rare, chez Cornaille, à Valognes; elle ignorait encore le nombre des modèles, et leur place, dans les armoires. Aussi n'en finissait-elle plus de répondre aux deux amies qui s'impatientaient, lorsque Mme Aurélie aperçut Mme Desforges, dont elle devait connaître la liaison, car elle se hâta de venir demander :

– On s'occupe de ces dames?

– Oui, cette demoiselle qui cherche là-bas, répondit Henriette. Mais elle n'a pas l'air très au courant, elle ne trouve rien.

Du coup, la première[1] acheva de paralyser Denise, en allant lui dire à demi-voix :

– Vous voyez bien que vous ne savez pas. Tenez-vous tranquille, je vous prie.

Et appelant :

– Mademoiselle Vadon, un manteau!

Elle resta, pendant que Marguerite montrait les modèles. Celle-ci prenait avec les clientes une voix sèchement polie, une attitude désagréable de fille vêtue de soie, frottée à toutes les élégances, dont elle gardait à son insu même, la jalousie et la rancune. Lorsqu'elle entendit Mme Marty dire qu'elle ne vou-

Note

1. *première :* première vendeuse, responsable du rayon.

lait pas dépasser deux cents francs, elle eut une moue de pitié. Oh! madame mettrait davantage, il était impossible avec deux cents francs que madame trouvât quelque chose de convenable. Et elle jetait, sur un comptoir, les manteaux ordinaires, d'un geste qui signifiait : « Voyez donc, est-ce pauvre! » Mme Marty n'osait les trouver bien. Elle se pencha pour murmurer à l'oreille de Mme Desforges :

– Hein? n'aimez-vous pas mieux être servie par des hommes?… On est plus à l'aise.

Enfin, Marguerite apporta un manteau de soie garni de jais[1], qu'elle traitait avec respect. Et Mme Aurélie appela Denise.

– Servez à quelque chose, au moins… Mettez ça sur vos épaules.

Denise, frappée au cœur, désespérant de jamais réussir dans la maison, était demeurée immobile, les mains ballantes. On allait la renvoyer sans doute, les enfants seraient sans pain. Le brouhaha de la foule bourdonnait dans sa tête, elle se sentait chanceler, les muscles meurtris d'avoir soulevé des brassées de vêtements, besogne de manœuvre[2] qu'elle n'avait jamais faite. Pourtant, il lui fallut obéir, elle dut laisser Marguerite draper le manteau sur elle, comme sur un mannequin.

– Tenez-vous droite, dit Mme Aurélie.

Mais, presque aussitôt, on oublia Denise. Mouret venait d'entrer avec Vallagnosc et Bourdoncle; et il saluait ces dames, il recevait leurs compliments pour sa magnifique exposition des nouveautés d'hiver. On se récria[3] forcément sur le salon oriental. Vallagnosc, qui achevait sa promenade à travers les comptoirs, témoignait plus de surprise que d'admiration; car, après tout, pensait-il dans sa nonchalance de pessimiste, ce n'était jamais que beaucoup de calicot[4] à la fois. Quant à Bourdoncle,

Notes

1. *jais :* sorte de pierre d'un noir luisant dont on fait des bijoux.

2. *manœuvre :* ouvrier chargé des travaux de force.

3. *se récria :* s'exclama.

4. *calicot :* tissu grossier.

il oubliait qu'il était de l'établissement, il félicitait aussi son patron, afin de lui faire oublier ses doutes et ses préoccupations inquiètes du matin.

– Oui, oui, ça marche assez bien, je suis content, répétait Mouret radieux, répondant par un sourire aux tendres regards d'Henriette. Mais il ne faut pas que je vous dérange, mesdames.

Alors, tous les yeux revinrent sur Denise. Elle s'abandonnait aux mains de Marguerite, qui la faisait tourner lentement.

– Hein ? qu'en pensez-vous ? demanda Mme Marty à Mme Desforges.

Cette dernière décidait, en arbitre suprême de la mode.

– Il n'est pas mal, et de coupe originale... Seulement, il me semble peu gracieux de la taille.

– Oh ! intervint Mme Aurélie, il faudrait le voir sur madame elle-même... Vous comprenez, il ne fait aucun effet sur mademoiselle, qui n'est guère étoffée[1]... Redressez-vous donc, mademoiselle, donnez-lui toute son importance.

On sourit. Denise était devenue très pâle. Une honte la prenait, d'être ainsi changée en une machine qu'on examinait et dont on plaisantait librement. Mme Desforges, cédant à une antipathie de nature contraire, agacée par le visage doux de la jeune fille, ajouta méchamment :

– Sans doute, il irait mieux si la robe de mademoiselle était moins large.

Et elle jetait à Mouret le regard moqueur d'une Parisienne, que l'attifement[2] ridicule d'une provinciale égayait. Celui-ci sentit la caresse amoureuse de ce coup d'œil, le triomphe de la femme heureuse de sa beauté et de son art. Aussi, par gratitude d'homme adoré, crut-il devoir railler[3] à son tour, malgré la bienveillance qu'il éprouvait pour Denise, dont sa nature galante subissait le charme secret.

Notes

1. ***n'est guère étoffée :*** est maigre.
2. ***attifement :*** fait d'être mal habillé.
3. ***railler :*** se moquer.

– Puis, il faudrait être peignée, murmura-t-il.

Ce fut le comble. Le directeur daignait rire, toutes ces demoiselles éclatèrent. Marguerite risqua un léger gloussement de fille distinguée qui se retient; Clara avait lâché une vente, pour se faire du bon sang[1] à son aise; même des vendeuses de la lingerie étaient venues, attirées par la rumeur. Quant à ces dames, elles s'amusaient plus discrètement, d'un air d'intelligence mondaine[2]; tandis que, seul, le profil impérial de Mme Aurélie ne riait pas, comme si les beaux cheveux sauvages et les fines épaules virginales[3] de la débutante l'eussent déshonorée, dans la bonne tenue de son rayon. Denise avait encore pâli, au milieu de tout ce monde qui se moquait. Elle se sentait violentée, mise à nu, sans défense. Quelle était donc sa faute, pour qu'on s'attaquât de la sorte à sa taille trop mince, à son chignon trop lourd? Mais elle souffrait surtout du rire de Mouret et de Mme Desforges, avertie par un instinct de leur entente, le cœur défaillant d'une douleur inconnue; cette dame était bien mauvaise, de s'en prendre ainsi à une pauvre fille qui ne disait rien; et lui, décidément, la glaçait d'une peur où tous ses autres sentiments sombraient, sans qu'elle pût les analyser. Alors, dans son abandon de paria[4], atteinte à ses plus intimes pudeurs de femme et révoltée contre l'injustice, elle étrangla les sanglots qui lui montaient à la gorge.

– N'est-ce pas? Qu'elle se peigne demain, c'est inconvenant, répétait à Mme Aurélie le terrible Bourdoncle, qui dès l'arrivée avait condamné Denise, plein de mépris pour ses petits membres.

Et la première vint enfin enlever le manteau des épaules de celle-ci, en lui disant tout bas :

Notes

1. *se faire du bon sang :* s'amuser.
2. *d'intelligence mondaine :* « de connivence » pour des femmes appartenant au même milieu aisé.
3. *virginales :* de jeune fille.
4. *paria :* personne rejetée.

– Eh bien! mademoiselle, voilà un joli début. Vraiment, si vous avez voulu montrer ce dont vous êtes capable… On n'est pas plus sotte.

Denise, de peur que les larmes ne lui jaillissent des yeux, se hâta de retourner au tas de vêtements qu'elle transportait et qu'elle classait sur un comptoir. Là, au moins, elle était perdue dans la foule, la fatigue l'empêchait de penser. Mais elle sentit près d'elle la vendeuse de la lingerie, qui, le matin déjà, avait pris sa défense. Cette dernière venait de suivre la scène, elle lui murmurait à l'oreille :

– Ma pauvre fille, ne soyez donc pas si sensible. Renfoncez ça, autrement on vous en fera bien d'autres… Moi qui vous parle, je suis de Chartres. Oui, parfaitement, Pauline Cugnot; et mes parents sont meuniers, là-bas… Eh bien! on m'aurait mangée, les premiers jours, si je ne m'étais pas mise en travers… Allons, du courage! donnez-moi la main, nous causerons gentiment, quand vous voudrez.

Cette main qui se tendait, redoubla le trouble de Denise. Elle la serra furtivement[1], elle se hâta d'enlever une lourde charge de paletots, craignant encore de mal faire et d'être grondée, si on lui savait une amie.

Cependant, Mme Aurélie elle-même venait de poser le manteau sur les épaules de Mme Marty, et l'on se récriait : Oh! très bien! ravissant! tout de suite, ça prenait une tournure. Mme Desforges déclara qu'on ne trouverait pas mieux. Il y eut des saluts, Mouret prit congé, tandis que Vallagnosc, qui avait aperçu aux dentelles Mme de Boves et sa fille, se hâta d'aller offrir son bras à la mère. Déjà Marguerite, debout devant une des caisses de l'entresol, appelait les divers achats de Mme Marty, qui paya et qui donna l'ordre de porter le paquet dans sa voiture. Mme Desforges avait retrouvé tous ses articles à la caisse 10. Puis, ces dames se rencontrèrent une fois encore dans le

Note

1. *furtivement :* comme en cachette.

salon oriental. Elles partaient, mais ce fut au milieu d'une crise bavarde d'admiration. Mme Guibal elle-même s'exaltait.

– Oh ! délicieux... On se dirait là-bas !

– N'est-ce pas, un vrai harem ? Et pas cher !

[Le magasin se vide peu à peu, tandis que Mouret et Bourdoncle font le bilan de la journée.]

– Eh bien ! Bourdoncle, cria Mouret, tremblez-vous encore ? Il était revenu à son poste favori, en haut de l'escalier de l'entresol, contre la rampe ; et, devant le massacre d'étoffes qui s'étalait sous lui, il avait un rire victorieux. Ses craintes du matin, ce moment d'impardonnable faiblesse que personne ne connaîtrait jamais, le jetaient à un besoin tapageur de triomphe. La campagne était donc définitivement gagnée, le petit commerce du quartier mis en pièces, le baron Hartmann conquis, avec ses millions et ses terrains. Pendant qu'il regardait les caissiers penchés sur leurs registres, additionnant les longues colonnes de chiffres, pendant qu'il écoutait le petit bruit de l'or, tombant de leurs doigts dans les sébiles[1] de cuivre, il voyait déjà le *Bonheur des Dames* grandir démesurément, élargir son hall, prolonger ses galeries jusqu'à la rue du Dix-Décembre.

– Et maintenant, reprit-il, êtes-vous convaincu que la maison est trop petite ?... On aurait vendu le double.

Bourdoncle s'humiliait, ravi du reste d'être dans son tort. Mais un spectacle les rendit graves. Comme tous les soirs, Lhomme, premier caissier de la vente, venait de centraliser les recettes particulières de chaque caisse ; après les avoir additionnées, il affichait la recette totale, en embrochant dans sa pique de fer la feuille où elle était inscrite ; et il montait ensuite cette recette à la caisse centrale, dans un portefeuille et dans des sacs, selon la nature du numéraire[2]. Ce jour-là, l'or et l'argent dominaient, il

Notes

1. *sébiles :* petites coupes destinées à recevoir de l'argent.

2. *numéraire :* argent liquide (billets ou pièces).

gravissait lentement l'escalier, portant trois sacs énormes. Privé de son bras droit, coupé au coude, il les serrait son bras gauche contre sa poitrine, il en maintenait un avec son menton, pour l'empêcher de glisser. Son souffle fort s'entendait de loin, il passait, écrasé et superbe[1], au milieu du respect des commis.

– Combien, Lhomme ? demanda Mouret.

Le caissier répondit :

– Quatre-vingt mille sept cent quarante-deux francs dix centimes !

Un rire de jouissance souleva le *Bonheur des Dames*. Le chiffre courait. C'était le plus gros chiffre qu'une maison de nouveautés eût encore jamais atteint en un jour.

Et, le soir, lorsque Denise monta se coucher, elle s'appuyait aux cloisons de l'étroit corridor, sous le zinc de la toiture. Dans sa chambre, la porte fermée, elle s'abandonna sur le lit, tellement les pieds lui faisaient du mal. Longtemps, elle regarda d'un air hébété la table de toilette, l'armoire, toute cette nudité d'hôtel garni[2]. C'était donc là qu'elle allait vivre ; et sa première journée se creusait, abominable, sans fin. Jamais elle ne trouverait le courage de la recommencer. Puis, elle s'aperçut qu'elle était vêtue de soie ; cet uniforme l'accablait, elle eut l'enfantillage, pour défaire sa malle, de vouloir remettre sa vieille robe de laine, restée au dossier d'une chaise. Mais quand elle fut rentrée dans ce pauvre vêtement à elle, une émotion l'étrangla, les sanglots qu'elle contenait depuis le matin crevèrent brusquement en un flot de larmes chaudes. Elle était retombée sur le lit, elle pleurait au souvenir de ses deux enfants, elle pleurait toujours sans avoir la force de se déchausser, ivre de fatigue et de tristesse.

Notes

1. ***superbe*** *:* orgueilleux.

2. ***hôtel garni*** *:* hôtel modeste qui loue des chambres meublées.

Au fil du texte

Questions sur le chapitre IV (pp. 54 à 68)

Que s'est-il passé entre-temps ?

1. Dans quelles circonstances Denise voit-elle Mouret pour la première fois ?

2. Qui est Mme Aurélie ?

3. Pourquoi Mouret insiste-t-il pour que Denise soit engagée ?

4. De qui Mme Desforges est-elle la maîtresse ?

5. Quel est le principal sujet de conversation dans le salon de Mme Desforges ?

6. Qui est le baron Hartmann ? Pourquoi Mouret tient-il à le rencontrer ?

7. Quelle condition le baron Hartmann met-il à son accord financier avec Mouret ?

Avez-vous bien lu ?

8. Parmi ces propositions, lesquelles sont exactes ?
a) La vente du Paris-Bonheur attire une foule d'acheteurs dès l'ouverture du magasin.
b) Mme de Boves rêve des dentelles dont Mme Marty lui a parlé le samedi précédent.
c) Denise croit que Hutin veut l'aider en lui demandant de servir Mme Marty.
d) Mme Marty demande à Denise à voir une robe de soirée.
e) Mouret fait remarquer à Denise qu'elle est mal peignée.
f) Denise, réconfortée par Mme Aurélie, trouve sa place parmi les vendeuses.

g) La recette de la journée est de 45 mille francs.
h) Denise finit la journée en larmes.

Étudier le réalisme de la description

La description réaliste

La description réaliste se caractérise par un souci d'exactitude et le choix de détails représentatifs.
Les mots sont précis, les groupes nominaux sont enrichis par différents procédés : adjectifs, compléments du nom, subordonnées relatives.

9 Dans le passage *« Le matin à 8 heures* [...] *bruissements tapageurs de l'étoffe »* (l. 8 à 32), comment se mêlent discours* narratif et discours descriptif ? Appuyez-vous notamment sur les temps des verbes.

***discours* : on distingue les discours narratif, descriptif, explicatif, argumentatif.**

10 Relevez les nombres dans ce même passage. Quel rôle jouent-ils ? Observez les expressions au singulier et celles au pluriel : qu'en déduisez-vous ?

11 Dans le passage *« C'était une étroite* [...] *peint en jaune »* (l. 15 à 19), par quels procédés grammaticaux Zola précise-t-il sa description ? Quel est l'effet sur le lecteur ?

12 Comment les descriptions de la chambre et de l'uniforme informent-elles le lecteur quant aux conditions de vie des vendeuses ?

Étudier les points de vue* sur le magasin

***point de vue* : regard à partir duquel s'organise la description.**

13 Dans les passages *« Mouret se planta* [...] *se refroidir sous lui. »* (l. 91 à 123) et *« Il était revenu* [...] *Dix-Décembre »* (l. 345 à 357), relevez les expressions qui montrent que la description est conduite du point de vue de Mouret.

14 Quelles oppositions peut-on noter entre ces deux descriptions (l. 91 à 123 et 345 à 357) du magasin ? Quels sont les sentiments successifs de Mouret ?

15 Comment Mme de Boves et Mme Marty perçoivent-elles le magasin ? Justifiez précisément votre réponse à partir du passage *« – Tiens ! dit Mme Marty* [...] *et des failles »* (l. 124 à 154).

Étudier les sentiments d'un personnage

La psychologie des personnages de roman est complexe et plusieurs sentiments peuvent se succéder ou se mêler.
Pour comprendre ce que ressent un personnage, on relève le lexique des sentiments et on étudie le comportement du personnage. Ses gestes et ses réactions expriment ce qu'il éprouve.
On examine également l'évolution des sentiments au cours du passage.

16 Quels sont les sentiments de Denise au cours et à la fin de sa première journée ?

Étudier la progression de la double intrigue

17 Quels éléments donnent à Denise le sentiment de ne pas avoir sa place au *Bonheur des Dames* ?

18 Quels sentiments Denise éprouve-t-elle lorsque Mouret assiste à l'essayage du manteau ?

19 En quoi peut-on dire que la journée du lundi 10 octobre consacre le triomphe de la stratégie commerciale de Mouret ?

Lire l'image

20 Quelles informations et quelles impressions relatives aux grands magasins la gravure de la page 61 nous procure-t-elle ?

À vos plumes !

21 Le mardi 11 octobre, Denise va rendre visite à sa cousine Geneviève pour lui raconter sa première journée au *Bonheur des Dames*, lui exprimer son premier moment de découragement et sa volonté de se battre pour se faire une place dans le magasin d'Octave Mouret. Racontez la scène en alternant récit et dialogue.

CHAPITRE V

Le lendemain, Denise était descendue au rayon depuis une demi-heure à peine, lorsque Mme Aurélie lui dit de sa voix brève.

– Mademoiselle, on vous demande à la direction.

La jeune fille trouva Mouret seul, assis dans le grand cabinet[1] tendu de reps[2] vert. Il venait de se rappeler «la mal peignée», comme la nommait Bourdoncle ; et lui qui répugnait d'ordinaire au rôle de gendarme, il avait eu l'idée de la faire comparaître[3] pour la secouer un peu, si elle était toujours fagotée en provinciale. La veille, malgré sa plaisanterie, il avait éprouvé devant Mme Desforges, une contrariété d'amour-propre, en voyant discuter l'élégance d'une de ses vendeuses. C'était, chez lui, un sentiment confus, un mélange de sympathie et de colère.

– Mademoiselle, commença-t-il, nous vous avions pris par égard pour votre oncle, et il ne faut pas nous mettre dans la triste nécessité…

Mais il s'arrêta. En face de lui, de l'autre côté du bureau, Denise se tenait droite, sérieuse et pâle. Sa robe de soie n'était plus trop large, serrant sa taille ronde, moulant les lignes pures de ses épaules de vierge ; et, si sa chevelure, nouée en grosses tresses, restait sauvage, elle tâchait du moins de se contenir. Après s'être endormie toute vêtue, les yeux épuisés de larmes, la jeune fille, en se réveillant vers quatre heures, avait eu honte de cette crise de sensibilité nerveuse. Et elle s'était mise immédiatement à rétrécir la robe, elle avait passé une heure devant l'étroit miroir, le peigne dans ses cheveux, sans pouvoir les réduire, comme elle l'aurait voulu.

– Ah ! Dieu merci ! murmura Mouret, vous êtes mieux, ce matin… Seulement, ce sont encore ces diablesses de mèches !

Notes

1. *cabinet :* bureau.
2. *reps :* tissu d'ameublement à fines côtes.
3. *comparaître :* se présenter devant un tribunal suite à une convocation.

Il s'était levé, il vint corriger sa coiffure, du même geste familier dont Mme Aurélie avait essayé de le faire la veille.

– Tenez ! rentrez donc ça derrière l'oreille… Le chignon est trop haut.

Elle n'ouvrait pas la bouche, elle se laissait arranger. Malgré son serment d'être forte, elle était arrivée toute froide dans le cabinet, avec la certitude qu'on l'appelait pour lui signifier[1] son renvoi. Et l'évidente bienveillance de Mouret ne la rassurait pas, elle continuait à le redouter, à ressentir près de lui ce malaise qu'elle expliquait par un trouble bien naturel, devant l'homme puissant dont sa destinée dépendait. Quand il la vit si tremblante sous ses mains qui lui effleuraient la nuque, il eut regret de ce mouvement d'obligeance[2], car il craignait surtout de perdre son autorité.

– Enfin, mademoiselle, reprit-il en mettant de nouveau le bureau entre elle et lui, tâchez de veiller sur votre tenue. Vous n'êtes pas à Valognes, étudiez nos Parisiennes… Si le nom de votre oncle a suffi pour vous ouvrir notre maison, je veux croire que vous tiendrez ce que votre personne m'a semblé promettre. Le malheur est que tout le monde ici ne partage point mon avis… Vous voilà prévenue, n'est-ce pas ? Ne me faites pas mentir.

Il la traitait en enfant, avec plus de pitié que de bonté, sa curiosité du féminin simplement mise en éveil par la femme troublante qu'il sentait naître chez cette enfant pauvre et maladroite. Et elle, pendant qu'il la sermonnait, ayant aperçu le portrait de Mme Hédouin, dont le beau visage régulier souriait gravement dans le cadre d'or, se trouvait reprise d'un frisson, malgré les paroles encourageantes qu'il lui adressait. C'était la dame morte, celle que le quartier l'accusait d'avoir tuée, pour fonder la maison sur le sang de ses membres.

Notes

1. *signifier* : communiquer.

2. *obligeance* : gentillesse.

Mouret parlait toujours.

– Allez, dit-il enfin, assis et continuant à écrire.

Elle s'en alla, elle eut dans le corridor un soupir de profond soulagement.

[Au fil des jours, Denise maîtrise sa sensibilité et s'efforce de dominer sa souffrance physique et morale.]

Un soir, après le dîner, comme ces demoiselles rangeaient les armoires, Joseph vint avertir Denise qu'un jeune homme la demandait, en bas. Elle descendit, très inquiète.

– Tiens ! dit Clara, la mal peignée a donc un amoureux ?

– Faut avoir faim, dit Marguerite.

En bas, sous la porte, Denise trouva son frère Jean. Elle lui avait formellement défendu de se présenter ainsi au magasin, ce qui produisait le plus mauvais effet. Mais elle n'osa le gronder, tellement il paraissait hors de lui, sans casquette, essoufflé d'être venu en courant du faubourg du Temple.

– As-tu dix francs ? balbutia-t-il. Donne-moi dix francs ou je suis un homme perdu.

Ce grand galopin aux cheveux blonds envolés[1] était si drôle, avec son beau visage de fille, en lançant cette phrase de mélodrame[2], qu'elle aurait souri, sans l'angoisse où la mettait la demande d'argent.

– Comment ! dix francs ? murmura-t-elle. Qu'y a-t-il donc ?

Il rougit, il expliqua qu'il avait rencontré la sœur d'un camarade. Denise le fit taire, gagnée par son embarras, n'ayant pas besoin d'en savoir davantage. À deux reprises, il était accouru déjà pour pratiquer des emprunts semblables ; mais il s'agissait seulement, la première fois de vingt-cinq sous, et la seconde de trente sous. Toujours il retombait dans des histoires de femme.

Notes

1. *envolés :* en bataille.

2. *mélodrame :* pièce de théâtre ayant la réputation d'exagérer l'expression des sentiments.

– Je ne peux pas te donner dix francs, reprit-elle. Le mois de Pépé n'est pas encore payé, et j'ai tout juste l'argent. Il me restera à peine de quoi acheter des bottines dont j'ai grand besoin… À la fin, tu n'es pas raisonnable, Jean. C'est très mal.

– Alors, je suis perdu, répéta-t-il avec un geste tragique. Écoute, petite sœur : c'est une grande brune, nous sommes allés au café en compagnie du frère, moi je ne me doutais pas que les consommations…

Elle dut l'interrompre de nouveau, et comme des larmes montaient aux yeux du cher écervelé[1], elle tira son porte-monnaie, en sortit une pièce de dix francs, qu'elle lui glissa dans la main. Tout de suite, il se mit à rire.

– Je savais bien… Mais, parole d'honneur! jamais plus désormais! Il faudrait être un fameux chenapan.

Et il reprit sa course, après l'avoir baisée sur les joues comme un fou. Dans le magasin, des employés s'étonnaient.

Cette nuit-là, Denise dormit d'un mauvais sommeil. Depuis son entrée au *Bonheur des Dames*, l'argent était son cruel souci. Elle restait toujours au pair[2], sans appointements fixes; et, comme ces demoiselles du rayon l'empêchaient de vendre, elle arrivait tout juste à payer la pension de Pépé, grâce aux clientes sans conséquence[3] qu'on lui abandonnait. C'était pour elle une misère noire, la misère en robe de soie. Souvent elle devait passer la nuit, elle entretenait son mince trousseau, reprisant son linge, raccommodant ses chemises comme de la dentelle; sans compter qu'elle avait posé des pièces à ses souliers, aussi adroitement qu'un cordonnier aurait pu le faire. Elle risquait des lessives dans sa cuvette. Mais sa vieille robe de laine l'inquiétait surtout; elle n'en avait pas d'autre, elle était forcée de la remettre chaque soir, quand elle quittait la soie d'uniforme, ce qui l'usait terriblement; une tache lui donnait la fièvre, le moindre accroc

Notes

1. *écervelé :* qui manque de réflexion.
2. *au pair :* logée et nourrie.
3. *sans conséquence :* sans importance.

devenait une catastrophe. Et rien à elle, pas un sou, pas de quoi acheter les menus objets dont une femme a besoin ; elle avait dû attendre quinze jours pour renouveler sa provision de fil et d'aiguilles. Aussi étaient-ce des désastres, lorsque Jean, avec ses histoires d'amour, tombait tout d'un coup et saccageait le budget. Une pièce de vingt sous emportée creusait un gouffre. Quant à trouver dix francs le lendemain, il ne fallait pas y songer un instant. Jusqu'au petit jour, elle eut des cauchemars, Pépé jeté à la rue, tandis qu'elle retournait les pavés de ses doigts meurtris, pour voir s'il n'y avait pas de l'argent dessous.

Le lendemain, justement, elle eut à sourire, à jouer son rôle de fille bien mise. Des clientes connues vinrent au rayon, Mme Aurélie l'appela plusieurs fois, lui jeta sur les épaules des manteaux, afin qu'elle en fît valoir les coupes nouvelles. Et, tandis qu'elle se cambrait, avec des grâces imposées de gravures de mode, elle songeait aux quarante francs de la pension de Pépé, qu'elle avait promis de payer le soir. Elle se passerait bien encore de bottines, ce mois-là ; mais, en joignant même aux trente francs qui lui restaient, les quatre francs mis de côté sou à sou, cela ne lui ferait jamais que trente-quatre francs ; et, où prendrait-elle six francs pour compléter la somme ? C'était une angoisse dont son cœur défaillait.

– Remarquez, les épaules sont libres, disait Mme Aurélie. C'est très distingué et très commode... Mademoiselle peut croiser les bras.

– Oh ! parfaitement, répétait Denise, qui gardait un air aimable. On ne le sent pas... Madame en sera contente.

Maintenant, elle se reprochait d'être allée, l'autre dimanche, chercher Pépé chez Mme Gras, pour le promener aux Champs-Élysées. Le pauvre enfant sortait si rarement avec elle ! Mais il avait fallu lui acheter du pain d'épice et une pelle, puis le mener voir Guignol ; et tout de suite cela était monté à vingt-neuf sous. Vraiment, Jean ne songeait guère au petit, lorsqu'il faisait des sottises. Ensuite, tout retombait sur elle.

– Du moment qu'il ne plaît pas à madame..., reprenait la première. Tenez! mademoiselle, mettez la rotonde, afin que madame juge.

Et Denise marchait à petits pas, la rotonde aux épaules, en disant :

– Elle est plus chaude... C'est la mode de cette année.

[Denise avoue ses soucis financiers à Pauline, qui lui conseille de prendre un amant – ce que la jeune fille refuse catégoriquement. Pauline finit par la convaincre de les accompagner, elle et son ami Baugé, à la campagne le dimanche suivant. Entre-temps, Denise découvre que Colomban, le fiancé de sa cousine Geneviève, est amoureux de Clara, une des vendeuses du rayon confections. Pour sa part, elle est attirée par Hutin, un des premiers vendeurs qui s'était montré faussement bienveillant le jour de son arrivée. Mais, le dimanche soir, à la campagne, Denise, Pauline et Baugé le rencontrent accompagné d'une femme. La jeune fille est bouleversée. Le repas fini, les trois amis sortent du restaurant.]

Ils étaient dehors. Denise eut un soupir de soulagement. Elle avait cru mourir, dans cette chaleur suffocante, au milieu de ces cris; et elle expliquait toujours son malaise par le manque d'air. À présent, elle respirait. Une fraîcheur tombait du ciel étoilé. Comme les deux jeunes filles quittaient le jardin du restaurant, une voix timide murmura dans l'ombre :

– Bonsoir, mesdemoiselles.

C'était Deloche. Elles ne l'avaient pas vu au fond de la première salle, où il dînait seul, après être venu de Paris à pied, pour le plaisir. En reconnaissant cette voix amie, Denise, souffrante, céda machinalement au besoin d'un soutien.

– Monsieur Deloche, vous rentrez avec nous, dit-elle. Donnez-moi votre bras.

Déjà Pauline et Baugé marchaient devant. Ils s'étonnèrent. Ils n'auraient pas cru que ça se ferait ainsi, et avec ce garçon. Pourtant, comme on avait une heure encore avant de prendre le train, ils allèrent jusqu'au bout de l'île, ils suivirent la berge[1],

Note

1. *berge :* rive.

sous les grands arbres; et, de temps à autre, ils se retournaient, ils murmuraient :

– Où sont-ils donc? Ah! les voici… c'est drôle tout de même.

D'abord, Denise et Deloche avaient gardé le silence. Lentement, le vacarme du restaurant se mourait, prenait une douceur musicale, au fond de la nuit; et ils entraient plus avant dans le froid des arbres, encore fiévreux de cette fournaise, dont les bougies s'éteignaient une à une, derrière les feuilles. En face d'eux, c'était comme un mur de ténèbres, une masse d'ombre, si compacte, qu'ils ne distinguaient pas même la trace pâle du sentier. Cependant, ils allaient avec douceur, sans crainte. Puis, leurs yeux s'accoutumèrent, ils virent à droite les troncs des peupliers, pareils à des colonnes sombres portant les dômes de leurs branches, criblés d'étoiles; tandis que, sur la droite, l'eau par moments avait dans le noir un luisant de miroir d'étain[1]. Le vent tombait, ils n'entendaient plus que le ruissellement de la rivière.

– Je suis très content de vous avoir rencontrée, finit par balbutier Deloche, qui se décida à parler le premier. Vous ne savez pas combien vous me faites plaisir, en consentant à vous promener avec moi.

Et, les ténèbres aidant, après bien des paroles embarrassées, il osa dire qu'il l'aimait. Depuis longtemps, il voulait le lui écrire; et jamais elle ne l'aurait su peut-être, sans cette belle nuit complice, sans cette eau qui chantait et ces arbres qui les couvraient du rideau de leurs ombrages. Pourtant, elle ne répondait point, elle marchait toujours à son bras, du même pas de souffrance. Il cherchait à lui voir le visage, lorsqu'il entendit un léger sanglot.

– Oh! mon Dieu! reprit-il, vous pleurez, mademoiselle, vous pleurez… Est-ce que je vous ai fait de la peine?

– Non, non, murmura-t-elle.

Note

1. *étain* : sorte de métal.

Elle tâchait de retenir ses larmes, mais elle ne le pouvait pas. À table déjà, elle avait cru que son cœur éclatait. Et, maintenant, elle s'abandonnait dans cette ombre, des sanglots venaient de l'étouffer, en pensant que, si Hutin se trouvait à la place de Deloche et lui disait ainsi des tendresses, elle serait sans force. Cet aveu qu'elle se faisait enfin, l'emplissait de confusion. Une honte lui brûlait la face, comme si elle fût tombée sous ces arbres, aux bras de ce garçon qui s'étalait avec des filles.

– Je ne voulais pas vous offenser, répétait Deloche que les larmes gagnaient.

– Non, écoutez, dit-elle d'une voix encore tremblante, je n'ai aucune colère contre vous. Seulement, je vous en prie, ne me parlez plus comme vous venez de le faire… Ce que vous demandez est impossible. Oh ! vous êtes un bon garçon, je veux bien être votre amie, mais pas davantage… Entendez-vous, votre amie !

Il frémissait. Après quelques pas faits en silence, il balbutia :

– Enfin, vous ne m'aimez pas ?

Et, comme elle lui évitait le chagrin d'un non brutal, il reprit d'une voix douce et navrée :

– D'ailleurs, je m'y attendais… Jamais je n'ai eu de chance, je sais que je ne puis être heureux. Chez moi, on me battait. À Paris, j'ai toujours été un souffre-douleur. Voyez-vous, lorsqu'on ne sait pas prendre les maîtresses des autres, et qu'on est assez gauche pour ne pas gagner de l'argent autant qu'eux, eh bien ! on devrait crever tout de suite dans un coin… Oh ! soyez tranquille, je ne vous tourmenterai plus. Quant à vous aimer, vous ne pouvez m'en empêcher, n'est-ce pas ? Je vous aimerai pour rien, comme une bête… Voilà ! tout fiche le camp, c'est ma part dans la vie.

À son tour, il pleura. Elle le consolait, et dans leur effusion[1] amicale, ils apprirent qu'ils étaient du même pays, elle de Va-

Note

1. *effusion :* manifestation de sentiments.

lognes, lui de Briquebec, à treize kilomètres. Ce fut un nouveau lien. Son père à lui, petit huissier nécessiteux, d'une jalousie maladive, le rossait en le traitant de bâtard, exaspéré de sa longue figure blême et de ses cheveux de chanvre[1], qui, disait-il, n'étaient pas dans la famille. Ils en arrivèrent à parler des grands herbages entourés de haies vives, des sentiers couverts qui se perdent sous les ormes, des routes gazonnées comme des allées de parc. Autour d'eux, la nuit pâlissait encore, ils distinguaient les joncs de la rive, la dentelle des ombrages, noire sur le scintillement des étoiles ; et un apaisement leur venait, ils oubliaient leurs maux, rapprochés par leur malchance, dans une amitié de bons camarades.

– Eh bien ? demanda vivement Pauline à Denise, en la prenant à part, quand ils furent devant la station.

La jeune fille comprit au sourire et au ton de tendre curiosité. Elle devint très rouge, en répondant :

– Mais jamais, ma chère ! Puisque je vous ai dit que je ne voulais pas !… Il est de mon pays. Nous causions de Valognes.

Pauline et Baugé restèrent perplexes, dérangés dans leurs idées, ne sachant plus que croire. Deloche les quitta sur la place de la Bastille ; comme tous les jeunes gens au pair, il couchait au magasin, où il devait être à onze heures. Ne voulant pas rentrer avec lui, Denise, qui s'était fait donner une permission de théâtre, accepta d'accompagner Pauline chez Baugé. Celui-ci, pour se rapprocher de sa maîtresse, était venu demeurer rue Saint-Roch. On prit un fiacre, et Denise demeura stupéfaite, lorsque, en chemin, elle sut que son amie allait passer la nuit avec le jeune homme. Rien n'était plus facile, on donnait cinq francs à Mme Cabin, toutes ces demoiselles en usaient. Baugé fit les honneurs de sa chambre, garnie de vieux meubles Empire, envoyés par son père. Il se fâcha quand Denise parla de régler, puis finit par accepter les quinze francs soixante, qu'elle avait

Note

1. *chanvre :* plante dont la fibre sert à la fabrication des cordages.

posés sur la commode; mais il voulut alors lui offrir une tasse de thé, et il se battit contre une bouilloire à esprit-de-vin[1], fut obligé de redescendre acheter du sucre. Minuit sonnait, quand il emplit les tasses.

– Il faut que je m'en aille, répétait Denise.

Et Pauline répondait :

– Tout à l'heure… Les théâtres ne ferment pas si tôt.

Denise était gênée dans cette chambre de garçon. Elle avait vu son amie se mettre en jupon et en corset, elle la regardait préparer le lit, l'ouvrir, taper les oreillers de ses bras nus; et ce petit ménage d'une nuit d'amour, fait devant elle, la troublait, lui causait une honte, en éveillant de nouveau, dans son cœur blessé, le souvenir de Hutin. Ce n'était guère salutaire[2] des journées pareilles. Enfin à minuit un quart, elle les quitta. Mais elle partit confuse, lorsque, en réponse à son souhait innocent d'une bonne nuit, Pauline cria étourdiment :

– Merci, la nuit sera bonne!

La porte particulière qui menait à l'appartement de Mouret et aux chambres du personnel, se trouvait rue Neuve-Saint-Augustin. Mme Cabin tirait le cordon, puis donnait un coup d'œil, pour pointer la rentrée. Une veilleuse éclairait faiblement le vestibule, Denise se trouva dans cette lueur, hésitante, prise d'une inquiétude, car en tournant le coin de la rue, elle avait vu la porte se refermer sur l'ombre vague d'un homme. Ce devait être le patron, rentrant de soirée; et l'idée qu'il était là, dans le noir, à l'attendre peut-être, lui causait une de ces peurs étranges, dont il la bouleversait encore, sans motif raisonnable. Quelqu'un remua au premier, des bottes craquaient. Alors, elle perdit la tête, elle poussa une porte qui donnait sur le magasin, et qu'on laissait ouverte, pour les rondes de surveillance. Elle était dans le rayon de la rouennerie[3].

Notes

1. ***bouilloire à esprit-de-vin*** **:** bouilloire à alcool.

2. ***salutaire*** **:** bénéfique.

3. ***rouennerie*** **:** toile de coton fabriquée à Rouen.

– Mon Dieu! comment faire? balbutia-t-elle, au milieu de son émotion.

La pensée lui vint qu'il existait, en haut, une autre porte de communication, conduisant aux chambres. Seulement, il fallait traverser tout le magasin. Elle préféra ce voyage, malgré les ténèbres qui noyaient les galeries. Pas un bec de gaz ne brûlait, il n'y avait que des lampes à huile, accrochées de loin en loin aux branches des lustres; et ces clartés éparses, pareilles à des taches jaunes, et dont la nuit mangeait les rayons, ressemblaient aux lanternes pendues dans des mines. De grandes ombres flottaient, on distinguait mal les amoncellements de marchandises, qui prenaient des profils effrayants, colonnes écroulées, bêtes accroupies, voleurs à l'affût. Le silence lourd, coupé de respirations lointaines, élargissait encore ces ténèbres. Pourtant, elle s'orienta : le blanc, à sa gauche, faisait une coulée pâle, comme le bleuissement des maisons d'une rue, sous un ciel d'été; alors, elle voulut traverser tout de suite le hall, mais elle se heurta dans des piles d'indienne[1] et jugea plus sûr de suivre la bonneterie, puis les lainages. Là, un tonnerre l'inquiéta, le ronflement sonore de Joseph, le garçon, qui dormait derrière les articles de deuil. Elle se jeta vite dans le hall, que le vitrage éclairait d'une lumière crépusculaire; il semblait agrandi, plein de l'effroi nocturne des églises, avec l'immobilité de ses casiers et les silhouettes des grands mètres[2], qui dessinaient des croix renversées. Maintenant elle fuyait. À la mercerie, à la ganterie, elle faillit enjamber encore des garçons de service, et elle se crut seulement sauvée, lorsqu'elle trouva enfin l'escalier. Mais, en haut, devant le rayon des confections, une terreur la saisit en apercevant une lanterne, dont l'œil clignotant marchait : c'était une ronde, deux pompiers en train de marquer leur passage aux cadrans des indicateurs. Elle resta une minute sans com-

Notes

1. *indienne :* étoffe de coton peinte fabriquée, à l'origine, en Inde.

2. *mètres :* mètres destinés à mesurer les tissus.

prendre, elle les regarda passer des châles à l'ameublement, puis à la lingerie, épouvantée de leur manœuvre étrange, de la clef qui grinçait, des portes de tôle qui retombaient avec un bruit de massacre. Quand ils approchèrent, elle se réfugia au fond du salon des dentelles, d'où le brusque appel d'une voix la fit aussitôt ressortir, pour gagner la porte de communication en courant. Elle avait reconnu la voix de Deloche, il couchait dans son rayon, sur un petit lit en fer, qu'il dressait lui-même tous les soirs ; et il n'y dormait pas encore, il y revivait, les yeux ouverts, les heures douces de la soirée.

– Comment ! c'est vous, mademoiselle ! dit Mouret, que Denise trouva devant elle, dans l'escalier, une petite bougie de poche à la main.

Elle balbutia, voulut expliquer qu'elle venait de chercher quelque chose au rayon. Mais il ne se fâchait point, il la regardait de son air à la fois paternel et curieux.

– Vous aviez donc une permission de théâtre ?

– Oui, monsieur.

– Et vous êtes-vous divertie ?... À quel théâtre êtes-vous allée ?

– Monsieur, je suis allée à la campagne.

Cela le fit rire. Puis, il demanda, en appuyant sur les mots :

– Toute seule ?

– Non, monsieur, avec une amie, répondit-elle, les joues empourprées[1], honteuse de la pensée qu'il avait sans doute.

Alors, il se tut. Mais il la regardait toujours, dans sa petite robe noire, coiffée de son chapeau garni d'un seul ruban bleu. Est-ce que cette sauvageonne finirait par devenir une jolie fille ? Elle sentait bon de sa course au grand air, elle était charmante avec ses beaux cheveux épeurés[2] sur son front. Et lui qui, depuis six mois, la traitait en enfant, qui la conseillait parfois, cédant à des idées d'expérience, à des envies méchantes de savoir comment

Notes

1. ***empourprées :*** rouges.

2. ***épeurés :*** en désordre, comme sous l'effet d'une grande émotion.

une femme poussait et se perdait dans Paris, il ne riait plus, il éprouvait un sentiment indéfinissable de surprise et de crainte, mêlé de tendresse. Sans doute, c'était un amant qui l'embellissait ainsi. A cette pensée, il lui sembla qu'un oiseau favori, dont il jouait, venait de le piquer au sang.

– Bonsoir, monsieur, murmura Denise, en continuant de monter, sans attendre.

Il ne répondit pas, la regarda disparaître. Puis, il rentra chez lui.

CHAPITRE VI

[L'été est une morte-saison pour le commerce ; le *Bonheur des Dames* procède à de nombreux licenciements, sous n'importe quel prétexte. Denise, dont les revenus ne suffisent pas et qui doit à tout prix trouver quinze francs pour Jean, coud des nœuds de cravate la nuit. C'est Robineau qui lui a trouvé ce complément, pourtant interdit par la direction. Mais, là aussi, le travail vient à manquer, et Mouret, mis au courant de l'affaire, menace de les renvoyer. Il ne se résout pourtant pas à chasser Denise. Alors que la jeune fille, espérant que Robineau puisse lui procurer un autre petit travail, attend le vendeur dans la salle à manger déserte, elle se retrouve seule avec Jouve, le surveillant qu'elle appréciait, mais contre lequel Pauline vient de la mettre en garde.]

– Voyons, disait-il, vous n'allez pas faire la sauvage avec un ami qui vous ménage toujours. Soyez aimable, venez ce soir tremper une tartine dans une tasse de thé. C'est de bon cœur.

Elle se débattait, maintenant.

– Non ! non !

La salle à manger demeurait vide, le garçon n'avait point reparu. Jouve, l'oreille tendue au bruit des pas, jeta vivement un regard autour de lui ; et, très excité, sortant de sa tenue[1], dépassant ses familiarités de père, il voulut la baiser sur le cou.

Note

1. *tenue :* tenue réservée.

– Petite méchante, petite bête… Quand on a des cheveux comme ça, est-ce qu'on est si bête ? Venez donc ce soir, c'est pour rire.

Mais elle s'affolait, dans une révolte terrifiée, à l'approche de ce visage brûlant, dont elle sentait le souffle. Tout d'un coup, elle le poussa, d'un effort si rude, qu'il chancela et faillit tomber sur la table. Une chaise heureusement le reçut ; tandis que le choc faisait rouler une carafe de vin, qui éclaboussa la cravate blanche et trempa le ruban rouge. Et il restait là, sans s'essuyer, étranglé de colère, devant une brutalité pareille. Comment ! lorsqu'il ne s'attendait à rien, lorsqu'il n'y mettait pas ses forces et qu'il cédait simplement à sa bonté !

– Ah ! mademoiselle, vous vous en repentirez, parole d'honneur !

Denise s'était enfuie. Justement, la cloche sonnait ; et, troublée, encore frémissante, elle oublia Robineau, elle remonta au comptoir. Puis, elle n'osa plus redescendre. Comme le soleil, l'après-midi, chauffait la façade de la place Gaillon, on étouffait dans les salons de l'entresol, malgré les stores. Quelques clientes vinrent, mirent ces demoiselles en nage, sans rien acheter. Tout le rayon bâillait, sous les grands yeux somnolents de Mme Aurélie. Enfin, vers trois heures, Denise, voyant la première s'assoupir, fila doucement, reprit sa course à travers le magasin, de son air affairé. Pour dépister les curieux, qui pouvaient la suivre du regard, elle ne descendit pas directement à la soie ; d'abord, elle parut avoir affaire aux dentelles, elle aborda Deloche, lui demanda un renseignement ; ensuite, au rez-de-chaussée, elle traversa la rouennerie, et elle entrait aux cravates, lorsqu'un sursaut de surprise l'arrêta net. Jean était devant elle.

– Comment ! c'est toi ? murmura-t-elle toute pâle.

Il avait gardé sa blouse de travail, et il était nu-tête, avec ses cheveux blonds en désordre, dont les frisures coulaient sur sa peau de fille. Debout devant un casier de minces cravates noires, il semblait réfléchir profondément.

– Que fais-tu là ? reprit-elle.

– Dame ! répondit-il, je t'attendais... Tu me défends de venir. Alors, je suis bien entré, mais je n'ai rien dit à personne. Oh ! tu peux être tranquille. Ne fais pas semblant de me connaître, si tu veux.

Des vendeurs les regardaient déjà, l'air étonné. Jean baissa la voix.

– Tu sais, elle a voulu m'accompagner. Oui, elle est sur la place, devant la fontaine... Donne vite les quinze francs, ou nous sommes fichus, aussi vrai que le soleil nous éclaire !

Alors, Denise fut saisie d'un grand trouble. On ricanait, on écoutait cette aventure. Et, comme un escalier du sous-sol s'ouvrait derrière le rayon des cravates, elle y poussa son frère, elle le fit descendre vivement. En bas, il continua son histoire, embarrassé, cherchant les faits, craignant de n'être point cru.

– L'argent n'est pas pour elle. Elle est trop distinguée... Et son mari, ah ! bien, il se fiche joliment de quinze francs ! Pour un million, il n'autoriserait pas sa femme. Un fabricant de colle, te l'ai-je dit ? des gens extrêmement bien... Non, c'est pour une crapule, un ami à elle qui nous a vus ; et, tu comprends, si je ne lui donne pas les quinze francs, ce soir...

– Tais-toi, murmura Denise. Tout à l'heure... Marche donc !

Ils étaient descendus dans le service du départ[1]. La morte-saison endormait la vaste cave, sous le jour blafard des soupiraux[2]. Il y faisait froid, un silence tombait de la voûte. Mais pourtant un garçon prenait, dans un des compartiments, les quelques paquets destinés au quartier de la Madeleine ; et, sur la grande table de triage, Campion, le chef de service, était assis, les jambes ballantes, les yeux ouverts.

Jean recommençait :

– Le mari qui a un grand couteau...

Notes

1. *service du départ :* service qui organise la livraison des marchandises.

2. *soupiraux :* ouvertures qui éclairent un sous-sol partiellement enterré.

– Va donc ! répéta Denise, en le poussant toujours.

Ils suivirent un des corridors étroits, où le gaz brûlait continuellement. À droite et à gauche, au fond des caveaux obscurs, les marchandises des réserves entassaient des ombres derrière les palissades. Enfin, elle s'arrêta contre une de ces claies[1] de bois. Personne ne viendrait sans doute ; mais c'était défendu, et elle avait un frisson.

– Si cette crapule parle, reprit Jean, le mari qui a un grand couteau…

– Où veux-tu que je trouve quinze francs ? s'écria Denise désespérée. Tu ne peux donc pas être raisonnable ? Il t'arrive sans cesse des choses si drôles !

Il se frappa la poitrine. Au milieu de ses inventions romanesques, lui-même ne savait plus l'exacte vérité. Il dramatisait simplement ses besoins d'argent, il y avait toujours au fond quelque nécessité immédiate.

– Sur ce que j'ai de plus sacré, cette fois c'est bien vrai… Je la tenais comme ça, et elle m'embrassait…

Elle le fit taire de nouveau, elle se fâcha, torturée, poussée à bout.

– Je ne veux pas savoir. Garde pour toi ta mauvaise conduite. C'est trop vilain, entends-tu !… Et tu me tourmentes chaque semaine, je me tue à t'entretenir de pièces de cent sous. Oui, je passe les nuits… Sans compter que tu enlèves le pain de la bouche de ton frère.

Jean restait béant, la face pâle. Comment ! c'était vilain ? et il ne comprenait pas, il avait depuis l'enfance traité sa sœur en camarade, il lui semblait bien naturel de vider son cœur. Mais ce qui l'étranglait surtout, c'était d'apprendre qu'elle passait les nuits. L'idée qu'il la tuait et qu'il mangeait la part de Pépé le bouleversa tellement, qu'il se mit à pleurer.

Note

1. *claies :* treillis en osier ou en bois.

– Tu as raison, je suis un chenapan, cria-t-il. Mais ce n'est pas vilain, va ! au contraire, et voilà pourquoi on recommence… Celle-là, vois-tu, a déjà vingt ans. Elle croyait rire, parce que j'en ai à peine dix-sept… Mon Dieu ! que je suis donc furieux contre moi ! Je me flanquerais des gifles !

Il lui avait pris les mains, il les baisait, les mouillait de larmes.

– Donne-moi les quinze francs, ce sera la dernière fois, je te le jure… Ou bien, non ! ne me donne rien, j'aime mieux mourir. Si le mari m'assassine, tu seras bien débarrassée.

Et, comme elle aussi pleurait, il eut un remords.

– Je dis ça, je n'en sais rien. Peut-être qu'il ne veut tuer personne. Nous nous arrangerons, je te le promets, petite sœur. Allons, adieu, je pars.

Mais un bruit de pas, au bout du corridor, les inquiéta. Elle le ramena contre la réserve, dans un coin d'ombre. Pendant un instant, ils n'entendirent plus que le sifflement d'un bec de gaz, près d'eux. Puis, les pas se rapprochèrent ; et, en allongeant la tête, elle reconnut l'inspecteur Jouve, qui venait de s'engager dans le corridor, de son air raide. Passait-il par hasard ? quelqu'autre surveillant, de planton[1] à la porte, l'avait-il averti ? Elle fut prise d'une telle crainte, qu'elle perdit la tête ; et elle poussa Jean hors du trou de ténèbres où ils se cachaient, le chassa devant elle, balbutia :

– Va-t'en ! va-t'en !

Tous deux galopaient, en entendant derrière leurs talons le souffle du père Jouve, qui s'était mis également à courir. Ils traversèrent de nouveau le service du départ, ils arrivèrent au pied de l'escalier dont la cage vitrée débouchait sur la rue de la Michodière.

– Va-t'en ! répétait Denise, va-t'en !… Si je peux, je t'enverrai les quinze francs tout de même.

Note

1. *de planton :* de surveillance.

Jean, étourdi, se sauva. Hors d'haleine, l'inspecteur, qui arrivait, distingua seulement un coin de la blouse blanche et les boucles des cheveux blonds, envolés dans le vent du trottoir. Un instant, il souffla, pour retrouver la correction de sa tenue. Il avait une cravate blanche toute neuve, prise au rayon de la lingerie, et dont le nœud, très large, luisait comme une neige.

– Eh bien! c'est propre, mademoiselle, dit-il, les lèvres tremblantes. Oui, c'est propre, c'est très propre... si vous espérez que je vais tolérer, dans le sous-sol, des choses si propres.

Et il la poursuivait de ce mot, tandis qu'elle remontait au magasin, la gorge serrée d'émotion, sans trouver une parole de défense. Maintenant, elle était désolée d'avoir couru. Pourquoi ne pas s'expliquer, montrer son frère? On allait encore s'imaginer des vilenies[1]; et elle aurait beau jurer, on ne la croirait pas. Une fois de plus, elle oublia Robineau, elle rentra directement au comptoir.

Sans attendre, Jouve se rendit à la direction, pour faire son rapport. Mais le garçon de service lui dit que le directeur était avec M. Bourdoncle et M. Robineau : tous trois causaient depuis un quart d'heure. La porte, d'ailleurs, restait entrouverte; on entendait Mouret demander gaiement au commis s'il venait de passer de bonnes vacances; il n'était nullement question d'un renvoi, la conversation au contraire tomba sur certaines mesures à prendre dans le rayon.

– Vous désirez quelque chose, monsieur Jouve? cria Mouret. Entrez donc.

Mais un instinct avertit l'inspecteur. Bourdoncle étant sorti, Jouve préféra tout lui conter. Lentement, ils suivirent la galerie des châles, marchant côte à côte, l'un penché et parlant très bas, l'autre écoutant, sans qu'un trait de son visage sévère laissât voir ses impressions.

– C'est bien, finit par dire ce dernier.

Note

1. *vilenies :* mauvaises actions.

Et, comme ils étaient arrivés devant les confections, il entra. Justement, Mme Aurélie se fâchait contre Denise. D'où venait-elle encore ? Cette fois, elle ne dirait peut-être pas qu'elle était montée à l'atelier. Vraiment, ces disparitions continuelles ne pouvaient se tolérer davantage.

– Madame Aurélie ! appela Bourdoncle.

Il se décidait à un coup de force, il ne voulait pas consulter Mouret, de peur d'une faiblesse. La première s'avança, et de nouveau l'histoire fut contée à voix basse. Tout le rayon attendait, flairant une catastrophe. Enfin, Mme Aurélie se tourna, l'air solennel.

– Mademoiselle Baudu…

Et son masque empâté d'empereur avait l'immobilité inexorable[1] de la toute-puissance.

– Passez à la caisse[2] !

La terrible phrase sonna très haut, dans le rayon alors vide de clientes. Denise était demeurée droite et blanche sans un souffle. Puis, elle eut des mots entrecoupés.

– Moi ! moi !… Pourquoi donc ? qu'ai-je fait ?

Bourdoncle répondit durement qu'elle le savait, qu'elle ferait mieux de ne pas provoquer une explication ; et il parla des cravates, et il dit que ce serait joli, si toutes ces demoiselles voyaient des hommes dans le sous-sol.

– Mais c'est mon frère ! cria-t-elle avec la colère douloureuse d'une vierge violentée.

Marguerite et Clara se mirent à rire, tandis que Mme Frédéric, si discrète d'habitude, hochait également la tête d'un air incrédule. Toujours son frère ! c'était bête à la fin ! Alors, Denise les regarda tous : Bourdoncle, qui dès la première heure ne voulait pas d'elle ; Jouve, resté là pour témoigner, et dont elle n'attendait aucune justice ; puis, ces filles qu'elle n'avait pu

Notes

1. *inexorable :* inéluctable, inévitable.
2. Cet ordre signifie le renvoi de l'employé(e), qui doit passer à la caisse pour toucher ce que lui doit encore son patron.

toucher par neuf mois de courage souriant, ces filles heureuses enfin de la pousser dehors. À quoi bon se débattre ? pourquoi vouloir s'imposer, quand personne ne l'aimait ? Et elle s'en alla sans ajouter une parole, elle ne jeta même pas un dernier regard, dans ce salon où elle avait lutté si longtemps.

Mais, dès qu'elle fut seule, devant la rampe du hall, une souffrance plus vive serra son cœur. Personne ne l'aimait, et la pensée brusque de Mouret venait de lui ôter toute sa résignation. Non ! elle ne pouvait accepter un pareil renvoi. Peut-être croirait-il cette vilaine histoire, ce rendez-vous avec un homme, au fond des caves. Une honte la torturait à cette idée, une angoisse dont elle n'avait jamais encore senti l'étreinte. Elle voulait l'aller trouver, elle lui expliquerait les choses, pour le renseigner simplement ; car il lui était égal de partir, lorsqu'il saurait la vérité. Et son ancienne peur, le frisson qui la glaçait devant lui, éclatait soudain en un besoin ardent de le voir, de ne point quitter la maison, sans lui jurer qu'elle n'avait pas appartenu à un autre.

Il était près de cinq heures, le magasin reprenait un peu de vie, dans l'air rafraîchi du soir. Vivement, elle se dirigea vers la direction. Mais, lorsqu'elle fut devant la porte du cabinet, une tristesse désespérée l'envahit de nouveau. Sa langue s'embarrassait, l'écrasement de l'existence retombait sur ses épaules. Il ne la croirait pas, il rirait comme les autres ; et cette crainte la fit défaillir. C'était fini, elle serait mieux seule, disparue, morte. Alors, sans même prévenir Deloche et Pauline, elle passa tout de suite à la caisse.

– Mademoiselle, dit l'employé, vous avez vingt-deux jours, ça fait dix-huit francs soixante-dix auxquels il faut ajouter sept francs de tant pour cent et de guelte. C'est bien votre compte, n'est-ce pas ?

– Oui, monsieur… Merci.

Et Denise s'en allait avec son argent, lorsqu'elle rencontra enfin Robineau. Il avait appris déjà le renvoi, il lui promit de retrouver l'entrepreneuse de cravates. Tout bas, il la consolait, il s'emportait : quelle existence! se voir à la continuelle merci d'un caprice! être jeté dehors d'une heure à l'autre, sans pouvoir même exiger les appointements du mois entier! Denise monta prévenir Mme Cabin, qu'elle tâcherait de faire prendre sa malle dans la soirée. Cinq heures sonnaient, lorsqu'elle se trouva sur le trottoir de la place Gaillon, étourdie, au milieu des fiacres et de la foule.

Le soir même, comme Robineau rentrait chez lui, il reçut une lettre de la direction, l'avertissant en quatre lignes que, pour des raisons d'ordre intérieur, elle se voyait forcée de renoncer à ses services. Il était depuis sept ans dans la maison; l'après-midi encore, il avait causé avec ces messieurs; ce fut un coup de massue. Hutin et Favier chantaient victoire à la soie, aussi bruyamment que Marguerite et Clara triomphaient aux confections. Bon débarras! les coups de balai font de la place! Seuls, quand ils se rencontraient, à travers la cohue des rayons, Deloche et Pauline échangeaient des mots navrés, regrettant Denise, si douce, si honnête.

– Ah! disait le jeune homme, si elle réussissait jamais autre part, je voudrais qu'elle rentrât ici, pour leur mettre le pied sur la gorge, à toutes ces pas-grand-chose!

Et ce fut Bourdoncle qui, dans cette affaire, supporta le choc violent de Mouret. Lorsque ce dernier apprit le renvoi de Denise, il entra dans une grande irritation. D'habitude, il s'occupait fort peu du personnel; mais il affecta cette fois de voir là un empiètement de pouvoir, une tentative d'échapper à son autorité. Est-ce qu'il n'était plus le maître, par hasard, pour qu'on se permît de donner des ordres? Tout devait lui passer sous les yeux, absolument tout; et il briserait comme une paille quiconque résisterait. Puis, quand il eut fait une enquête personnelle, dans un tourment nerveux qu'il ne pouvait cacher, il se fâcha de nouveau. Elle ne mentait pas, cette pauvre fille : c'était bien son frère, Campion l'avait parfaitement reconnu. Alors, pourquoi la renvoyer? Il parla même de la reprendre.

Cependant, Bourdoncle, fort de sa résistance passive, pliait l'échine sous la bourrasque. Il étudiait Mouret. Enfin, un jour où il le vit plus calme, il osa dire, d'une voix particulière :

– Il vaut mieux pour tout le monde qu'elle soit partie.

Mouret resta gêné, le sang au visage.

– Ma foi, répondit-il en riant, vous avez peut-être raison… Descendons voir la vente. Ça remonte, on a fait près de cent mille francs, hier.

Chapitres VII et VIII

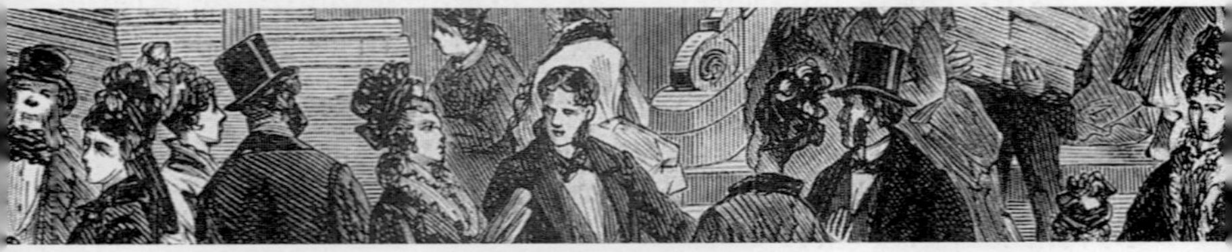

CHAPITRE VII

[Renvoyée du *Bonheur des Dames*, Denise loue une chambre chez Bourras, le marchand de cannes et de parapluies. Ne pouvant plus payer la pension de Pépé, elle le reprend avec elle et tombe dans la misère.]

Un soir, Denise n'avait pas même de pain pour la soupe de Pépé, lorsqu'un monsieur décoré[1] s'était mis à la suivre. Devant l'allée, il devint brutal, et ce fut dans une révolte de dégoût qu'elle lui jeta la porte au visage. Puis, en haut, elle s'assit, les mains tremblantes. Le petit dormait. Que répondrait-elle s'il s'éveillait et s'il demandait à manger? Cependant, elle n'aurait eu qu'à consentir. Sa misère finissait, elle avait de l'argent, des robes, une belle chambre. C'était facile, on disait que toutes en arrivaient là, puisqu'une femme, à Paris, ne pouvait vivre de son travail. Mais un soulagement de son être protestait, sans indignation contre les autres, répugnant simplement aux choses salissantes et déraisonnables. Elle se faisait de la vie une idée de logique, de sagesse et de courage.

Bien des fois, Denise s'interrogea de la sorte. Une ancienne romance[2] chantait dans sa mémoire, la fiancée du matelot que son amour gardait des périls de l'attente. À Valognes, elle fredonnait le refrain sentimental, en regardant la rue déserte. Avait-elle donc, elle aussi, une tendresse au cœur pour être si brave? Elle songeait encore à Hutin, pleine de malaise. Chaque

Notes

1. ***décoré :*** arborant une décoration.

2. ***romance :*** chanson sentimentale.

jour, elle le voyait passer sous sa fenêtre. Maintenant qu'il était second, il marchait seul, au milieu du respect des simples vendeurs. Jamais il ne levait la tête, elle croyait souffrir de la vanité de ce garçon, le suivait des yeux, sans craindre d'être surprise. Et, dès qu'elle apercevait Mouret, qui passait également tous les soirs, un tremblement l'agitait, elle se cachait vite, la gorge battante. Il n'avait pas besoin d'apprendre où elle logeait ; puis, elle était honteuse de la maison, elle souffrait de ce qu'il pouvait penser d'elle, bien qu'ils ne dussent jamais plus se rencontrer.

D'ailleurs, Denise vivait toujours dans le branle du *Bonheur des Dames*. Un simple mur séparait sa chambre de son ancien rayon ; et, dès le matin, elle recommençait ses journées, elle sentait monter la foule, avec le ronflement plus large de la vente. Les moindres bruits ébranlaient la vieille masure collée au flanc du colosse : elle battait dans ce pouls énorme. En outre, Denise ne pouvait éviter certaines rencontres. Deux fois, elle s'était trouvée en face de Pauline, qui lui avait offert ses services, désolée de la savoir malheureuse ; même il lui avait fallu mentir, pour éviter de recevoir son amie ou d'aller lui rendre visite, un dimanche, chez Baugé. Mais elle se défendait plus difficilement contre l'affection désespérée de Deloche ; il la guettait, n'ignorait aucun de ses soucis, l'attendait sous les portes ; un soir, il avait voulu lui prêter trente francs, les économies d'un frère, disait-il, très rouge. Et ces rencontres la ramenaient au continuel regret du magasin, l'occupaient de la vie intérieure qu'on y menait, comme si elle ne l'avait pas quitté.

[Bourras prend pitié de la jeune fille et lui propose de travailler à la boutique, bien que, presque ruiné par Mouret, il n'ait pas besoin de son aide. Denise reprend courage et trouve par la suite une place chez Robineau qui, renvoyé du *Bonheur des Dames*, a investi la fortune de sa femme dans un magasin censé faire concurrence à Mouret. Avec le fabricant de soie Gaujean, l'ancien vendeur du grand magasin élabore une stratégie destinée à lui assurer le succès.]

Quinze jours plus tard, la lutte s'engageait entre Robineau et le *Bonheur des Dames*. Elle fut célèbre, elle occupa un instant tout le marché parisien. Robineau, usant des armes de son adversaire, avait fait de la publicité dans les journaux. En outre, il soignait son étalage, entassait à ses vitrines des piles énormes de la fameuse soie[1], l'annonçait par de grandes pancartes blanches, où se détachait en chiffres géants le prix de cinq francs cinquante. C'était ce chiffre qui révolutionnait les femmes : deux sous de meilleur marché qu'au *Bonheur des Dames*, et la soie paraissait plus forte. Dès les premiers jours, il vint un flot de clientes : Mme Marty, sous le prétexte de se montrer économe, acheta une robe dont elle n'avait pas besoin ; Mme Bourdelais trouva l'étoffe belle, mais elle préféra attendre, flairant sans doute ce qui allait se passer. La semaine suivante, en effet, Mouret, baissant carrément le Paris-Bonheur de vingt centimes, le donna à cinq francs quarante ; il avait eu, avec Bourdoncle et les intéressés, une discussion vive, avant de les convaincre qu'il fallait accepter la bataille, quitte à se perdre sur l'achat ; ces vingt centimes étaient une perte sèche, puisqu'on vendait déjà au prix coûtant. Le coup fut rude pour Robineau, il ne croyait pas que son rival baisserait, car ces suicides de la concurrence, ces ventes à perte étaient encore sans exemple ; et le flot des clientes, obéissant au bon marché, avait tout de suite reflué vers la rue Neuve-Saint-Augustin, tandis que le magasin de la rue Neuve-des-Petits-Champs se vidait. Gaujean accourut de Lyon, il y eut des conciliabules[2] effarés, on finit par prendre une résolution héroïque : la soie serait baissée, on la laisserait à cinq francs trente, prix au-dessous duquel personne ne pouvait descendre, sans folie. Le lendemain, Mouret mettait son étoffe à cinq francs vingt. Et, dès lors, ce fut une rage : Robineau répliqua par cinq francs quinze, Mouret afficha cinq francs dix. Tous deux ne se

Notes

1. Il s'agit de battre Mouret sur son propre terrain en vendant une soie plus avantageuse.

2. *conciliabules :* discussions secrètes.

battaient plus que d'un sou, perdant des sommes considérables, chaque fois qu'ils faisaient ce cadeau au public. Les clientes riaient, enchantées de ce duel, émues des coups terribles que se portaient les deux maisons, pour leur plaire. Enfin, Mouret osa le chiffre de cinq francs; chez lui, le personnel était pâle, glacé d'un tel défi à la fortune. Robineau, atterré, hors d'haleine, s'arrêta de même à cinq francs, ne trouvant pas le courage de descendre davantage. Ils couchaient sur leurs positions, face à face, avec le massacre de leurs marchandises autour d'eux.

Mais si, de part et d'autre, l'honneur était sauf, la situation devenait meurtrière pour Robineau. Le *Bonheur des Dames* avait des avances et une clientèle qui lui permettaient d'équilibrer les bénéfices; tandis que lui, soutenu seulement par Gaujean, ne pouvant se rattraper sur d'autres articles, restait épuisé, glissait chaque jour un peu sur la pente de la faillite. Il mourait de sa témérité, malgré la clientèle nombreuse que les péripéties de la lutte lui avaient amenée. Un de ses tourments secrets était de voir cette clientèle le quitter lentement, retourner au *Bonheur*, après l'argent perdu et les efforts qu'il avait faits pour la conquérir.

[Bourras, dont le magasin jouxte le *Bonheur des Dames*, apprend que Mouret a acheté, pour s'agrandir, l'hôtel Duvillard, voisin de sa boutique. Le voilà complètement cerné par le grand magasin.]

Cependant, comme chez Robineau, la campagne contre le *Bonheur des Dames* était ouverte chez Bourras. Il venait de lancer son invention, le parapluie à godet[1], qui plus tard devait se populariser. Du reste, le *Bonheur* perfectionna immédiatement l'invention. Alors, la lutte s'engagea sur les prix. Il eut un article à un franc quatre-vingt-quinze, en zanella[2], monture acier, inusable, disait l'étiquette. Mais il voulut surtout battre

Notes

1. ***godet*** **:** pièce coulissante placée en haut de la poignée, permettant de retenir les aiguillettes fixées au bout des baleines, de sorte que le parapluie reste fermé.
2. ***zanella*** **:** sorte de tissu.

son concurrent avec ses manches, des manches de bambou, de cornouiller[1], d'olivier, de myrte[2], de rotin[3], toutes les variétés de manches imaginables. Le *Bonheur*, moins artiste, soignait l'étoffe, vantait ses alpagas[4] et ses mohairs[5], ses sergés[6] et ses taffetas cuits. Et la victoire lui resta, le vieillard désespéré répéta que l'art était fichu, qu'il en était réduit à tailler ses manches pour le plaisir, sans espoir de les vendre.

– C'est ma faute ! criait-il à Denise. Est-ce que j'aurais dû tenir des saletés à un franc quatre-vingt-quinze ?… Voilà où les idées nouvelles peuvent conduire. J'ai voulu suivre l'exemple de ces brigands, tant mieux si j'en crève !

Juillet fut très chaud. Denise souffrait dans son étroite chambre, sous les ardoises. Aussi lorsqu'elle sortait de son magasin, prenait-elle Pépé chez Bourras ; et, au lieu de monter tout de suite, elle allait respirer un peu l'air des Tuileries, jusqu'à la fermeture des grilles. Un soir, comme elle se dirigeait vers les marronniers, elle resta saisie : à quelques pas, marchant droit à elle, il lui semblait reconnaître Hutin. Puis, son cœur battit violemment. C'était Mouret, qui avait dîné sur la rive gauche et qui se hâtait de se rendre à pied chez Mme Desforges. Au brusque mouvement que fit la jeune fille pour lui échapper, il la regarda. La nuit tombait, il la reconnut pourtant.

– C'est vous, mademoiselle.

Elle ne répondit pas, éperdue qu'il eût daigné s'arrêter. Lui, souriant, cachait sa gêne sous un air d'aimable protection.

– Vous êtes toujours à Paris ?

– Oui, monsieur, dit-elle enfin.

Notes

1. *cornouiller :* arbre dont le bois est réputé pour sa dureté.
2. *myrte :* arbuste au feuillage persistant.
3. *rotin :* partie de la tige du rotang dont on fait des meubles.
4. *alpagas :* étoffes tissées avec la laine du lama.
5. *mohairs :* étoffes tissées avec la laine de la chèvre angora.
6. *sergés :* tissus de laine ou de soie à côtes obliques.

Lentement, elle reculait, elle cherchait à saluer, pour continuer sa promenade. Mais il revint lui-même sur ses pas, il la suivit sous les ombres noires des grands marronniers. Une fraîcheur tombait, des enfants riaient au loin, en poussant des cerceaux[1].

– C'est votre frère, n'est-ce pas ? demanda-t-il encore, les yeux sur Pépé.

Celui-ci, intimidé par cette présence extraordinaire d'un monsieur, marchait gravement près de sa sœur, dont il tenait la main :

– Oui, monsieur, répondit-elle de nouveau.

Elle avait rougi, elle songeait aux inventions abominables de Marguerite et de Clara. Sans doute, Mouret comprit la cause de sa rougeur, car il ajouta vivement :

– Écoutez, mademoiselle, j'ai des excuses à vous présenter… Oui, j'aurais été heureux de vous dire plus tôt combien j'ai regretté l'erreur qui a été commise. On vous a accusée trop légèrement d'une faute… Enfin, le mal est fait, je voulais seulement vous apprendre que tout le monde, chez nous, connaît aujourd'hui votre tendresse pour vos frères…

Il continua, fut d'une politesse respectueuse, à laquelle les vendeuses du *Bonheur des Dames* n'étaient guère habituées de sa part. Le trouble de Denise avait augmenté ; mais une joie inondait son cœur. Il savait donc qu'elle ne s'était donnée à personne ! Tous deux gardaient le silence, il restait près d'elle, réglant ses pas sur les petits pas de l'enfant ; et les bruits lointains de Paris se mouraient, sous les ombres noires des grands arbres.

– Je n'ai qu'une réhabilitation[2] à vous offrir, mademoiselle, reprit-il. Naturellement, si vous désirez rentrer chez nous…

Elle l'interrompit, elle refusa avec une hâte fébrile.

– Monsieur, je ne puis pas… Je vous remercie tout de même, mais j'ai trouvé ailleurs.

Notes

1. ***cerceaux*** **:** grands anneaux que les enfants font tourner à l'aide d'une baguette.

2. ***réhabilitation*** **:** fait de rétablir quelqu'un dans ses droits et sa situation antérieurs.

Il le savait, on lui avait appris depuis peu qu'elle était chez Robineau. Et, tranquillement, sur un pied d'égalité charmante, il lui parla de ce dernier, auquel il rendait justice : un garçon d'une intelligence vive, trop nerveux seulement. Il aboutirait à une catastrophe, Gaujean l'avait écrasé d'une affaire trop lourde, où tous deux resteraient[1]. Alors, Denise, gagnée par cette familiarité, se livra davantage, laissa voir qu'elle était pour les grands magasins, dans la bataille livrée entre ceux-ci et le petit commerce ; elle s'animait, citait des exemples, se montrait au courant de la question, remplie même d'idées larges et nouvelles. Lui, ravi, l'écoutait avec surprise. Il se tournait, tâchait de distinguer ses traits, dans la nuit grandissante. Elle semblait toujours la même, vêtue d'une robe simple, le visage doux ; mais, de cet effacement modeste, montait un parfum pénétrant dont il subissait la puissance. Sans doute, cette petite s'était faite à l'air de Paris, la voilà qui devenait femme, et elle était troublante, si raisonnable, avec ses beaux cheveux, lourds de tendresse.

– Puisque vous êtes des nôtres, dit-il en riant, pourquoi restez-vous chez nos adversaires ?... Ainsi, ne m'a-t-on pas dit également que vous logiez chez ce Bourras ?

– Un bien digne homme, murmura-t-elle.

– Non, laissez donc ! un vieux toqué, un fou qui me forcera à le mettre sur la paille, lorsque je voudrais m'en débarrasser avec une fortune !... D'abord, votre place n'est pas chez lui, sa maison est mal famée[2], il loue à des personnes...

Mais il sentit la jeune fille confuse, il se hâta d'ajouter :

– On peut être honnête partout, et il y a même plus de mérite à l'être, quand on n'est pas riche.

Ils firent de nouveau quelques pas en silence. Pépé semblait écouter de son air attentif d'enfant précoce. Par moments, il levait les yeux sur sa sœur, dont la main brûlante, secouée de légers tressaillements, l'étonnait :

Notes

1. *resteraient* : feraient faillite.

2. *est mal famée* : a mauvaise réputation.

– Tenez ! reprit gaiement Mouret, voulez-vous être mon ambassadeur ? Demain, j'avais l'intention d'augmenter encore mon offre, de faire proposer à Bourras quatre-vingt mille francs… Parlez-lui-en la première, dites-lui donc qu'il se suicide. Il vous écoutera peut-être, puisqu'il a de l'amitié pour vous, et vous lui rendriez un véritable service.

– Soit ! répondit Denise, souriante elle aussi. Je ferai la commission, mais je doute de réussir.

Et le silence retomba. Ni l'un ni l'autre n'avait plus rien à se dire. Un instant, il essaya de causer de l'oncle Baudu ; puis, il dut se taire, en voyant le malaise de la jeune fille. Cependant, ils continuaient de se promener côte à côte, ils débouchèrent enfin, vers la rue de Rivoli, dans une allée où il faisait jour encore. Au sortir de la nuit des arbres, ce fut comme un brusque réveil. Il comprit qu'il ne pouvait la retenir davantage.

– Bonsoir, mademoiselle.

– Bonsoir, monsieur.

Mais il ne s'en allait pas. En levant les yeux, d'un coup d'œil, il venait d'apercevoir devant lui, au coin de la rue d'Alger, les fenêtres éclairées de Mme Desforges, qui l'attendait. Et il avait reporté ses regards sur Denise, il la voyait bien, dans le pâle crépuscule : elle était toute chétive auprès d'Henriette ; pourquoi dont lui chauffait-elle ainsi le cœur ? C'était un caprice imbécile.

– Voici un petit garçon qui se fatigue, reprit-il pour dire encore quelque chose. Et rappelez-vous bien, n'est-ce pas ? que notre maison vous est ouverte. Vous n'aurez qu'à y frapper, je vous donnerai toutes les compensations désirables… Bonsoir, mademoiselle.

– Bonsoir, monsieur.

Quand Mouret l'eut quittée, Denise rentra sous les marronniers, dans l'ombre noire. Longtemps, elle marcha sans but, entre les troncs énormes, le sang au visage, la tête bourdonnante d'idées confuses. Pépé, toujours pendu à sa main, allongeait ses courtes jambes pour la suivre. Elle l'oubliait. Il finit par dire :

– Tu vas trop fort, petite mère.

Alors, elle s'assit sur un banc : et, comme il était las, l'enfant s'endormit en travers de ses genoux. Elle le tenait, le serrait contre sa poitrine de vierge, les yeux perdus au fond des ténèbres. Lorsque, une heure plus tard, elle revint doucement avec lui rue de la Michodière, elle avait son tranquille visage de fille raisonnable.

– Tonnerre de Dieu! lui cria Bourras, du plus loin qu'il l'aperçut, le coup est fait… Cette canaille de Mouret vient d'acheter ma maison.

Il était hors de lui, il se battait tout seul, au milieu de la boutique, avec des gestes si désordonnés, qu'il menaçait d'enfoncer les vitrines.

– Ah! la crapule!… C'est le fruitier[1] qui m'écrit. Et vous ne savez pas combien il l'a vendue, ma maison? Cent cinquante mille francs, quatre fois ce qu'elle vaut! Encore un joli voleur, celui-là!… Imaginez-vous qu'il a prétexté mes embellissements[2]; oui, il a fait valoir que la maison venait d'être remise à neuf… Est-ce qu'ils n'auront pas bientôt fini de se ficher de moi?

Cette idée que son argent, dépensé en badigeon et en peinture, avait pu profiter au fruitier, l'exaspérait. Et, maintenant, voilà Mouret qui devenait son propriétaire : c'était à lui qu'il devrait payer! c'était chez lui, chez ce concurrent abhorré[3], qu'il logerait désormais! Une telle pensée achevait de le soulever de fureur.

– Je les entendais bien trouer le mur… À cette heure, ils sont ici, c'est comme s'ils mangeaient dans mon assiette!

Notes

1. ***fruitier*** **:** marchand de fruits; propriétaire de la maison que loue Bourras.

2. Bourras s'est efforcé de donner meilleur aspect à son magasin pour attirer la clientèle.

3. ***abhorré*** **:** détesté.

Et, de son poing abattu sur le comptoir, il secouait la boutique, il faisait danser les parapluies et les ombrelles.

Denise, étourdie, n'avait pu placer un mot. Elle restait immobile, attendant la fin de la crise ; pendant que Pépé, très las, s'endormait sur une chaise. Enfin, quand Bourras se calma un peu, elle résolut de faire la commission de Mouret ; sans doute, le vieillard était irrité, mais l'excès même de sa colère, l'impasse où il se trouvait, pouvaient déterminer une acceptation brusque.

– Justement, j'ai rencontré quelqu'un, commença-t-elle. Oui, une personne du *Bonheur*, et très bien informée... Il paraît que, demain, on vous offrira quatre-vingt mille francs...

Il l'interrompit d'un éclat de voix terrible :

– Quatre-vingt mille francs ! quatre-vingt mille francs !... Pas pour un million, maintenant !

Elle voulut le raisonner. Mais la porte de la boutique s'ouvrit, et elle recula tout d'un coup, muette et pâle. C'était l'oncle Baudu, avec sa face jaune, l'air vieilli. Bourras saisit les boutons du paletot de son voisin, lui cria dans le visage, sans le laisser dire un mot, fouetté par sa présence :

– Savez-vous ce qu'ils ont le toupet[1] de m'offrir ? Quatre-vingt mille francs ! Ils en sont là, les bandits ! ils croient que je vais me vendre comme une fille... Ah ! ils ont acheté la maison, et ils pensent me tenir ! Eh bien, c'est fini, ils ne l'auront pas ! J'aurais cédé peut-être, mais puisqu'elle est à eux, qu'ils essayent donc de la prendre !

– Alors, la nouvelle est vraie ? dit Baudu de sa voix lente. On me l'avait affirmé, je venais pour savoir.

– Quatre-vingt mille francs ! répétait Bourras. Pourquoi pas cent mille ? C'est tout cet argent qui m'indigne. Est-ce qu'ils croient qu'ils me feraient commettre une coquinerie, avec leur argent ?... Ils ne l'auront pas, tonnerre de Dieu ! Jamais, jamais, entendez-vous !

Note

1. *toupet :* culot.

Denise sortit de son silence, pour dire de son air calme :

– Ils l'auront dans neuf ans, quand votre bail[1] sera fini.

Et, malgré la présence de son oncle, elle conjura le vieillard d'accepter. La lutte devenait impossible, il se battait contre une force supérieure, il ne pouvait, sans démence[2], refuser la fortune qui se présentait. Mais, lui, répondait toujours non. Dans neuf ans, il espérait bien être mort, pour ne pas voir ça.

– Vous entendez, monsieur Baudu ? reprit-il, votre nièce est avec eux, c'est elle qu'ils ont chargée de me corrompre… Elle est avec les brigands, parole d'honneur !

L'oncle, jusque-là, avait paru ne pas voir Denise. Il levait la tête, du mouvement bourru qu'il affectait sur le seuil de sa boutique, chaque fois qu'elle passait. Mais, lentement, il se tourna, il la regarda. Ses grosses lèvres tremblèrent.

– Je le sais, répondit-il à demi-voix.

Et il continuait à la regarder. Denise, touchée aux larmes, le trouvait bien changé par le chagrin. Lui, pris du sourd remords de ne l'avoir pas secourue, songeait peut-être à la vie de misère qu'elle venait de traverser. Puis, la vue de Pépé endormi sur la chaise, au milieu des éclats de la discussion, sembla l'attendrir.

– Denise, dit-il simplement, entre donc demain manger la soupe, avec le petit… Ma femme et Geneviève m'ont prié de t'inviter, si je te rencontrais.

Elle devint très rouge, elle l'embrassa. Et, lorsqu'il partit, Bourras, heureux de cette réconciliation, lui cria encore :

– Corrigez-la, elle a du bon… Moi, la maison peut crouler, on me trouvera sous les pierres.

– Nos maisons croulent déjà, voisin, dit Baudu d'un air sombre. Nous y resterons tous.

Notes

1. ***bail*** : contrat de location.

2. ***démence*** : folie.

Au fil du texte

Questions sur le chapitre VII (pp. 95 à 105)

QUE S'EST-IL PASSÉ ENTRE-TEMPS ?

1. De qui sont respectivement amoureux Baugé, Colomban et Deloche ?
2. Qui Denise croyait-elle aimer ?
3. Pourquoi Denise coud-elle la nuit des nœuds de cravate ?
4. Pour quelles raisons Denise est-elle renvoyée du *Bonheur des Dames* ?

AVEZ-VOUS BIEN LU ?

5. Chez qui Denise se réfugie-t-elle après avoir été renvoyée ?
6. Quelle est la situation de Pépé après le renvoi de Denise ?
7. En quoi consiste la guerre de Robineau contre Mouret ? Comment se termine-t-elle ?
8. Comment Bourras s'y prend-il pour lutter contre Mouret ?

ÉTUDIER LA REPRÉSENTATION DE LA MISÈRE

9. Dans le passage *« Un soir, Denise n'avait* [...] *de sagesse et de courage »* (l.1 à 13), à quel personnage les expressions évoquant la faim se rapportent-elles ? Pourquoi ?

La classe grammaticale des propositions

Une proposition est un groupe de mots centré sur un verbe conjugué. La **proposition principale** dirige une **proposition subordonnée** (conjonctive, relative ou interrogative) introduite par un mot subordonnant.

[Je crois] [que Denise aime Mouret].

P. principale P. subordonnée

La proposition indépendante se suffit à elle-même.

[Mouret a le sens du commerce] ; [il réussit].

P. indépendante P. indépendante

10 Donnez la classe grammaticale des propositions formant la première phrase de ce passage (l. 1 à 2). Quel lien explicite les unit ? Quel lien implicite le lecteur perçoit-il ?

11 Quelles conséquences de la misère Zola dénonce-t-il dans ce passage ?

12 Quel effet produit sur le lecteur le fait qu'un « *simple mur* » (l. 30) sépare la chambre de Denise du magasin de Mouret ?

ÉTUDIER LE CADRE DE LA RENCONTRE DE MOURET ET DE DENISE

Le rôle du cadre

Le cadre d'une scène (lieu, atmosphère, saison) est généralement en accord avec ce qui se déroule. Les sentiments des personnages semblent se refléter dans le paysage.

13 Lisez attentivement le passage « *Juillet fut très chaud* [...] *fille raisonnable* » (l. 115 à 235). En quelle saison et à quel moment de la journée a lieu la rencontre entre Denise et Mouret ? Quels rôles ces indications jouent-elles, selon vous, dans l'histoire ?

14 Où a lieu la rencontre ? Pourquoi ce cadre, selon vous ?

15 Quels lieux sont mentionnés à la fin du passage (« *Cependant, ils continuaient de se promener* [...] *fille raisonnable* », l. 204 à 235) ? Pour quelle raison, d'après vous ?

16 Relevez les passages où il est question des arbres. Quel rôle jouent-ils dans le récit de la rencontre ?

ÉTUDIER LA RENCONTRE DES DEUX PERSONNAGES (L. 115 À 235)

Les procédés pour rapporter les paroles d'un personnage

Le **discours direct** (tiret ou guillemets): « *J'aime tant ce tissu !* »
Le **discours indirect** (prop. subordonnée) : *Elle expliqua qu'elle aimait beaucoup ce tissu.*
Le **discours indirect libre** : *Elle aimait tant ce tissu !*
Le **discours narrativisé** : *Elle parla du tissu qu'elle aimait.*

17 Quels sont les différents procédés utilisés par Zola pour rapporter les paroles de ses personnages ? Quel est l'effet produit ?

18 Relevez les verbes exprimant une écoute ou un regard. Qu'observez-vous ?

19 Pourquoi, selon vous, Zola a-t-il choisi d'inclure Pépé dans cette rencontre ?

20 Quels sont les différents sujets de conversation ?

21 Quelle est l'attitude de Mouret ? Comment évolue-t-elle au cours de la scène ?

22 Quels sont les sentiments successifs de Denise ?

23 À quels signes le lecteur devine-t-il l'amour encore inconscient qui rapproche les deux personnages ?

À VOS PLUMES !

24 Denise, une fois dans sa chambre, repense à la rencontre de la soirée et tente d'analyser ses sentiments. Vous écrirez son monologue intérieur* en mêlant narration et réflexion.

***monologue intérieur* : discours qu'un personnage se fait à lui-même en pensée.**

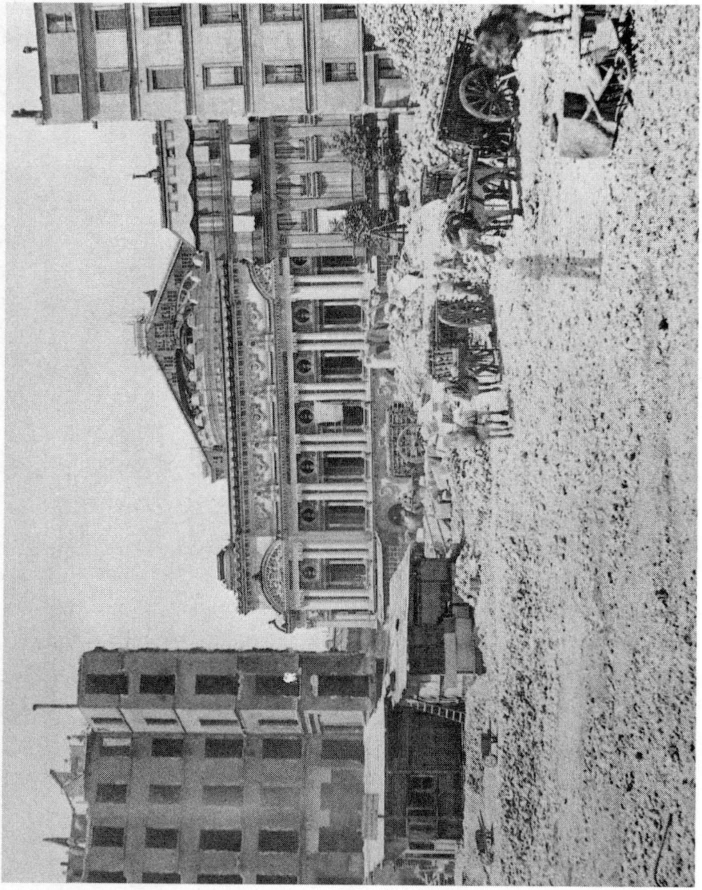

Démolitions en vue du percement de l'avenue de l'Opéra, 1867.

CHAPITRE VIII

Cependant, tout le quartier causait de la grande voie qu'on allait ouvrir, du nouvel Opéra à la Bourse, sous le nom de rue du Dix-Décembre[1] . Les jugements d'expropriation[2] étaient rendus, deux bandes de démolisseurs attaquaient déjà la trouée, aux deux bouts, l'une abattant les vieux hôtels[3] de la rue Louis-le-Grand, l'autre renversant les murs légers de l'ancien Vaudeville ; et l'on entendait les pioches qui se rapprochaient, la rue de Choiseul et la rue de la Michodière se passionnaient pour leurs maisons condamnées. Avant quinze jours, la trouée devait les éventrer d'une large entaille, pleine de vacarme et de soleil.

Mais ce qui remuait le quartier plus encore, c'étaient les travaux entrepris au *Bonheur des Dames.* On parlait d'agrandissements considérables, de magasins gigantesques tenant les trois façades des rues de la Michodière, Neuve-Saint-Augustin et Monsigny. Mouret, disait-on, avait traité avec le baron Hartmann, président du Crédit Immobilier, et il occuperait tout le pâté de maisons, sauf la façade future de la rue du Dix-Décembre, où le baron voulait construire une concurrence au Grand-Hôtel. Partout, le *Bonheur des Dames* rachetait les baux[4], les boutiques fermaient, les locataires déménageaient ; et, dans les immeubles vides, une armée d'ouvriers commençait les aménagements nouveaux, sous des nuages de plâtre. Seule, au milieu de ce bouleversement, l'étroite masure du vieux Bourras restait immobile et intacte, obstinément accrochée entre les hautes murailles, couvertes de maçons.

Lorsque, le lendemain, Denise se rendit avec Pépé chez l'oncle Baudu, la rue était justement barrée par une file de tombe-

Notes

1. ***rue du Dix-Décembre :*** actuelle rue du Quatre-Septembre.
2. ***expropriation :*** fait de chasser légalement quelqu'un de sa propriété, moyennant une indemnité, dans l'intérêt public.
3. ***hôtels :*** maisons particulières.
4. ***baux :*** contrats de location.

reaux[1], qui déchargeaient des briques devant l'ancien Hôtel Duvillard. Debout sur le seuil de sa boutique, l'oncle regardait d'un œil morne[2]. À mesure que le *Bonheur des Dames* s'élargissait, il semblait que le *Vieil Elbeuf* diminuât... La jeune fille trouvait les vitrines plus noires, plus écrasées sous l'entresol bas, aux baies rondes de prison ; l'humidité avait encore déteint la vieille enseigne verte, une détresse tombait de la façade entière, plombée et comme amaigrie.

– Vous voilà, dit Baudu. Prenez garde ! ils vous passeraient sur le corps.

Dans la boutique, Denise éprouva le même serrement de cœur. Elle la revoyait assombrie, gagnée davantage par la somnolence de la ruine ; des angles vides creusaient des trous de ténèbres, la poussière envahissait les comptoirs et les casiers ; tandis qu'une odeur de cave salpêtrée montait des ballots de draps, qu'on ne remuait plus. À la caisse, Mme Baudu et Geneviève se tenaient muettes et immobiles, comme dans un coin de solitude, où personne ne venait les déranger. La mère ourlait[3] des torchons. La fille, les mains tombées sur les genoux, regardait le vide devant elle.

– Bonsoir, ma tante, dit Denise. Je suis bien heureuse de vous revoir, et si je vous ai fait de la peine, veuillez me le pardonner.

Mme Baudu l'embrassa, très émue.

– Ma pauvre fille, répondit-elle, si je n'avais pas d'autres peines, tu me verrais plus gaie.

– Bonsoir, ma cousine, reprit Denise, en baisant la première Geneviève sur les joues.

Celle-ci s'éveillait comme en sursaut. Elle lui rendit ses baisers, sans trouver une parole. Les deux femmes prirent ensuite Pépé, qui tendait ses petits bras. Et la réconciliation fut complète.

Notes

1. ***tombereaux*** : voitures chargées du transport des marchandises.

2. ***morne*** : sans expression.

3. ***ourlait*** : faisait des ourlets.

– Eh bien ! il est six heures, mettons-nous à table, dit Baudu. Pourquoi n'as-tu pas amené Jean ?

– Mais il devait venir, murmura Denise embarrassée. Justement, je l'ai vu ce matin, il m'a formellement promis… Oh ! il ne faut pas l'attendre, son patron l'aura retenu.

Elle se doutait de quelque histoire extraordinaire, elle voulait l'excuser d'avance.

– Alors, mettons-nous à table, répéta l'oncle.

Puis, se tournant vers le fond obscur de la boutique :

– Colomban, vous pouvez dîner en même temps que nous. Personne ne viendra.

Denise n'avait pas aperçu le commis. La tante lui expliqua qu'ils avaient dû congédier l'autre vendeur et la demoiselle. Les affaires devenaient si mauvaises, que Colomban suffisait ; et encore passait-il des heures inoccupé, alourdi, glissant au sommeil, les yeux ouverts.

[La conversation oppose le *Vieil Elbeuf* et le *Bonheur des Dames*, cause de sa ruine.]

On avait fini, on se leva. Baudu et Colomban allèrent causer avec un courtier, qui venait prendre des ordres. Mme Baudu emmena Pépé, pour lui montrer des images. La bonne, vivement, avait desservi, et Denise s'oubliait près de la fenêtre, intéressée par la petite cour, lorsque, en se retournant, elle aperçut Geneviève, toujours à sa place, les yeux sur la toile cirée, humide encore d'un coup d'éponge.

– Vous souffrez, ma cousine ? lui demanda-t-elle.

La jeune fille ne répondit pas, étudiant du regard, obstinément, une cassure de la toile, comme envahie tout entière par les réflexions qui continuaient en elle. Puis, elle releva la tête avec peine, elle regarda le visage compatissant[1], penché vers le sien. Les autres étaient donc partis ? que faisait-elle sur cette

Note

1. *compatissant* : empreint de pitié.

chaise ? Et, tout d'un coup, des sanglots l'étouffèrent, sa tête retomba au bord de la table. Elle pleurait, elle trempait sa manche de larmes.

– Mon Dieu ! qu'avez-vous ? s'écria Denise, bouleversée. Voulez-vous que j'appelle ?

Geneviève l'avait saisie nerveusement au bras. Elle la retenait, elle bégayait :

– Non, non, restez... Oh ! que maman ne sache pas !... Avec vous, ça m'est égal ; mais pas les autres, pas les autres !... C'est malgré moi, je vous jure. C'est en me voyant toute seule... Attendez, je vais mieux, je ne pleure plus.

Et des crises la reprenaient, secouaient son corps frêle de grands frissons. Il semblait que le tas de ses cheveux noirs lui écrasât la nuque. Comme elle roulait sa tête malade sur ses bras repliés, une épingle se défit, les cheveux coulèrent dans son cou, l'ensevelirent de leurs ténèbres. Cependant, Denise, sans bruit, de peur d'éveiller l'attention, tâchait de la soulager. Elle la dégrafa[1] et resta navrée de cette maigreur souffrante : la pauvre fille avait la poitrine creuse d'une enfant, le néant d'une vierge mangée d'anémie. À pleines mains, Denise lui prit les cheveux, ces cheveux superbes qui semblaient boire sa vie ; puis, elle les noua fortement, pour la dégager et lui donner un peu d'air.

– Merci, vous êtes bonne, disait Geneviève. Ah ! je ne suis pas grosse, n'est-ce pas ? J'étais plus forte, et tout s'en est allé... Rattachez ma robe, maman verrait mes épaules. Je les cache tant que je peux... Mon Dieu ! je ne vais pas bien, je ne vais pas bien.

Pourtant, la crise se calmait. Elle restait brisée sur la chaise, elle regardait fixement sa cousine, et, au bout d'un silence, elle demanda :

– Dites-moi la vérité, il l'aime ?

Note

1. *dégrafa :* desserra ses vêtements.

Denise sentit une rougeur qui lui montait aux joues. Elle avait parfaitement compris qu'il s'agissait de Colomban et de Clara. Mais elle affecta[1] la surprise.

– Qui donc, ma chère ?

Geneviève hochait la tête d'un air incrédule.

– Ne mentez pas, je vous en prie. Rendez-moi le service de me donner enfin une certitude… Vous devez savoir, je le sens. Oui, vous avez été la camarade de cette femme, et j'ai vu Colomban vous poursuivre, vous parler à voix basse. Il vous chargeait de commissions pour elle, n'est-ce pas ?… Oh ! de grâce, dites-moi la vérité, je vous jure que ça me fera du bien.

Jamais Denise n'avait éprouvé un embarras pareil. Elle baissait les yeux, devant cette enfant toujours muette, et qui devinait tout. Cependant, elle eut la force de la tromper encore.

– Mais c'est vous qu'il aime !

Alors, Geneviève fit un geste désespéré.

– C'est bon, vous ne voulez rien dire… D'ailleurs, ça m'est égal, je les ai vus. Lui, sort continuellement sur le trottoir pour la regarder. Elle, en haut, rit comme une malheureuse… Bien sûr qu'ils se retrouvent dehors.

– Ça, non, je vous le jure ! cria Denise, s'oubliant, emportée par le désir de lui donner au moins cette consolation.

La jeune fille respira fortement. Elle eut un faible sourire. Puis, d'une voix affaiblie de convalescente :

– Je voudrais bien un verre d'eau… Excusez-moi, je vous dérange. Tenez, là, dans le buffet.

Et, lorsqu'elle tint la carafe, elle vida d'un trait un grand verre. De la main, elle écartait Denise, qui craignait qu'elle ne se fît du mal.

– Non, non, laissez, j'ai toujours soif… La nuit, je me lève pour boire.

Note

1. *affecta* : feignit.

Il y eut un nouveau silence. Elle reprit doucement :

– Si vous saviez, depuis dix ans je suis accoutumée à l'idée de ce mariage. Je portais encore des robes courtes, que déjà Colomban était pour moi… Alors, je ne me souviens plus comment les choses ont tourné. De vivre toujours ensemble, de rester ici enfermés l'un contre l'autre, sans qu'il y eût jamais de distraction entre nous, j'ai dû finir par le croire mon mari, avant le temps. J'ignorais si je l'aimais, j'étais sa femme, voilà tout… Et aujourd'hui, il veut s'en aller avec une autre ! Oh ! mon Dieu ! mon cœur se fend. Voyez-vous, c'est une souffrance que je ne connaissais pas. Ça me prend dans la poitrine et dans la tête, puis ça va partout, ça me tue.

[Poussé par sa femme qui a compris la souffrance de Geneviève, Baudu tente de parler à Colomban, qui esquive la proposition de son patron : le mariage est de nouveau différé.]

[Denise, devinant que Robineau n'a plus les moyens de la garder, accepte de travailler à nouveau pour Mouret. Logée au *Bonheur des Dames*, elle doit donner son congé à Bourras.]

Le jour où Denise résolut enfin de lui donner congé, Bourras revenait précisément de chez son avocat.

– Croyez-vous ! cria-t-il, ils disent maintenant que la maison n'est pas solide, ils prétendent établir qu'il faut en reprendre les fondations… Parbleu ! ils sont las de la secouer, avec leurs sacrées machines. Ce n'est pas étonnant, si elle se casse !

Puis, quand la jeune fille lui eut annoncé qu'elle partait, qu'elle rentrait au *Bonheur* avec mille francs d'appointements, il fut si saisi, qu'il leva seulement vers le ciel ses vieilles mains tremblantes. L'émotion l'avait fait tomber sur une chaise.

– Vous ! vous ! balbutia-t-il. Enfin, il n'y a que moi, il ne reste plus que moi !

Au bout d'un silence, il demanda :

– Et le petit ?

– Il retournera chez Mme Gras, répondit Denise. Elle l'aimait beaucoup.

De nouveau, ils se turent. Elle l'aurait préféré furieux, jurant, tapant du poing; ce vieillard suffoqué, écrasé, la navrait[1]. Mais il se remettait peu à peu, il recommençait à crier.

– Mille francs, ça ne se refuse pas… Vous irez tous. Partez donc, laissez-moi seul. Oui, seul, entendez-vous! Il y en aura un qui ne pliera jamais la tête… Et dites-leur que je gagnerai mon procès, quand je devrais y manger ma dernière chemise!

Denise ne devait quitter Robineau qu'à la fin du mois. Elle avait revu Mouret, tout se trouvait réglé. Un soir, elle allait remonter chez elle, lorsque Deloche, qui la guettait sous une porte cochère, l'arrêta au passage. Il était bien heureux, il venait d'apprendre la grande nouvelle, tout le magasin en causait, disait-il. Et il lui conta gaiement les commérages des comptoirs.

– Vous savez, ces dames des confections font une figure! Puis, s'interrompant :

– À propos, vous vous souvenez de Clara Prunaire. Eh bien! il paraît que le patron l'aurait… Vous comprenez?

Il était devenu rouge. Elle, toute pâle, s'écria :

– M. Mouret!

– Un drôle de goût, n'est-ce pas? reprit-il. Une femme qui ressemble à un cheval… La petite lingère qu'il avait eue deux fois, l'an passé, était gentille au moins. Enfin, ça le regarde.

Denise, rentrée chez elle, se sentit défaillir. C'était sûrement d'avoir monté trop vite. Accoudée à la fenêtre, elle eut la brusque vision de Valognes, de la rue déserte, au pavé moussu, qu'elle voyait de sa chambre d'enfant; et un besoin la prenait de revivre là-bas, de se réfugier dans l'oubli et la paix de la province. Paris l'irritait, elle haïssait le *Bonheur des Dames*, elle ne savait plus pourquoi elle avait consenti à y retourner. Certainement, elle y souffrirait encore, elle souffrait déjà d'un malaise inconnu,

Note

1. *navrait :* attristait profondément.

depuis les histoires de Deloche. Alors, sans motif, une crise de larmes la força de quitter la fenêtre. Elle pleura longtemps, elle retrouva quelque courage à vivre.

Le lendemain, au déjeuner, comme Robineau l'avait envoyée en course et qu'elle passait devant le *Vieil Elbeuf*, elle poussa la porte, en voyant Colomban seul dans la boutique. Les Baudu déjeunaient, on entendait le bruit des fourchettes, au fond de la petite salle.

– Vous pouvez entrer, dit le commis. Ils sont à table.

Mais elle le fit taire, elle l'attira dans un coin. Et, baissant la voix :

– C'est à vous que je veux parler... Vous manquez donc de cœur? vous ne voyez donc pas que Geneviève vous aime et qu'elle en mourra?

Elle était toute frémissante, sa fièvre de la veille la secouait de nouveau. Lui, effaré, étonné de cette brusque attaque, ne trouvait pas une parole.

– Entendez-vous! continua-t-elle, Geneviève sait que vous en aimez une autre. Elle me l'a dit, elle a sangloté comme une malheureuse... Ah! la pauvre enfant! elle ne pèse plus lourd, allez! Si vous aviez vu ses petits bras! C'est à pleurer... Dites, vous ne pouvez pas la laisser mourir ainsi!

Il parla enfin, tout à fait bouleversé.

– Mais elle n'est pas malade, vous exagérez... Moi, je ne vois pas... Et puis, c'est son père qui recule le mariage.

Denise, rudement, releva ce mensonge. Elle avait senti que la moindre insistance du jeune homme déciderait l'oncle. Quant à la surprise de Colomban, elle n'était pas feinte : il ne s'était réellement jamais aperçu de la lente agonie de Geneviève. Ce fut, pour lui, une révélation très désagréable. Tant qu'il ignorait, il n'avait pas de reproches trop gros à se faire.

– Et pour qui? reprenait Denise, pour une rien du tout!... Mais vous ignorez donc qui vous aimez? Je n'ai pas voulu vous chagriner jusqu'à présent, j'ai évité souvent de répondre à vos continuelles questions… Eh bien ! oui, elle va avec tout le monde, elle se moque de vous, jamais vous ne l'aurez, ou bien vous l'aurez comme les autres, une fois, en passant.

Très pâle, il l'écoutait ; et, à chacune des phrases qu'elle lui jetait à la face, entre ses dents serrées, il avait un petit tremblement des lèvres. Elle, prise de cruauté, cédait à un emportement dont elle n'avait pas conscience.

– Enfin, dit-elle dans un dernier cri, elle est avec M. Mouret, si vous voulez le savoir !

Sa voix s'était étranglée, elle devint plus pâle que lui. Tous deux se regardèrent.

Puis, il bégaya :

– Je l'aime.

Alors, Denise fut honteuse. Pourquoi parlait-elle ainsi à ce garçon et qu'avait-elle à se passionner ? Elle resta muette, le simple mot qu'il venait de répondre lui retentissait dans le cœur, avec un lointain bruit de cloche, dont elle était assourdie. « Je l'aime, je l'aime », et cela s'élargissait : il avait raison, il ne pouvait en épouser une autre.

Comme elle se tournait, elle aperçut Geneviève, sur le seuil de la salle à manger.

– Taisez-vous ! dit-elle rapidement.

Mais il était trop tard, Geneviève devait avoir entendu. Elle n'avait plus de sang au visage. Justement, une cliente poussait la porte, Mme Bourdelais, une des dernières fidèles du *Vieil Elbeuf*, où elle trouvait des articles solides ; depuis longtemps, Mme de Boves avait suivi la mode, en passant au *Bonheur*, Mme Marty elle-même ne venait plus, conquise tout entière par les séductions des étalages d'en face. Et Geneviève fut forcée d'avancer, pour dire de sa voix blanche :

– Que désire madame ?

Mme Bourdelais voulait voir de la flanelle. Colomban descendit une pièce d'un casier, Geneviève montra l'étoffe ; et, tous deux, les mains froides, se trouvaient rapprochés derrière le comptoir. Cependant, Baudu sortait le dernier de la petite salle, à la suite de sa femme, qui était allée s'asseoir sur la banquette de la caisse. Mais il ne se mêla pas d'abord de la vente, il avait souri à Denise, et se tenait debout, en regardant Mme Bourdelais.

– Elle n'est pas assez belle, disait celle-ci. Montrez-moi ce que vous avez de plus fort.

Colomban descendit une autre pièce. Il y eut un silence. Mme Bourdelais examinait l'étoffe.

– Et combien?

– Six francs, madame, répondit Geneviève.

La cliente fit un brusque mouvement.

– Six francs! mais ils ont la même, en face, à cinq francs.

Une contraction légère passa sur le visage de Baudu. Il ne put s'empêcher d'intervenir, très poliment. Madame se trompait sans doute, cet article-là aurait dû être vendu six francs cinquante, il était impossible qu'on le donnât à cinq francs. Certainement, il s'agissait d'un autre article.

– Non, non, répétait-elle, avec l'entêtement d'une bourgeoise qui se piquait[1] de s'y connaître. L'étoffe est la même. Peut-être encore est-elle plus épaisse.

Et la discussion finit par s'aigrir[2], Baudu, la bile[3] au visage, faisait effort pour rester souriant. Son amertume contre le *Bonheur* crevait dans sa gorge.

– Vraiment, dit enfin Mme Bourdelais, il faut me mieux traiter, autrement, j'irai en face, comme les autres.

Alors, il perdit la tête, il cria, secoué de colère contenue :

– Eh bien! allez en face!

Du coup, elle se leva, très blessée, et elle s'en alla, sans se retourner, en répondant :

– C'est ce que je vais faire, monsieur.

Notes

1. ***se piquait :*** avait la prétention.
2. ***s'aigrir :*** devenir tendue, agressive.
3. ***bile :*** colère.

Ce fut une stupeur. La violence du patron les avait tous saisis. Il restait lui-même effaré et tremblant de ce qu'il venait de dire. La phrase était partie sans qu'il le voulût, dans l'explosion d'une longue rancune amassée. Et, maintenant, les Baudu, immobiles, les bras tombés, suivaient du regard Mme Bourdelais, qui traversait la rue. Elle leur semblait emporter leur fortune. Lorsque, de son pas tranquille, elle entra sous la haute porte du *Bonheur*, lorsqu'ils virent son dos se noyer dans la foule, il y eut en eux comme un arrachement.

– Encore une qu'ils nous prennent ! murmura le drapier.

Puis, se tournant vers Denise, dont il connaissait l'engagement nouveau :

– Toi aussi, ils t'ont reprise… Va, je ne t'en veux pas. Puisqu'ils ont l'argent, ils sont les plus forts.

Justement, Denise, espérant encore que Geneviève n'avait pu entendre Colomban, lui disait à l'oreille :

– Il vous aime, soyez plus gaie.

Mais la jeune fille lui répondit très bas, d'une voix déchirée :

– Pourquoi mentez-vous ?… Tenez ! il ne peut s'en empêcher, il regarde là-haut… Je sais bien qu'ils me l'ont volé, comme ils nous volent tout.

Et elle s'était assise sur la banquette de la caisse, près de sa mère. Celle-ci avait sans doute deviné le nouveau coup reçu par la jeune fille, car ses yeux navrés allèrent d'elle à Colomban, puis se reportèrent sur le *Bonheur*. C'était vrai, il leur volait tout : au père, la fortune ; à la mère, son enfant mourante ; à la fille, un mari attendu depuis dix ans. Devant cette famille condamnée, Denise, dont le cœur se noyait de compassion, eut un instant peur d'être mauvaise. N'allait-elle pas remettre la main à la machine qui écrasait le pauvre monde ? Mais elle se trouvait comme emportée par une force, elle sentait qu'elle ne faisait pas le mal.

– Bah ! reprit Baudu pour se donner du courage, nous n'en mourrons pas. Une cliente perdue, deux de retrouvées… Tu entends, Denise ; j'ai là soixante-dix mille francs qui vont faire passer des nuits blanches à ton Mouret… Voyons, vous autres ! n'ayez donc pas des figures d'enterrement !

Il ne put les égayer, lui-même retombait dans une consternation blême ; et tous restaient les yeux sur le monstre, attirés, possédés, se rassasiant de leur malheur. Les travaux s'achevaient, on avait débarrassé la façade des échafaudages, tout un pan du colossal édifice apparaissait, avec ses murs blancs, troués de larges vitrines claires. Justement, le long du trottoir, rendu enfin à la circulation, s'alignaient huit voitures, que des garçons chargeaient l'une après l'autre, devant le bureau du départ. Sous le soleil, dont un rayon enfilait la rue, les panneaux verts, aux réchampis[1] jaunes et rouges, miroitaient comme des glaces, envoyaient des reflets aveuglants jusqu'au fond du *Vieil Elbeuf*. Les cochers vêtus de noir, d'une allure correcte, tenaient court les chevaux, des attelages superbes, qui secouaient leurs mors[1] argentés. Et chaque fois qu'une voiture était pleine, il y avait, sur le pavé, un roulement sonore, dont tremblaient les petites boutiques voisines.

Alors, devant ce défilé triomphal qu'ils devaient subir deux fois chaque jour, le cœur des Baudu se fendit. Le père défaillait[2], en se demandant où pouvait aller ce continuel flot de marchandises ; tandis que la mère, malade du tourment de sa fille, continuait à regarder sans voir, les yeux noyés de grosses larmes.

Notes

1. ***réchampis :*** filets de peinture décoratifs.
1. ***mors :*** pièce métallique placée dans la bouche du cheval et destinée à le diriger.
2. ***défaillait :*** manquait de s'évanouir.

Chapitres IX à XIII

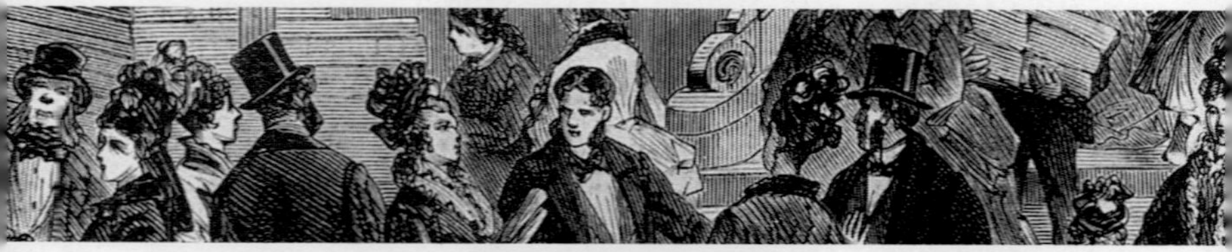

CHAPITRE IX

[Le lundi 14 mars, le *Bonheur des Dames inaugure ses nouveaux magasins.*]

Mouret avait l'unique passion de vaincre la femme. Il la voulait reine dans sa maison, il lui avait bâti ce temple, pour l'y tenir à sa merci. C'était toute sa tactique, la griser d'attentions galantes et trafiquer de ses désirs[1], exploiter sa fièvre. Aussi, nuit et jour, se creusait-il la tête, à la recherche de trouvailles nouvelles. Déjà, voulant éviter la fatigue des étages aux dames délicates, il avait fait installer deux ascenseurs, capitonnés[2] de velours. Puis, il venait d'ouvrir un buffet, où l'on donnait gratuitement des sirops et des biscuits, et un salon de lecture, une galerie monumentale, décorée avec un luxe trop riche, dans laquelle il risquait même des expositions de tableaux. Mais son idée la plus profonde était, chez la femme sans coquetterie, de conquérir la mère par l'enfant; il ne perdait aucune force, spéculait sur tous les sentiments, créait des rayons pour petits garçons et fillettes, arrêtait les mamans au passage, en offrant aux bébés des images et des ballons. Un trait de génie que cette prime des ballons, distribuée à chaque acheteuse, des ballons rouges, à la fine peau de caoutchouc, portant en grosses lettres le nom du magasin, et

Notes

1. *trafiquer de ses désirs :* jouer de ses désirs.

2. *capitonnés :* rembourrés.

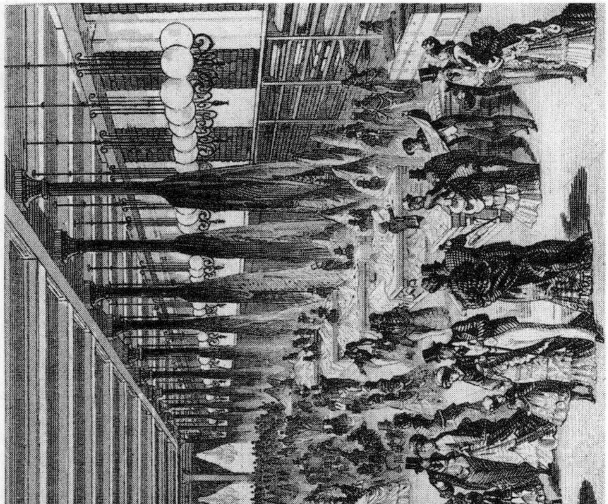

Magasin du *Bon Marché* : galerie des soieries.

qui, tenus au bout d'un fil, voyageant en l'air, promenaient par les rues une réclame vivante !

La grande puissance était surtout la publicité. Mouret en arrivait à dépenser par an trois cent mille francs de catalogues, d'annonces et d'affiches. Pour sa mise en vente des nouveautés d'été, il avait lancé deux cent mille catalogues, dont cinquante mille à l'étranger, traduits dans toutes les langues. Maintenant, il les faisait illustrer de gravures, il les accompagnait même d'échantillons, collés sur les feuilles. C'était un débordement d'étalages, le *Bonheur des Dames* sautait aux yeux du monde entier, envahissait les murailles, les journaux, jusqu'aux rideaux des théâtres. Il professait[1] que la femme est sans force contre la réclame, qu'elle finit fatalement par aller au bruit. Du reste, il lui tendait des pièges plus savants, il l'analysait en grand moraliste. Ainsi, il avait découvert qu'elle ne résistait pas au bon marché, qu'elle achetait sans besoin, quand elle croyait conclure une affaire avantageuse ; et, sur cette observation, il basait son système des diminutions de prix, il baissait progressivement les articles non vendus, préférant les vendre à perte, fidèle au principe du renouvellement rapide des marchandises. Puis, il avait pénétré plus avant encore dans le cœur de la femme, il venait d'imaginer « les rendus », un chef-d'œuvre de séduction jésuitique[2]. « Prenez toujours, madame : vous nous rendrez l'article, s'il cesse de vous plaire. » Et la femme, qui résistait, trouvait là une dernière excuse, la possibilité de revenir sur une folie ; elle prenait, la conscience en règle. Maintenant, les rendus et la baisse des prix entraient dans le fonctionnement classique du nouveau commerce.

Mais où Mouret se révélait comme un maître sans rival, c'était dans l'aménagement intérieur des magasins. Il posait en loi que pas un coin du *Bonheur des Dames* ne devait rester désert ; partout, il exigeait du bruit, de la foule, de la vie ; car la vie, disait-il, attire

Notes

1. ***professait*** : affirmait.
2. ***jésuitique*** : dans l'esprit de l'ordre religieux des Jésuites ; se dit de propos qui, sous des dehors moraux, servent les intérêts de celui qui les prononce.

la vie, enfante et pullule. De cette loi, il tirait toutes sortes d'applications. D'abord, on devait s'écraser pour entrer, il fallait que, de la rue, on crût à une émeute ; et il obtenait cet écrasement, en mettant sous la porte les soldes, des casiers et des corbeilles débordant d'articles à vil[1] prix ; si bien que le menu peuple[2] s'amassait, barrait le seuil, faisait penser que les magasins craquaient de monde, lorsque souvent ils n'étaient qu'à demi pleins. Ensuite, le long des galeries, il avait l'art de dissimuler les rayons qui chômaient, par exemple les châles en été et les indiennes en hiver ; il les entourait de rayons vivants, les noyait dans du vacarme. Lui seul avait encore imaginé de placer au deuxième étage les comptoirs des tapis et des meubles, des comptoirs où les clientes étaient plus rares, et dont la présence au rez-de-chaussée aurait creusé des trous vides et froids. S'il en avait découvert le moyen, il aurait fait passer la rue au travers de sa maison.

Justement, Mouret se trouvait en proie à une crise d'inspiration. Le samedi soir, comme il donnait un dernier coup d'œil aux préparatifs de la grande vente du lundi, dont on s'occupait depuis un mois, il avait eu la conscience soudaine que le classement des rayons adopté par lui, était inepte. C'était pourtant un classement d'une logique absolue, les tissus d'un côté, les objets confectionnés de l'autre, un ordre intelligent qui devait permettre aux clientes de se diriger elles-mêmes. Il avait rêvé cet ordre autrefois, dans le fouillis de l'étroite boutique de Mme Hédouin[3] ; et voilà qu'il se sentait ébranlé, le jour où il le réalisait. Brusquement, il s'était écrié qu'il fallait « lui casser tout ça ». On avait quarante-huit heures, il s'agissait de déménager une partie des magasins. Le personnel, effaré, bousculé, avait dû passer les deux nuits et la journée entière du dimanche, au milieu d'un gâchis épouvantable. Même le lundi matin, une heure avant l'ouverture, des marchandises ne se trouvaient pas encore

Notes

1. ***vil*** **:** très bas.

2. ***menu peuple*** **:** peuple de basse condition.

3. magasin évoqué dans *Pot-Bouille*.

en place. Certainement, le patron devenait fou, personne ne comprenait, c'était une consternation générale.

– Allons, dépêchons! criait Mouret, avec la tranquille assurance de son génie. Voici encore des costumes qu'il faut me porter là-haut… Et le Japon est-il installé sur le palier central?… Un dernier effort, mes enfants, vous verrez la vente tout à l'heure!

Bourdoncle, lui aussi, était là depuis le petit jour. Pas plus que les autres, il ne comprenait, et ses regards suivaient le directeur d'un air d'inquiétude. Il n'osait lui poser des questions, sachant de quelle manière on était reçu, dans ces moments de crise. Pourtant, il se décida, il demanda doucement :

– Est-ce qu'il était bien nécessaire de tout bouleverser ainsi, à la veille de notre exposition?

D'abord, Mouret haussa les épaules, sans répondre. Puis, comme l'autre se permit d'insister, il éclata.

– Pour que les clientes se tassent toutes dans le même coin, n'est-ce pas? Une jolie idée de géomètre que j'avais eue là! Je ne m'en serais jamais consolé… Comprenez donc que je localisais la foule. Une femme entrait, allait droit où elle voulait aller, passait du jupon à la robe, de la robe au manteau, puis se retirait, sans même s'être un peu perdue!… Pas une n'aurait seulement vu nos magasins!

[Mme Bourdelais et ses enfants, Mme Marty, accompagnée de sa fille Valentine, découvrent, fascinés, le nouvel aménagement du grand magasin. Mme Bourdelais s'installe dans le salon de lecture.]

Près des enfants, une dame disparaissait entre les pages d'une revue. C'était Mme Guibal. Elle sembla contrariée de la rencontre. Mais elle se remit tout de suite, raconta qu'elle était montée s'asseoir un peu, pour échapper à l'écrasement de la foule. Et, comme Mme Bourdelais lui demandait si elle était venue faire des emplettes, elle répondit de son air de langueur[1], en éteignant de ses paupières l'âpreté égoïste de son regard :

Note

1. *langueur :* mélancolie.

– Oh! non… Au contraire, je suis venue rendre. Oui, des portières[1], dont je ne suis pas satisfaite. Seulement, il y a un tel monde, que j'attends de pouvoir approcher du rayon.

Elle causa, dit que c'était bien commode, ce mécanisme des rendus ; auparavant, elle n'achetait jamais, tandis que, maintenant, elle se laissait tenter parfois. À la vérité, elle rendait quatre objets sur cinq, elle commençait à être connue de tous les comptoirs, pour les négoces étranges, flairés sous l'éternel mécontentement qui lui faisait rapporter les articles un à un, après les avoir gardés plusieurs jours. Mais, en parlant, elle ne quittait pas des yeux les portes du salon ; et elle parut soulagée, quand Mme Bourdelais retourna vers ses enfants, afin de leur expliquer les photographies. Presque au même moment, M. de Boves et Paul de Vallagnosc entrèrent. Le comte, qui affectait de faire visiter au jeune homme les nouveaux magasins, échangea avec elle un vif regard ; puis, elle se replongea dans sa lecture, comme si elle ne l'avait pas aperçu.

– Tiens ! Paul ! dit une voix derrière ces messieurs.

C'était Mouret, en train de donner son coup d'œil aux divers services. Les mains se tendirent, et il demanda tout de suite :

– Mme de Boves nous a-t-elle fait l'honneur de venir ?

– Mon Dieu ! non, répondit le comte, et à son grand regret. Elle est souffrante, oh ! rien de dangereux.

Mais brusquement, il feignit de voir Mme Guibal. Il s'échappa, s'approcha, tête nue ; tandis que les deux autres se contentaient de la saluer de loin. Elle, également, jouait la surprise. Paul avait eu un sourire ; il comprenait enfin, il raconta tout bas à Mouret comment le comte, rencontré par lui rue Richelieu, s'était efforcé de lui échapper et avait pris le parti de l'entraîner au *Bonheur*, sous le prétexte qu'il fallait absolument voir ça. Depuis un an, la dame tirait de ce dernier l'argent et le plaisir qu'elle pouvait, n'écrivant jamais, lui donnant rendez-vous

Note

1. ***portières*** : tentures destinées à dissimuler une porte.

dans des lieux publics, les églises, les musées, les magasins, pour s'entendre.

– Je crois qu'à chaque rendez-vous, ils changent de chambre d'hôtel, murmurait le jeune homme. L'autre mois, il était en tournée d'inspection, il écrivait à sa femme tous les deux jours, de Blois[1], de Libourne[2], de Tarbes[3] ; et je suis pourtant convaincu de l'avoir vu entrer dans une pension bourgeoise des Batignolles[4]... Mais, regarde-le donc ! est-il beau, devant elle, avec sa correction de fonctionnaire ! La vieille France ! mon ami, la vieille France !

– Et ton mariage ? demanda Mouret.

Paul, sans quitter le comte des yeux, répondit qu'on attendait toujours la mort de la tante[5]. Puis, l'air triomphant :

– Hein ? tu as vu ? il s'est baissé, il lui a glissé une adresse. La voilà qui accepte, de sa mine la plus vertueuse : une terrible femme, cette rousse délicate, aux allures insouciantes... Eh bien ! il se passe de jolies choses chez toi !

– Oh ! dit Mouret en souriant, ces dames ne sont point ici chez moi, elles sont chez elles.

Ensuite, il plaisanta. L'amour, comme les hirondelles, portait bonheur aux maisons. Sans doute, il les connaissait, les filles qui battaient les comptoirs, les dames qui, par hasard, y rencontraient un ami ; mais si elles n'achetaient pas, elles faisaient nombre, elles chauffaient les magasins. Tout en causant, il emmena son ancien condisciple, il le planta au seuil du salon, en face de la grande galerie centrale, dont les halls successifs se déroulaient à leurs pieds. Derrière eux, le salon gardait son recueillement, ses petits bruits de plumes[6] nerveuses et de journaux froissés. Un vieux monsieur s'était endormi sur le *Moni-*

Notes

1. *Blois :* ville de Touraine.
2. *Libourne :* ville de Gironde.
3. *Tarbes :* ville des Hautes-Pyrénées.
4. *Batignolles :* quartier de Paris (XVIIe arrondissement).
5. L'héritage de la tante de Mlle de Boves devrait permettre de doter la jeune fille.
6. *plumes :* plumes destinées à écrire.

teur[1]. M. de Boves examinait les tableaux, avec l'intention évidente de perdre dans la foule son futur gendre. Et, seule, au milieu de ce calme, Mme Bourdelais égayait ses enfants, très haut, comme en pays conquis.

– Tu le vois, elles sont chez elles, répéta Mouret, qui montrait d'un geste large l'entassement de femmes dont craquaient les rayons.

Justement, Mme Desforges, après avoir failli laisser son manteau dans la foule, entrait enfin et traversait le premier hall. Puis, arrivée à la grande galerie, elle leva les yeux. C'était comme une nef[2] de gare, entourée par les rampes des deux étages, coupée d'escaliers suspendus, traversée de ponts volants. Les escaliers de fer, à double révolution, développaient des courbes hardies, multipliaient les paliers ; les ponts de fer, jetés sur le vide, filaient droit, très haut ; et tout ce fer mettait là, sous la lumière blanche des vitrages, une architecture légère, une dentelle compliquée où passait le jour, la réalisation moderne d'un palais du rêve, d'une Babel[3] entassant des étages, élargissant des salles, ouvrant des échappées sur d'autres étages et d'autres salles, à l'infini. Du reste, le fer régnait partout, le jeune architecte avait eu l'honnêteté et le courage de ne pas le déguiser sous une couche de badigeon, imitant la pierre ou le bois. En bas, pour ne point nuire aux marchandises, la décoration était sobre, de grandes parties unies, de teinte neutre ; puis, à mesure que la charpente métallique montait, les chapiteaux des colonnes devenaient plus riches, les rivets[4] formaient fleurons[5], les consoles[6] et les

Notes

1. Le Moniteur : *Le Moniteur universel*, journal fondé en 1789 publiant notamment les débats politiques.

2. *nef* : grande galerie centrale ; terme désignant un navire qui s'appliqua ensuite aux églises.

3. *Babel* : dans la Bible, tour que les hommes ont tenté de construire pour défier Dieu et que ce dernier détruisit pour punir leur orgueil.

4. *rivets* : pièces métalliques destinées à l'assemblage.

5. *fleurons* : ornements figurant une feuille ou une fleur.

6. *consoles* : pièces destinées à supporter un balcon.

corbeaux[1] se chargeaient de sculptures; dans le haut enfin, les peintures éclataient, le vert et le rouge, au milieu d'une prodigalité[2] d'or, des flots d'or, des moissons d'or, jusqu'aux vitrages dont les verres étaient émaillés[3] et niellés[4] d'or. Sous les galeries couvertes, les briques apparentes des voûtins[5] étaient également émaillées de couleurs vives. Des mosaïques et des faïences entraient dans l'ornementation, égayaient les frises, éclairaient de leurs notes fraîches la sévérité de l'ensemble; tandis que les escaliers, aux rampes de velours rouge, étaient garnis d'une bande de fer découpé et poli, luisant comme l'acier d'une armure.

Bien qu'elle connût déjà la nouvelle installation, Mme Desforges s'était arrêtée, saisie par la vie ardente qui animait ce jour-là l'immense nef. En bas, autour d'elle, continuait le remous de la foule, dont le double courant d'entrée et de sortie se faisait sentir jusqu'au rayon de la soie : foule encore très mêlée, où pourtant l'après-midi amenait davantage de dames, parmi les petites-bourgeoises et les ménagères; beaucoup de femmes en deuil, avec leurs grands voiles; toujours des nourrices fourvoyées[6], protégeant leurs poupons de leurs coudes élargis. Et cette mer, ces chapeaux bariolés[7], ces cheveux nus[8], blonds ou noirs, roulaient d'un bout de la galerie à l'autre, confus et décolorés au milieu de l'éclat vibrant des étoffes. Mme Desforges ne voyait de toutes parts que les grandes pancartes, aux chiffres énormes, dont les taches crues[9] se détachaient sur les indiennes vives, les soies luisantes, les lainages sombres. Des piles de rubans écornaient les têtes, un mur de flanelle avançait en promontoire[10], partout les glaces reculaient les magasins, reflétaient des étalages avec des coins de public, des visages renversés, des moitiés

Notes

1. *corbeaux* : pièces en saillie sur un mur.
2. *prodigalité* : abondance.
3. *émaillés* : recouverts d'une fine couche.
4. *niellés* : incrustés.
5. *voûtins* : parties de voûte.
6. *fourvoyées* : égarées.
7. *bariolés* : de multiples couleurs vives.
8. *nus* : qui ne sont pas dissimulés par un chapeau, comme il se doit à l'époque.
9. *crues* : vives.
10. *promontoire* : cap élevé au-dessus de la mer.

d'épaules et de bras ; pendant que, à gauche, à droite, les galeries latérales[1] ouvraient des échappées, les enfoncements neigeux du blanc, les profondeurs mouchetées[2] de la bonneterie, lointains perdus, éclairés par le coup de lumière de quelque baie vitrée, et où la foule n'était plus qu'une poussière humaine. Puis, lorsque Mme Desforges levait les yeux, c'était le long des escaliers, sur les ponts volants, autour des rampes de chaque étage, une montée continue et bourdonnante, tout un peuple en l'air, voyageant dans les découpures de l'énorme charpente métallique, se dessinant en noir sur la clarté diffuse des vitres émaillées. De grands lustres dorés descendaient du plafond ; un pavoisement[3] de tapis, de soies brodées, d'étoffes lamées[4] d'or, retombait, tendait les balustrades de bannières[5] éclatantes ; il y avait, d'un bout à l'autre, des vols de dentelles, des palpitations de mousseline, des trophées[6] de soieries, des apothéoses[7] de mannequins à demi vêtus ; et, au-dessus de cette confusion, tout en haut, le rayon de la literie, comme suspendu, mettait des petits lits de fer garnis de leurs matelas, drapés de leurs rideaux blancs, un dortoir de pensionnaires qui dormait dans le piétinement de la clientèle, plus rare à mesure que les rayons s'élevaient davantage.

– Madame désire-t-elle des jarretières[8] bon marché ? dit un vendeur à Mme Desforges, en la voyant immobile. Tout soie, vingt-neuf sous.

Elle ne daigna pas répondre. Autour d'elle, les propositions glapissaient[9], s'enfiévraient encore. Pourtant, elle voulut s'orienter. La caisse d'Albert Lhomme se trouvait à sa gauche ; il la connaissait de vue, il se permit un sourire aimable, sans hâte

Notes

1. ***latérales :*** situées sur le côté.
2. ***mouchetées :*** tachetées.
3. ***pavoisement :*** déploiement de drapeaux pour célébrer un événement.
4. ***lamées :*** incrustées de lames.
5. ***bannières :*** sortes de drapeaux.
6. ***trophées :*** preuves d'une victoire militaire.
7. ***apothéoses :*** gloires.
8. ***jarretières :*** bandes élastiques destinées à maintenir les bas.
9. ***glapissaient :*** poussaient des petits cris (se dit pour certains animaux).

aucune au milieu du flot de factures qui l'assiégeait ; pendant que, derrière lui, Joseph, se battant avec la boîte à ficelle, ne pouvait suffire à empaqueter les articles. Alors, elle se reconnut, la soie devait être devant elle. Mais il lui fallut dix minutes pour s'y rendre, tellement la foule augmentait. En l'air, au bout de leurs fils invisibles, les ballons rouges s'étaient multipliés ; ils s'amassaient en nuages de pourpre[1], filaient doucement vers les portes, continuaient à se déverser dans Paris ; et elle devait baisser la tête sous le vol des ballons, lorsque de tout jeunes enfants les tenaient, le fil enroulé à leurs petites mains.

– Comment ! madame, vous vous êtes risquée ! s'écria gaiement Bouthemont, dès qu'il aperçut Mme Desforges.

Maintenant, le chef de comptoir, introduit chez elle par Mouret lui-même, y allait parfois prendre le thé. Elle le trouvait commun, mais fort aimable, d'une belle humeur sanguine[2], qui la surprenait et l'amusait. D'ailleurs, l'avant-veille, il lui avait conté carrément les amours de Mouret et de Clara, sans calcul, par bêtise de gros garçon aimant à rire ; et, mordue de jalousie, cachant sa blessure sous des airs de dédain, elle venait pour tâcher de découvrir cette fille, une demoiselle des confections, avait-il dit simplement, en refusant de la nommer.

– Est-ce que vous désirez quelque chose chez nous ? reprit-il.

– Mais certainement, sans quoi je ne serais pas venue… Avez-vous du foulard pour des matinées[3] ?

Elle espérait obtenir de lui le nom de la demoiselle, prise du besoin de la voir.

[Tandis que l'inspecteur Jouve cherche à surprendre une femme enceinte suspectée de vol, Mme Desforges a trouvé Denise, qu'elle croit être la maîtresse de Mouret.]

– C'est un manteau de voyage que madame désire ? demanda Denise à Mme Desforges, après lui avoir offert une chaise.

Notes

1. *pourpre :* couleur rouge.
2. *sanguine :* vive.
3. *matinées :* spectacles qui ont lieu l'après-midi.

– Oui, répondit sèchement cette dernière, décidée à être impolie.

La nouvelle installation du rayon était d'une sévérité riche, de hautes armoires de chêne sculpté, des glaces tenant la largeur des panneaux, une moquette rouge qui étouffait le piétinement continu des clientes. Pendant que Denise était allée chercher des manteaux de voyage, Mme Desforges, qui regardait autour d'elle, s'aperçut dans une glace ; et elle restait à se contempler. Elle vieillissait donc, qu'on la trompait pour la première fille venue ? La glace reflétait le rayon entier, avec sa turbulence ; mais elle ne voyait que sa face pâle, elle n'entendait pas, derrière elle, Clara qui racontait à Marguerite une des cachotteries de Mme Frédéric, la façon dont celle-ci faisait le tour, matin et soir, en enfilant le passage Choiseul, afin de donner l'idée qu'elle logeait peut-être sur la rive gauche[1].

– Voici nos derniers modèles, dit Denise. Nous les avons en plusieurs couleurs.

Elle étalait quatre ou cinq manteaux. Mme Desforges les considérait d'un air dédaigneux ; et, à chacun, elle devenait plus dure. Pourquoi ces fronces[2], qui étriquaient[3] le vêtement ? et celui-ci, carré des épaules, ne l'aurait-on pas dit taillé à coups de hache ? On avait beau aller en voyage, on ne s'habillait pas comme une guérite[4].

– Montrez-moi autre chose, mademoiselle.

Denise dépliait les vêtements, les repliait, sans se permettre un geste d'humeur. Et c'était cette sérénité dans la patience qui exaspérait davantage Mme Desforges. Ses regards, continuellement, retournaient à la glace, en face d'elle. Maintenant, elle s'y regardait près de Denise, elle établissait des comparaisons. Était-ce possible qu'on lui eût préféré cette créature insignifiante ? Elle se souvenait, cette créature était bien celle qu'elle

Notes

1. ***rive gauche*** : quartier de Paris où habitent les classes aisées.
2. ***fronces*** : plis serrés.
3. ***étriquaient*** : rendaient plus étroit.
4. ***guérite*** : abri d'un soldat qui monte la garde.

avait vue, autrefois, faire à ses débuts une figure si sotte, maladroite comme une gardeuse d'oies qui débarque de son village. Sans doute, aujourd'hui, elle se tenait mieux, l'air pincé et correct dans sa robe de soie. Seulement, quelle pauvreté, quelle banalité !

– Je vais soumettre à madame d'autres modèles, disait tranquillement Denise.

Quand elle revint, la scène recommença. Puis, ce furent les draps qui étaient trop lourds et qui ne valaient rien. Mme Desforges se tournait, élevait la voix, tâchait d'attirer l'attention de Mme Aurélie, dans l'espoir de faire gronder la jeune fille. Mais celle-ci, depuis sa rentrée, avait conquis peu à peu le rayon ; elle y était chez elle à présent, et la première lui reconnaissait même des qualités rares de vendeuse, la douceur obstinée, la conviction souriante. Aussi Mme Aurélie haussa-t-elle légèrement les épaules, en se gardant d'intervenir.

– Si madame voulait bien m'indiquer le genre ? demandait de nouveau Denise, avec son insistance polie que rien ne décourageait.

– Mais puisque vous n'avez rien ! cria Mme Desforges.

Elle s'interrompit, étonnée de sentir une main se poser sur son épaule. C'était Mme Marty, que sa crise de dépense emportait au travers des magasins. Ses achats avaient tellement grossi, depuis les cravates, les gants brodés et l'ombrelle rouge, que le dernier vendeur venait de se décider à mettre sur une chaise le paquet, qui lui aurait cassé les bras ; et il la précédait, en tirant cette chaise, où s'entassaient des jupons, des serviettes, des rideaux, une lampe, trois paillassons.

– Tiens ! dit-elle, vous achetez un manteau de voyage ?

– Oh ! mon Dieu ! non, répondit Mme Desforges. Ils sont affreux.

Mais Mme Marty était tombée sur un manteau à rayures, qu'elle ne trouvait pourtant pas mal. Sa fille Valentine l'examinait déjà. Alors, Denise appela Marguerite, pour débarrasser le rayon de l'article, un modèle de l'année précédente, que cette dernière, sur un coup d'œil de sa camarade, présenta comme une occasion exceptionnelle. Quand elle eut juré qu'on l'avait baissé de prix deux fois, que de cent cinquante on l'avait mis à cent trente, et qu'il était maintenant à cent dix, Mme Marty fut sans force contre la tentation du bon marché. Elle l'acheta, le vendeur qui l'accompagnait laissa la chaise et tout le paquet des notes de débit[1], jointes aux marchandises.

Cependant, derrière ces dames, au milieu des bousculades de la vente, les commérages du rayon continuaient sur Mme Frédéric.

– Vrai ! elle avait quelqu'un ? disait une petite vendeuse, nouvelle au comptoir.

– L'homme des bains, pardi ! répondait Clara. Faut se défier de ces veuves si tranquilles.

Alors, tandis que Marguerite débitait[2] le manteau, Mme Marty tourna la tête ; et, désignant Clara d'un léger mouvement des paupières, elle dit très bas à Mme Desforges :

– Vous savez, le caprice de M. Mouret.

L'autre, surprise, regarda Clara, puis reporta les yeux sur Denise, en répondant :

– Mais non, pas la grande, la petite !

Et, comme Mme Marty n'osait plus rien affirmer, Mme Desforges ajouta à voix plus haute, avec un mépris de dame pour des femmes de chambre :

– Peut-être la petite et la grande, toutes celles qui veulent !

Denise avait entendu. Elle leva ses grands yeux purs sur cette dame qui la blessait ainsi et qu'elle ne connaissait pas. Sans doute, c'était la personne dont on lui avait parlé, cette amie que le patron voyait au-dehors. Dans le regard qu'elles échangèrent, Denise eut alors une dignité si triste, une telle franchise d'innocence, qu'Henriette resta gênée.

Notes

1. *notes de débit :* factures.

2. *débitait :* facturait.

– Puisque vous n'avez rien de possible à me montrer, dit-elle brusquement, conduisez-moi aux robes et costumes.

– Tiens ! cria Mme Marty, j'y vais avec vous... Je voulais voir un costume pour Valentine.

Marguerite prit la chaise par le dossier, et la traîna, renversée, sur les pieds de derrière, qu'un tel charriage[1] usait à la longue. Denise ne portait que les mètres de foulard, achetés par Mme Desforges. C'était tout un voyage, maintenant que les robes et costumes se trouvaient au second, à l'autre bout des magasins.

[Mme Desforges continue d'humilier Denise, la traînant dans tous les rayons. Pendant ce temps, M. de Boves, l'amant de Mme Guibal, et Paul de Vallagnosc, l'ami d'Octave Mouret promis à Mlle de Boves, découvrent, eux aussi, les nouveaux magasins.]

Cependant, M. de Boves et Vallagnosc, qui marchaient en avant avec Mme Guibal, arrivaient au rayon des dentelles. C'était, près des confections, un salon luxueux, garni de casiers, dont les tiroirs de chêne sculpté se rabattaient. Autour des colonnes, recouvertes de velours rouge, montaient des spirales de dentelle blanche ; et, d'un bout à l'autre de la pièce, filaient des vols de guipure ; tandis que, sur les comptoirs, il y avait des éboulements de grandes cartes, toutes pelotonnées de valenciennes, de malines[2], de points à l'aiguille. Au fond, deux dames étaient assises devant un transparent[3] de soie mauve, sur lequel Deloche jetait des pointes de chantilly[4] ; et elles regardaient sans se décider, silencieuses.

– Tiens ! dit Vallagnosc très surpris, vous disiez Mme de Boves souffrante... Mais la voilà debout, là-bas, avec Mlle Blanche.

Le comte ne put retenir un sursaut, en jetant un regard oblique sur Mme Guibal.

– C'est ma foi vrai, dit-il.

Notes

1. *charriage* : transport.
2. *malines* : sortes de dentelles.
3. *transparent* : voile.
4. *chantilly* : type de dentelles.

Dans le salon, il faisait très chaud. Les clientes, qui s'y étouffaient, avaient des visages pâles aux yeux luisants. On eût dit que toutes les séductions des magasins aboutissaient à cette tentation suprême, que c'était là l'alcôve[1] reculée de la chute[2], le coin de perdition[3] où les plus fortes succombaient. Les mains s'enfonçaient parmi les pièces débordantes, et elles en gardaient un tremblement d'ivresse.

– Je crois que ces dames vous ruinent, reprit Vallagnosc, amusé par la rencontre.

M. de Boves eut le geste d'un mari d'autant plus sûr de la raison de sa femme, qu'il ne lui donne pas un sou. Celle-ci, après avoir battu tous les rayons avec sa fille, sans rien acheter, venait d'échouer aux dentelles, dans une rage de désir inassouvi[4]. Brisée de fatigue, elle se tenait pourtant debout devant un comptoir. Elle fouillait dans le tas, ses mains devenaient molles, des chaleurs lui montaient aux épaules. Puis, brusquement, comme sa fille tournait la tête et que le vendeur s'éloignait, elle voulut glisser sous son manteau une pièce de point d'Alençon. Mais elle tressaillit, elle lâcha la pièce, en entendant la voix de Vallagnosc, qui disait gaiement :

– Nous vous surprenons, madame.

Pendant quelques secondes, elle demeura muette, toute blanche. Ensuite, elle expliqua que, se sentant beaucoup mieux, elle avait désiré prendre l'air. Et, en remarquant enfin que son mari se trouvait avec Mme Guibal, elle se remit complètement, elle les regarda d'un air si digne, que celle-ci crut devoir dire :

– J'étais avec Mme Desforges, ces messieurs nous ont rencontrées.

Notes

1. *alcôve :* dans une chambre, renfoncement dans lequel se trouve le lit.
2. *chute :* déchéance, fait de céder au désir ; les termes utilisés dans cette phrase ont une connotation sexuelle.
3. *perdition :* péché, faute grave.
4. *inassouvi :* non satisfait.

Précisément, les autres dames arrivaient. Mouret les avait accompagnées, et il les retint un instant encore, pour leur montrer l'inspecteur Jouve, qui filait toujours la femme enceinte et son amie. C'était très curieux, on ne s'imaginait pas le nombre de voleuses qu'on arrêtait aux dentelles. Mme de Boves, qui l'écoutait, se voyait entre deux gendarmes, avec ses quarante-cinq ans, son luxe, la haute situation de son mari ; et elle était sans remords, elle songeait qu'elle aurait dû glisser le coupon dans sa manche. Jouve, cependant, venait de se décider à mettre la main sur la femme enceinte, désespérant de la prendre en flagrant délit, la soupçonnant d'ailleurs de s'être empli les poches, d'un tour de doigts si habile, qu'il lui échappait. Mais, quand il l'eut emmenée à l'écart et fouillée, il éprouva la confusion de ne rien trouver sur elle, pas une cravate, pas un bouton. L'amie avait disparu. Tout d'un coup, il comprit : la femme enceinte n'était là que pour l'occuper, c'était l'amie qui volait.

L'histoire amusa ces dames. Mouret, un peu vexé, se contenta de dire :

– Le père Jouve est refait[1] cette fois… Il prendra sa revanche.

– Oh ! conclut Vallagnosc, je crois qu'il n'est pas de taille… Du reste, pourquoi étalez-vous tant de marchandises ? C'est bien fait, si l'on vous vole. On ne doit pas tenter à ce point de pauvres femmes sans défense.

Ce fut le dernier mot, qui sonna comme la note aiguë de la journée, dans la fièvre croissante des magasins. Ces dames se séparaient, traversaient une dernière fois les comptoirs encombrés. Il était quatre heures, les rayons du soleil à son coucher entraient obliquement par les larges baies de la façade, éclairaient de biais les vitrages des halls ; et, dans cette clarté d'un rouge d'incendie, montaient, pareilles à une vapeur d'or, les poussières épaisses, soulevées depuis le matin par le piétinement de la foule. Une nappe enfilait la grande galerie centrale, découpait

Note

1. *refait* : attrapé.

sur un fond de flammes les escaliers, les ponts volants, toute cette guipure de fer suspendue. Les mosaïques et les faïences des frises miroitaient, les verts et les rouges des peintures s'allumaient aux feux des ors prodigués. C'était comme une braise vive, où brûlaient maintenant les étalages, les palais de gants et de cravates, les girandoles[1] de rubans et de dentelles, les hautes piles de lainage et de calicot, les parterres diaprés[2] que fleurissaient les soies légères et les foulards. Des glaces resplendissaient. L'exposition des ombrelles, aux rondeurs de bouclier, jetait des reflets de métal. Dans les lointains, au-delà de coulées d'ombre, il y avait des comptoirs perdus, éclatants, grouillant d'une cohue blonde de soleil.

Et, à cette heure dernière, au milieu de cet air surchauffé, les femmes régnaient. Elles avaient pris d'assaut les magasins, elles y campaient comme en pays conquis, ainsi qu'une horde[3] envahissante, installée dans la débâcle des marchandises. Les vendeurs, assourdis, brisés, n'étaient plus que leurs choses, dont elles disposaient avec une tyrannie de souveraines. De grosses dames bousculaient le monde. Les plus minces tenaient de la place, devenaient arrogantes[4]. Toutes, la tête haute, les gestes brusques, étaient chez elles, sans politesse les unes pour les autres, usant de la maison tant qu'elles pouvaient, jusqu'à en emporter la poussière des murs. Mme Bourdelais, désireuse de rattraper ses dépenses, avait de nouveau conduit ses trois enfants au buffet; maintenant, la clientèle s'y ruait dans une rage d'appétit, les mères elles-mêmes s'y gorgeaient de malaga[5], on avait bu, depuis l'ouverture, quatre-vingts litres de sirop et soixante-dix bouteilles de vin. Après avoir acheté son manteau de voyage, Mme Desforges s'était fait offrir des images à la caisse; et elle partait en songeant au moyen de tenir Denise chez elle, où elle l'humilierait en présence de Mouret lui-même, pour voir leur

Notes

1. ***girandoles*** **:** guirlandes lumineuses.
2. ***diaprés*** **:** vivement colorés.
3. ***horde*** **:** bande sauvage.
4. ***arrogantes*** **:** pleines d'assurance, insolentes.
5. ***malaga*** **:** vin d'Espagne liquoreux.

figure et tirer d'eux une certitude. Enfin, pendant que M. de Boves réussissait à se perdre dans la foule et à disparaître avec Mme Guibal, Mme de Boves, suivie de Blanche et de Vallagnosc, avait eu le caprice de demander un ballon rouge, bien qu'elle n'eût rien acheté. C'était toujours cela, elle ne s'en irait pas les mains vides, elle se ferait une amie de la petite fille de son concierge. Au comptoir de distribution, on entamait le quarantième mille : quarante mille ballons rouges qui avaient pris leur vol dans l'air chaud des magasins, toute une nuée de ballons rouges qui flottaient à cette heure d'un bout à l'autre de Paris, portant au ciel le nom du *Bonheur des Dames* !

Cinq heures sonnèrent. De toutes ces dames, Mme Marty demeurait seule avec sa fille, dans la crise finale de la vente. Elle ne pouvait s'en détacher, lasse à mourir, retenue par des liens si forts, qu'elle revenait toujours sur ses pas, sans besoin, battant les rayons de sa curiosité inassouvie. C'était l'heure où la cohue, fouettée de réclames, achevait de se détraquer ; les soixante mille francs d'annonces payés aux journaux, les dix mille affiches collées sur les murs, les deux cent mille catalogues lancés dans la circulation, après avoir vidé les bourses, laissaient à ces nerfs de femmes l'ébranlement de leur ivresse ; et elles restaient secouées encore de toutes les inventions de Mouret, la baisse des prix, les rendus, les galanteries sans cesse renaissantes. Mme Marty s'attardait devant les tables de proposition, parmi les appels enroués des vendeurs, dans le bruit d'or des caisses et le roulement des paquets tombant aux sous-sols ; elle traversait une fois de plus le rez-de-chaussée, le blanc, la soie, la ganterie, les lainages ; puis, elle remontait, s'abandonnait à la vibration métallique des escaliers suspendus et des ponts volants, retournait aux confections, à la lingerie, aux dentelles, poussait jusqu'au second étage, dans les hauteurs de la literie et des meubles, et, partout, les commis, Hutin et Favier, Mignot et Liénard, Deloche, Pauline, Denise, les jambes mortes, donnaient un coup de force, arrachaient des victoires à la fièvre dernière des clientes. Cette fièvre, depuis le matin, avait grandi peu à peu, comme la griserie[1] même qui se dégageait des étoffes remuées. La foule flambait sous l'incendie du soleil de cinq heures. Maintenant, Mme Marty avait la face animée et nerveuse d'une enfant qui a bu du vin pur. Entrée les yeux clairs, la peau fraîche du froid de la rue, elle s'était lentement brûlé la vue et le teint, au spectacle de ce luxe, de ces couleurs violentes, dont le galop continu irritait sa passion. Lorsqu'elle partit enfin, après avoir dit qu'elle paierait chez elle, terrifiée par le chiffre de sa facture, elle avait les traits tirés, les yeux élargis d'une malade. Il lui fallut se battre pour se dégager de l'écrasement obstiné de la porte ; on s'y tuait, au milieu du massacre des soldes. Puis, sur le trottoir, quand elle eut retrouvé sa fille qu'elle avait perdue, elle frissonna à l'air vif, elle demeura effarée, dans le détraquement de cette névrose[2] des grands bazars.

Le soir, comme Denise revenait de dîner, un garçon l'appela.

– Mademoiselle, on vous demande à la direction.

Elle oubliait l'ordre que Mouret lui avait donné, le matin, de passer à son cabinet, après la vente. Il l'attendait debout. En entrant, elle ne repoussa pas la porte, qui resta ouverte.

– Nous sommes contents de vous, mademoiselle, dit-il, et nous avons songé à vous témoigner notre satisfaction… Vous savez de quelle indigne manière Mme Frédéric nous a quittés. Dès demain, vous la remplacerez comme seconde.

Denise l'écoutait, immobile de saisissement[3]. Elle murmura, la voix tremblante :

– Mais, monsieur, il y a des vendeuses beaucoup plus anciennes que moi au rayon.

– Eh bien ? qu'est-ce que cela fait ? reprit-il. Vous êtes la plus capable, la plus sérieuse. Je vous choisis, c'est bien naturel… N'êtes-vous pas satisfaite ?

Notes

1. *griserie :* légère ivresse.
2. *névrose :* trouble psychique dont la personne atteinte est consciente.
3. *saisissement :* forte surprise.

Alors, elle rougit. C'était, en elle, un bonheur et un embarras délicieux, où son premier effroi se fondait. Pourquoi donc avait-elle songé d'abord aux suppositions dont on allait accueillir cette faveur inespérée ? Et elle demeurait confuse, malgré l'élan de sa reconnaissance. Lui, la regardait en souriant, dans sa robe de soie toute simple, sans un bijou, n'ayant que le luxe de sa royale chevelure blonde. Elle s'était affinée, la peau blanche, l'air délicat et grave. Son insignifiance chétive d'autrefois devenait un charme d'une discrétion pénétrante.

– Vous êtes bien bon, monsieur, balbutia-t-elle. Je ne sais comment vous dire...

Mais elle eut la voix coupée. Dans le cadre de la porte, Lhomme était debout. Il tenait de sa bonne main une grande sacoche de cuir, et son bras mutilé serrait contre sa poitrine un portefeuille énorme ; tandis que, derrière son dos, son fils Albert portait une charge de sacs, qui lui cassait les membres.

– Cinq cent quatre-vingt-sept mille deux cent dix francs, trente centimes ! cria le caissier dont la face molle et usée semblait s'éclairer d'un coup de soleil, au reflet d'une pareille somme.

C'était la recette de la journée, la plus forte que le *Bonheur* eût encore faite. Au loin, dans les profondeurs des magasins, que Lhomme venait de traverser lentement, de la marche pesante d'un bœuf trop chargé, on entendait le brouhaha, le remous de surprise et de joie, laissé par cette recette géante qui passait.

– Mais c'est superbe ! dit Mouret enchanté. Mon brave Lhomme, mettez ça là, reposez-vous, car vous n'en pouvez plus. Je vais faire porter cet argent à la caisse centrale... Oui, oui, tout sur mon bureau. Je veux voir le tas.

Il avait une gaieté d'enfant. Le caissier et son fils se déchargèrent. La sacoche eut une claire sonnerie d'or, deux des sacs en crevant lâchèrent des coulées d'argent et de cuivre, tandis que, du portefeuille, sortaient des coins de billets de banque. Tout un bout du grand bureau fut couvert, c'était comme l'écroulement d'une fortune, ramassée en dix heures.

Lorsque Lhomme et Albert se furent retirés, en s'épongeant le visage, Mouret demeura un moment immobile, perdu, les yeux sur l'argent. Puis, ayant levé la tête, il aperçut Denise qui s'était écartée. Alors, il se remit à sourire, il la força de s'avancer, finit par dire qu'il lui donnerait ce qu'elle pourrait prendre dans une poignée ; et il y avait un marché d'amour, au fond de sa plaisanterie.

– Tenez ! dans la sacoche, je parie pour moins de mille francs, votre main est si petite !

Mais elle se recula encore. Il l'aimait donc ? Brusquement, elle comprenait, elle sentait la flamme croissante du coup de désir dont il l'enveloppait, depuis qu'elle était de retour aux confections. Ce qui la bouleversait davantage, c'était de sentir son cœur battre à se rompre. Pourquoi la blessait-il avec tout cet argent, lorsqu'elle débordait de gratitude et qu'il l'eût fait défaillir d'une seule parole amie ? Il se rapprochait, en continuant de plaisanter, lorsque, à son grand mécontentement, Bourdoncle parut, sous le prétexte de lui apprendre le chiffre des entrées, l'énorme chiffre de soixante-dix mille clientes, venues au *Bonheur* ce jour-là. Et elle se hâta de sortir, après avoir remercié de nouveau.

CHAPITRE X

Le premier dimanche d'août, on faisait l'inventaire[1], qui devait être terminé le soir même. Dès le matin, comme un jour de semaine, tous les employés étaient à leur poste, et la besogne avait commencé, les portes closes, dans les magasins vides de clientes.

Denise n'était pas descendue à huit heures, avec les autres vendeuses. Retenue depuis le jeudi dans sa chambre, par une entorse prise en montant aux ateliers, elle allait enfin beaucoup mieux ; mais, comme Mme Aurélie la gâtait, elle ne se hâtait pas, achevait de se chausser avec peine, résolue cependant à se

Note

1. ***inventaire*** : évaluation annuelle des marchandises stockées dans un magasin.

montrer au rayon. Maintenant, les chambres des demoiselles occupaient le cinquième étage des bâtiments neufs, le long de la rue Monsigny : elles étaient au nombre de soixante, aux deux côtés d'un corridor, et plus confortables, toujours meublées pourtant du lit de fer, de la grande armoire et de la petite toilette[1] de noyer. La vie intime des vendeuses y prenait des propretés et des élégances, une pose pour les savons chers et les linges fins, toute une montée naturelle vers la bourgeoisie, à mesure que leur sort s'améliorait; bien qu'on entendît encore voler des gros mots et les portes battre, dans le coup de vent d'hôtel garni qui les emportait matin et soir. D'ailleurs, à titre de seconde Denise avait une des plus grandes chambres, dont les deux fenêtres mansardées ouvraient sur la rue. Riche à présent, elle se donnait du luxe, un édredon rouge recouvert d'un voile de guipure, un petit tapis devant l'armoire, deux vases de verre bleu sur la toilette, où se fanaient des roses.

Quand elle fut chaussée, elle essaya de marcher dans la pièce. Il lui fallut s'appuyer aux meubles, car elle boitait encore. Mais cela s'échaufferait. Tout de même elle avait eu raison de refuser, pour le soir, une invitation à dîner de l'oncle Baudu, et de prier sa tante de faire sortir Pépé, qu'elle avait remis en pension chez Mme Gras. Jean, qui était venu la voir la veille, dînait aussi chez l'oncle. Doucement, elle continuait de s'essayer à marcher, en se promettant de se coucher de bonne heure, afin de reposer sa jambe, lorsque la surveillante, Mme Cabin, frappa et lui donna une lettre, d'un air de mystère.

La porte refermée, Denise, étonnée du sourire discret de cette femme, ouvrit la lettre. Elle se laissa tomber sur une chaise : c'était une lettre de Mouret, où il se disait heureux de son rétablissement et la priait de descendre le soir dîner avec lui, puisqu'elle ne pouvait sortir. Le ton de ce billet, à la fois familier et paternel, n'avait rien de blessant; mais il lui était impossible

Note

1. *toilette :* meuble de toilette.

de se méprendre[1], le *Bonheur* connaissait bien la signification vraie de ces invitations, une légende courait là-dessus : Clara avait dîné, d'autres aussi, toutes celles que le patron remarquait. Après le dîner, comme disaient les commis farceurs, il y avait le dessert. Et les joues blanches de la jeune fille étaient peu à peu envahies par un flot de sang.

[Denise se confie à Pauline, qui lui conseille vivement d'accepter l'invitation. Malgré son pied blessé, la jeune fille descend participer à l'inventaire ; tout le monde, dans les rayons comme à la cantine, est au courant de l'histoire de la lettre car Pauline en a parlé étourdiment, et personne, excepté Deloche, ne doute qu'elle accepte l'invitation.]

En bas, dans l'échauffement de l'après-midi, l'inventaire ronflait davantage. L'heure était venue du coup de collier[2], lorsque, devant la besogne peu avancée du matin, toutes les forces se tendaient, pour avoir fini le soir. Les voix se haussaient encore, on ne voyait que la gesticulation des bras, vidant toujours les cases, jetant les marchandises, et on ne pouvait plus marcher, la crue[3] des piles et des ballots, sur les parquets, montait à la hauteur des comptoirs. Une houle[4] de têtes, de poings brandis, de membres volants, semblait se perdre au fond des rayons, dans un lointain confus d'émeute. C'était la fièvre dernière du branle-bas, la machine près de sauter ; tandis que, le long des glaces sans tain, autour du magasin fermé, continuaient à passer de rares promeneurs, blêmes de l'ennui étouffant du dimanche. Sur le trottoir de la rue Neuve-Saint-Augustin, trois grandes filles en cheveux, l'air souillon[5], s'étaient plantées, collant effrontément[6] leurs visages aux glaces, tâchant de voir la drôle de cuisine qu'on bâclait là-dedans[7].

Notes

1. ***se méprendre :*** se tromper.
2. ***coup de collier :*** travail brusquement plus intense.
3. ***crue :*** montée des eaux d'une rivière.
4. ***houle :*** mer agitée.
5. ***souillon :*** sale.
6. ***effrontément :*** sans se gêner.
7. Zola reprend le parler populaire des trois filles.

Lorsque Denise rentra aux confections, Mme Aurélie laissa Marguerite achever l'appel des vêtements. Il restait à faire un travail de contrôle, pour lequel, désireuse de silence, elle se retira dans la salle de l'échantillonnage, en emmenant la jeune fille.

– Venez avec moi, nous collationnerons[1]... Puis, vous additionnerez.

Mais, comme elle voulut laisser la porte ouverte, afin de surveiller ces demoiselles, le vacarme entrait, on ne s'entendait guère plus, au fond de cette salle. C'était une vaste pièce carrée, garnie seulement de chaises et de trois longues tables. Dans un coin, étaient les grands couteaux mécaniques, pour couper les échantillons. Des pièces entières y passaient, on expédiait par an plus de soixante mille francs d'étoffes, ainsi déchiquetées en lanières. Du matin au soir, les couteaux hachaient la soie, la laine, la toile, avec un bruit de faux. Ensuite, il fallait assembler les cahiers[2], les coller ou les coudre. Et il y avait encore, entre les deux fenêtres, une petite imprimerie, pour les étiquettes.

– Plus bas donc ! criait de temps à autre Mme Aurélie, qui n'entendait pas Denise lire les articles.

Quand la collation[3] des premières listes fut terminée, elle laissa la jeune fille devant une des tables, plongée dans les additions. Puis, elle reparut presque tout de suite, elle installa Mlle de Fontenailles[4], dont les trousseaux[5] n'avaient plus besoin, et qu'ils lui passaient. Cette dernière additionnerait aussi, on gagnerait du temps. Mais l'apparition de la marquise, comme la nommait Clara méchamment, avait remué le rayon. On riait, on plaisantait Joseph[6], des mots féroces arrivaient par la porte.

Notes

1. *collationnerons :* vérifierons que les documents concordent.
2. Les échantillons sont réunis dans des cahiers.
3. *collation :* vérification.
4. La jeune fille, appartenant à une famille noble ruinée, a été embauchée par Mouret.
5. *trousseaux :* rayon des trousseaux ; on y vend tout le linge domestique qui constitue le trousseau de la mariée.
6. Le jeune vendeur est amoureux de Mlle de Fontenailles.

– Ne vous reculez pas, vous ne me gênez aucunement, dit Denise saisie d'une grande pitié. Tenez ! mon encrier suffira, vous prendrez de l'encre avec moi.

Mlle de Fontenailles, dans l'hébétement de sa déchéance, ne trouva pas même un mot de gratitude. Elle devait boire, sa maigreur avait des teintes plombées, et ses mains seules, blanches et fines, disaient encore la distinction de sa race.

Cependant, les rires tombèrent tout d'un coup, on entendit la besogne reprendre son ronflement régulier. C'était Mouret qui faisait de nouveau le tour des rayons. Mais il s'arrêta, il chercha Denise, surpris de ne pas la voir. D'un signe, il avait appelé Mme Aurélie ; et tous deux s'écartèrent, parlèrent bas un instant. Il devait l'interroger. Elle désigna des yeux la salle de l'échantillonnage, puis sembla rendre des comptes. Sans doute elle rapportait que la jeune fille avait pleuré le matin.

– Parfait ! dit tout haut Mouret, en se rapprochant. Montrez-moi les listes.

– Par ici, monsieur, répondit la première. Nous nous sommes sauvées du tapage.

Il la suivit dans la pièce voisine. Clara ne fut pas dupe de[1] la manœuvre : elle murmura qu'on ferait mieux d'aller chercher un lit tout de suite. Mais Marguerite lui jetait les vêtements d'une main plus vive, pour l'occuper et lui fermer la bouche. Est-ce que la seconde n'était pas une bonne camarade ? ses affaires ne regardaient personne. Le rayon devenait complice, les vendeuses s'agitaient davantage, les dos de Lhomme et de Joseph se renflaient, comme sourds. Et l'inspecteur Jouve, ayant remarqué de loin la tactique de Mme Aurélie, vint marcher devant la porte de l'échantillonnage, du pas régulier d'un factionnaire[2] qui garde le bon plaisir d'un supérieur.

– Donnez les listes à monsieur, dit la première en entrant.

Notes

1. *dupe de :* trompée par.

2. *factionnaire :* soldat qui monte la garde.

Denise les donna, puis resta les yeux levés. Elle avait eu un léger sursaut, mais elle s'était domptée, et elle gardait un beau calme, les joues pâles. Un instant, Mouret parut s'absorber dans l'énumération des articles, sans un regard pour la jeune fille. Le silence régnait. Alors, Mme Aurélie, s'étant approchée de Mlle de Fontenailles, qui n'avait pas même tourné la tête, parut mécontente de ses additions, et lui dit à demi-voix :

– Allez donc aider aux paquets... Vous n'avez pas l'habitude des chiffres.

Celle-ci se leva, retourna au rayon, où des chuchotements l'accueillirent. Joseph, sous les yeux rieurs de ces demoiselles, écrivait de travers, Clara, enchantée de cette aide qui lui arrivait, la bousculait pourtant, dans la haine qu'elle avait de toutes les femmes, au magasin. Était-ce idiot, de tomber à l'amour d'un homme de peine[1], quand on était marquise ! Et elle lui jalousait cet amour.

– Très bien ! très bien ! répétait Mouret, en affectant toujours de lire.

Cependant, Mme Aurélie ne savait comment sortir à son tour, d'une façon décente. Elle piétinait, allait regarder les couteaux mécaniques, furieuse que son mari n'inventât pas une histoire pour l'appeler ; mais il n'était jamais aux affaires sérieuses, il serait mort de soif à côté d'une mare. Ce fut Marguerite qui eut l'intelligence de demander un renseignement.

– J'y vais, répondit la première.

Et, sa dignité désormais à couvert, ayant un prétexte aux yeux de ces demoiselles qui la guettaient, elle laissa enfin seuls Mouret et Denise qu'elle venait de rapprocher, elle sortit d'un pas majestueux, le profil si noble, que les vendeuses n'osèrent même se permettre un sourire.

Note

1. *homme de peine :* homme effectuant des travaux pénibles.

Lentement, Mouret avait reposé les listes sur la table. Il regardait la jeune fille, qui était restée assise, la plume à la main. Elle ne détournait pas les regards, elle avait seulement pâli davantage.

– Vous viendrez, ce soir ? demanda-t-il à demi-voix.

– Non, monsieur, répondit-elle, je ne pourrai pas. Mes frères doivent se trouver chez mon oncle, et j'ai promis de dîner avec eux.

– Mais votre pied ! vous marchez trop difficilement.

– Oh ! j'irai bien jusque-là, je me sens beaucoup mieux depuis ce matin.

À son tour, il était devenu pâle, devant ce refus tranquille. Une révolte nerveuse agitait ses lèvres. Pourtant, il se contenait, il reprit de son air de patron obligeant qui s'intéresse simplement à une de ses demoiselles :

– Voyons, si je vous priais… Vous savez dans quelle estime je vous tiens.

Denise garda son attitude respectueuse.

– Je suis très touchée, monsieur, de votre bonté pour moi, et je vous remercie de cette invitation. Mais, je le répète, c'est impossible, mes frères m'attendent ce soir.

Elle s'entêtait à ne pas comprendre. La porte demeurait ouverte, et elle sentait bien cependant le magasin entier qui la poussait. Pauline l'avait traitée amicalement de grande sotte, les autres se moqueraient d'elle, si elle refusait l'invitation. Mme Aurélie qui s'en était allée, Marguerite dont elle entendait monter la voix, le dos de Lhomme qu'elle apercevait immobile et discret, tous voulaient sa chute, tous la jetaient au maître. Et le ronflement lointain de l'inventaire, ces millions de marchandises, criés à la volée, remués à bout de bras, étaient comme un vent chaud qui soufflait la passion jusqu'à elle.

Il y eut un silence. Par moments, le bruit couvrait les paroles de Mouret, qu'il accompagnait du vacarme formidable d'une fortune de roi, gagnée dans les batailles.

– Alors, quand viendrez-vous ? demanda-t-il de nouveau. Demain ?

Cette simple question troubla Denise. Elle perdit un instant son calme, elle balbutia :

– Je ne sais pas… Je ne sais pas…

Il sourit, il essaya de lui prendre une main, qu'elle retira.

– De quoi donc avez-vous peur ?

Mais elle relevait déjà la tête, elle le regardait en face, et elle dit, en souriant de son air doux et brave :

– Je n'ai peur de rien, monsieur… On fait seulement ce qu'on veut faire, n'est-ce pas ? Moi je ne veux pas, voilà tout !

Comme elle se taisait, un craquement la surprit. Elle se retourna et vit la porte se fermer avec lenteur. C'était l'inspecteur Jouve qui prenait sur lui de la tirer. Les portes rentraient dans son service, aucune ne devait rester ouverte. Et il se mit à monter gravement sa faction. Personne ne parut s'apercevoir de cette porte fermée d'un air si simple. Clara seule lâcha un mot cru à l'oreille de Mlle de Fontenailles, qui demeura blême, le visage mort.

Denise, cependant, s'était levée. Mouret lui disait d'une voix basse et tremblante :

– Écoutez, je vous aime… Vous le savez depuis longtemps, ne jouez pas le jeu cruel de faire l'ignorante avec moi… Et ne craignez rien. Vingt fois, j'ai eu l'envie de vous appeler dans mon cabinet. Nous aurions été seuls, je n'aurais eu qu'à pousser un verrou. Mais je n'ai pas voulu, vous voyez bien que je vous parle ici, où chacun peut entrer… Je vous aime, Denise…

Elle était debout, la face blanche, l'écoutant, le regardant toujours en face.

– Dites, pourquoi refusez-vous ?… N'avez-vous donc pas de besoins ? Vos frères sont une lourde charge. Tout ce que vous me demanderiez, tout ce que vous exigeriez de moi…

D'un mot, elle l'arrêta :

– Merci, je gagne maintenant plus qu'il ne me faut.

– Mais c'est la liberté que je vous offre, c'est une existence de plaisirs et de luxe... Je vous mettrai chez vous, je vous assurerai une petite fortune.

– Non, merci, je m'ennuierais à ne rien faire... Je n'avais pas dix ans que je gagnais ma vie.

Il eut un geste fou. C'était la première qui ne cédait pas. Il n'avait eu qu'à se baisser pour prendre les autres, toutes attendaient son caprice en servantes soumises ; et celle-ci disait non, sans même donner un prétexte raisonnable. Son désir, contenu depuis longtemps, fouetté par la résistance, s'exaspérait. Peut-être n'offrait-il pas assez ; et il doubla ses offres, et il la pressa davantage.

– Non, non, merci, répondait-elle chaque fois, sans une défaillance.

Alors, il laissa échapper ce cri de son cœur :

– Vous ne voyez donc pas que je souffre !... Oui, c'est imbécile, je souffre comme un enfant !

Des larmes mouillèrent ses yeux. Un nouveau silence régna. On entendit encore, derrière la porte close, le ronflement adouci de l'inventaire. C'était comme un bruit mourant de triomphe, l'accompagnement se faisait discret, dans cette défaite du maître.

– Si je voulais pourtant ! dit-il d'une voix ardente, en lui saisissant les mains.

Elle les lui laissa, ses yeux pâlirent, toute sa force s'en allait. Une chaleur lui venait des mains tièdes de cet homme, l'emplissait d'une lâcheté délicieuse. Mon Dieu ! comme elle l'aimait, et quelle douceur elle aurait goûtée à se pendre à son cou, pour rester sur sa poitrine !

– Je veux, je veux, répétait-il affolé. Je vous attends ce soir, ou je prendrai des mesures...

Il devenait brutal. Elle poussa un léger cri, la douleur qu'elle ressentait aux poignets lui rendit son courage. D'une secousse, elle se dégagea. Puis, toute droite, l'air grandi dans sa faiblesse :

– Non, laissez-moi… Je ne suis pas une Clara, qu'on lâche le lendemain. Et puis, monsieur, vous aimez une personne, oui, cette dame qui vient ici… Restez avec elle. Moi, je ne partage pas.

La surprise le tenait immobile. Que disait-elle donc et que voulait-elle ? Jamais les filles ramassées par lui dans les rayons, ne s'étaient inquiétées d'être aimées. Il aurait dû en rire, et cette attitude de fierté tendre achevait de lui bouleverser le cœur.

– Monsieur, reprit-elle, rouvrez cette porte. Ce n'est pas convenable, d'être ainsi ensemble.

Mouret obéit, et les tempes bourdonnantes, ne sachant comment cacher son angoisse, il rappela Mme Aurélie, s'emporta contre le stock des rotondes, dit qu'il faudrait baisser les prix, et les baisser tant qu'il en resterait une. C'était la règle de la maison, on balayait tout chaque année, on vendait à soixante pour cent de perte, plutôt que de garder un modèle ancien ou une étoffe défraîchie. Justement, Bourdoncle, à la recherche du directeur, l'attendait depuis un instant, arrêté devant la porte close par Jouve, qui lui avait glissé un mot à l'oreille, d'un air grave. Il s'impatientait, sans trouver cependant la hardiesse de déranger le tête-à-tête. Était-ce possible ? un jour pareil, avec cette chétive créature ! Et, lorsque la porte se rouvrit enfin, Bourdoncle parla des soies de fantaisie, dont le stock allait être énorme. Ce fut un soulagement pour Mouret, qui put crier à l'aise. À quoi songeait Bouthemont ? Il s'éloigna, en déclarant qu'il n'admettait pas qu'un acheteur manquât de flair, jusqu'à commettre la bêtise de s'approvisionner au-delà des besoins de la vente.

– Qu'a-t-il ? murmura Mme Aurélie, toute remuée par les reproches.

Et ces demoiselles se regardèrent avec surprise. À six heures, l'inventaire était terminé. Le soleil luisait encore, un blond soleil d'été, dont le reflet d'or tombait par les vitrages des halls. Dans l'air alourdi des rues, déjà des familles lasses revenaient de la banlieue, chargées de bouquets, et traînant des enfants.

Un à un, les rayons avaient fait silence. On n'entendait plus, au fond des galeries, que les appels attardés de quelques commis vidant une dernière case. Puis, ces voix elles-mêmes se turent, il ne resta du vacarme de la journée qu'un grand frisson, au-dessus de la débâcle formidable des marchandises. Maintenant, les casiers, les armoires, les cartons, les boîtes, se trouvaient vides : pas un mètre d'étoffe, pas un objet quelconque n'était demeuré à sa place. Les vastes magasins n'offraient que la carcasse de leur aménagement, les menuiseries absolument nettes, comme au jour de l'installation. Cette nudité était la preuve visible du relevé complet et exact de l'inventaire. Et, à terre, s'entassaient seize millions de marchandises, une mer montante qui avait fini par submerger les tables et les comptoirs. Les commis, noyés jusqu'aux épaules, commençaient à replacer chaque article. On espérait avoir terminé vers dix heures.

Comme Mme Aurélie, qui était de la première table, descendait du réfectoire, elle rapporta le chiffre d'affaires réalisées dans l'année, un chiffre que les additions des divers rayons donnaient à l'instant. Le total était de quatre-vingts millions, dix millions de plus que l'année précédente. Il n'y avait eu une baisse que sur les soies de fantaisie.

– Si M. Mouret n'est pas content, je ne sais ce qu'il lui faut, ajouta la première. Tenez ! il est là-bas, en haut du grand escalier, l'air furieux.

Ces demoiselles allèrent le voir. Il était seul, debout, le visage sombre, au-dessus des millions écroulés à ses pieds.

– Madame, vint demander à ce moment Denise, seriez-vous assez bonne pour me permettre de me retirer ? Je ne sers plus à rien, à cause de ma jambe, et comme je dois dîner chez mon oncle, avec mes frères…

Ce fut un étonnement. Elle n'avait donc pas cédé ? Mme Aurélie hésita, parut sur le point de lui défendre de sortir, la voix brève et mécontente ; pendant que Clara haussait les épaules, pleine d'incrédulité ; laissez donc ! c'était bien simple, il ne voulait plus d'elle ! Quand Pauline apprit ce dénouement, elle se trouvait devant les layettes[1], avec Deloche. La joie brusque du jeune homme la mit en colère : ça l'avançait à grand-chose, n'est-ce pas ? il était peut-être heureux que son amie fût assez sotte pour manquer sa fortune ? Et Bourdoncle, qui n'osait aller déranger Mouret, dans son isolement farouche, se promenait au milieu des bruits, désolé lui-même, saisi d'inquiétude.

Cependant, Denise descendit. Comme elle arrivait au bas du petit escalier de gauche, doucement, en s'appuyant à la rampe, elle tomba sur un groupe de vendeurs qui ricanaient. Son nom fut prononcé, elle sentit qu'on parlait encore de son aventure. On ne l'avait pas aperçue.

– Allons donc ! des manières ! disait Favier. C'est pétri de vice… Oui, je connais quelqu'un qu'elle a voulu prendre de force.

Et il regardait Hutin, qui, pour conserver sa dignité de second, se tenait à quatre pas, sans se mêler aux plaisanteries. Mais il fut si flatté de l'air d'envie dont les autres le considéraient, qu'il daigna murmurer :

– Ce qu'elle m'a embêté, celle-là !

Denise, frappée au cœur, se retint à la rampe. On dut la voir, tous se dispersèrent avec des rires. Il avait raison, elle s'accusait de ses ignorances d'autrefois, quand elle songeait à lui. Mais comme il était lâche et comme elle le méprisait, maintenant ! Un grand trouble l'avait saisie : n'était-ce pas étrange qu'elle eût trouvé tout à l'heure la force de repousser un homme adoré, lorsqu'elle se sentait si faible, jadis, devant ce misérable garçon, dont elle rêvait seulement l'amour ? Sa raison et sa vaillance sombraient dans ces contradictions de son être, où elle cessait de lire clairement. Elle se hâta de traverser le hall.

Puis, un instinct lui fit lever la tête, pendant qu'un inspecteur ouvrait la porte, fermée depuis le matin. Et elle aperçut

Note

1. *layettes* : vêtements pour bébés.

Mouret. Il était toujours en haut de l'escalier, sur le grand palier central, dominant la galerie. Mais il avait oublié l'inventaire, il ne voyait pas son empire, ces magasins crevant de richesses. Tout avait disparu, les victoires bruyantes d'hier, la fortune colossale de demain. D'un regard désespéré, il suivait Denise, et quand elle eut passé la porte, il n'y eut plus rien, la maison devint noire.

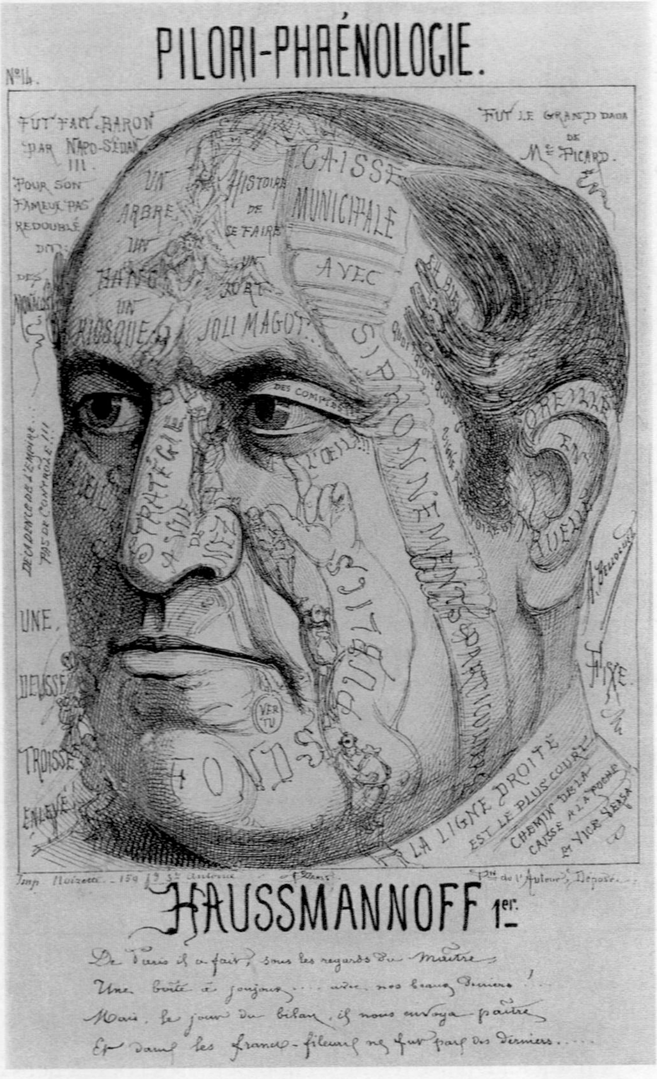

Caricature du baron Haussmann. Préfet de la Seine sous le Second Empire, il a transformé la ville de Paris.

Au fil du texte

Questions sur le chapitre X (pp. 145 à 156)

Que s'est-il passé entre-temps ?

1 Quelles sont les propositions exactes ?

a) Denise explique à son oncle l'évolution inéluctable du commerce.
b) Denise constate que la situation chez les Baudu s'est améliorée.
c) Robineau renvoie Denise car il ne peut plus l'employer.
d) Geneviève a réussi à cacher à sa mère sa souffrance.
e) Paul de Vallagnosc montre à Mouret comment M. de Boves prend rendez-vous avec sa maîtresse Mme Marty.
f) Mme Desforges, soupçonnant que Denise est sa rivale, cherche à la faire gronder par Mme Aurélie.
g) Mme de Boves tente de voler une pièce de dentelles d'Alençon.
h) Denise est nommée seconde du rayon confections.

2 Complétez le tableau :

OBJET OU BUDGET	PRIX
La flanelle chez Baudu	
La flanelle chez Mouret	
Le nouveau salaire de Denise chez Mouret	
Le budget consacré par Mouret à la publicité	

3 Quel événement réel concernant la transformation de Paris sous le Second Empire sert de cadre au chapitre VIII ?

4 Chez son oncle, Denise reçoit les douloureuses confidences amoureuses de deux personnages. Qui sont-ils ?

AVEZ-VOUS BIEN LU ?

5 Quand l'inventaire a-t-il lieu ?

6 Pourquoi Denise n'est-elle pas descendue travailler en même temps que les autres vendeuses ?

7 Qui vient porter une lettre à Denise, le matin de l'inventaire ?

8 Quelles invitations à dîner Denise refuse-t-elle ?

ÉTUDIER LA REPRÉSENTATION DU MAGASIN

9 Lisez attentivement les passages « *En bas, dans l'échauffement* […] *qu'on bâclait là-dedans* » (l. 48 à 64) et « *Un à un, les rayons avaient fait silence* […] *vers dix heures* » (l. 289 à 303). En quoi ces deux passages descriptifs s'opposent-ils ? Justifiez précisément votre réponse.

Quelques procédés de style

Énumération : liste d'éléments qui crée un effet d'accumulation.
Comparaison : rapprochement de deux éléments (le comparant et le comparé) afin de mieux évoquer le comparé (l'élément qui est comparé) grâce à un outil de comparaison (*comme, semblable à*…).
Métaphore : comparaison sans outil de comparaison.

10 Relevez les énumérations dans ces deux descriptions. Quel est l'effet produit ?

11 Quelle est la métaphore commune aux deux passages ? Commentez-la.

12 Comment les personnages travaillant dans le magasin sont-ils évoqués dans les deux passages ? Quel est l'effet produit ?

13 En vous appuyant sur vos réponses aux questions précédentes, interrogez-vous sur le réalisme* de la description.

***réalisme* : souci de représenter la réalité dans ses moindres détails.**

Étudier la représentation de la société

14 Dans le passage *« En bas, dans l'échauffement* [...] *qu'on bâclait là-dedans »* (l. 48 à 64), comment et pourquoi Zola s'applique-t-il à indiquer la condition sociale des *« trois grandes filles »* ?

15 Pourquoi, selon vous, Zola a-t-il créé le personnage de Mlle de Fontenailles ?

Étudier la progression de l'intrigue amoureuse : la scène d'aveu

Les moments-clés dans les intrigues amoureuses

La scène d'aveu : scène au cours de laquelle un personnage avoue son amour. Cette passion n'est pas toujours réciproque.
Le monologue (souvent intérieur) : le personnage s'interroge sur les sentiments qu'il éprouve.
La scène de dépit amoureux : un personnage exprime sa déception, sa désillusion.

16 Qu'est-ce qui pousse Mouret à avouer son amour ?

17 À quels éléments comprend-on que l'amour de Mouret et de Denise est réciproque ?

18 Pourquoi Denise repousse-t-elle Mouret ?

19 Relevez, dans le dialogue avec Denise, un passage qui montre Mouret sous un jour négatif.

20 Commentez la dernière phrase du chapitre.

Étudier l'enchevêtrement de l'intrigue économique et de l'intrigue amoureuse

21 Quels personnages, employés du magasin, interviennent, au fil du chapitre, pour que la scène d'aveu puisse avoir lieu ?

Les classes grammaticales des pronoms

Les **pronoms personnels** : je, tu..., me, moi, le, la....
Les **pronoms possessifs** : le mien, le tien...
Les **pronoms démonstratifs** : celui, celle...
Les **pronoms indéfinis** : les uns, les autres, plusieurs, tous...
Les **pronoms relatifs** : qui, que, quoi...
Les **pronoms interrogatifs** : qui, quoi, lequel...

22 Comment l'expression *« le magasin entier »* (l. 175) est-elle développée dans les lignes 174 à 183 ? Quel pronom répété la reprend ? Quelle est la classe grammaticale de ce pronom ? Quel effet produit sa répétition ?

23 Quel rôle joue le passage *« Ce fut un étonnement* [...] *celle-là ! »* (l. 319 à 342) ?

24 Selon vous, comment et pourquoi Zola associe-t-il l'intrigue amoureuse et la représentation du magasin ?

À VOS PLUMES !

25 Le soir, Denise raconte à Pauline son entrevue avec Mouret. Les deux jeunes filles commentent ce qui s'est passé et échangent leurs points de vue concernant l'amour et les hommes.

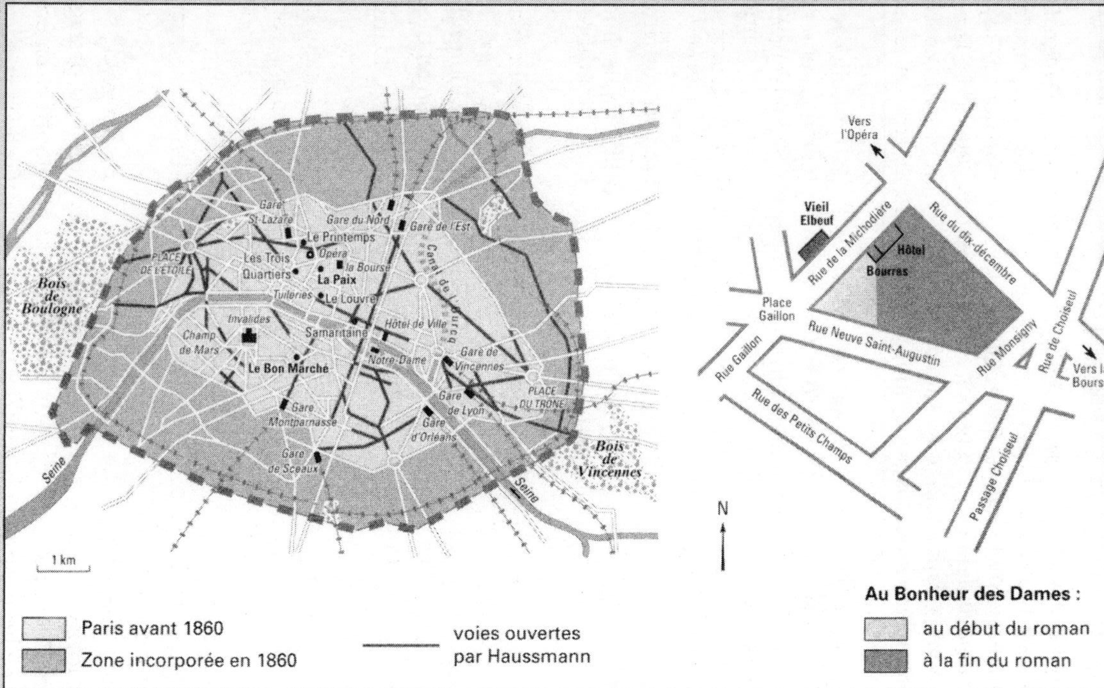

Réalité et fiction : la transformation de Paris.

CHAPITRE XI

[Henriette Desforges a décidé de confronter son amant et Denise. Elle a demandé à la jeune fille de venir chez elle pour retoucher un manteau et la fait patienter dans l'entrée. Bouthemont, un des chefs de rayon proche de Mouret, mais opposé à la jeune vendeuse, est arrivé le premier. Mme Desforges envisage avec lui de monter un magasin concurrent du *Bonheur des Dames*. Les invités, dont Mouret, arrivent les uns après les autres.]

– M. le baron Hartmann, annonça le domestique.

Henriette remarqua de quelle heureuse poignée de main Mouret accueillit le nouveau venu. Celui-ci salua ces dames, regarda le jeune homme de l'air fin qui éclairait par moments sa grosse figure alsacienne.

– Toujours dans les chiffons ! murmura-t-il avec un sourire.

Puis, en familier de la maison, il se permit d'ajouter :

– Il y a une bien charmante jeune fille, dans l'anti-chambre… Qui est-ce ?

– Oh ! personne, répondit Mme Desforges de sa voix mauvaise. Une demoiselle de magasin qui attend.

Mais la porte restait entrouverte, le domestique servait le thé. Il sortait, rentrait de nouveau, posait sur le guéridon le service de Chine, puis des assiettes de sandwiches et de biscuits. Dans le vaste salon, une lumière vive, adoucie par les plantes vertes, allumait les cuivres, baignait d'une joie tendre la soie des meubles ; et, chaque fois que la porte s'ouvrait, on apercevait un coin obscur de l'antichambre, éclairée seulement par des vitres dépolies. Là, dans le noir, une forme sombre apparaissait, immobile et patiente. Denise se tenait debout ; il y avait bien une banquette recouverte de cuir, mais une fierté l'en éloignait. Elle sentait l'injure. Depuis une demi-heure, elle était là, sans un geste, sans un mot ; ces dames et le baron l'avaient dévisagée au passage ; maintenant, les voix du salon lui arrivaient par bouffées légères, tout ce luxe aimable la souffletait de son indifférence ; et elle ne bougeait toujours pas. Brusquement, dans l'entrebâillement de la porte, elle reconnut Mouret. Lui, venait enfin de la deviner.

– Est-ce une de vos vendeuses? demandait le baron Hartmann.

Mouret avait réussi à cacher son grand trouble. L'émotion fit seulement trembler sa voix.

– Sans doute, mais je ne sais pas laquelle.

– C'est la petite blonde des confections, se hâta de répondre Mme Marty, celle qui est seconde, je crois.

Henriette le regardait à son tour.

– Ah! dit-il simplement.

Et il tâcha de parler des fêtes données au roi de Prusse, depuis la veille à Paris. Mais le baron revint avec malice sur les demoiselles des grands magasins. Il affectait de vouloir s'instruire, il posait des questions : d'où venaient-elles en général? avaient-elles d'aussi mauvaises mœurs qu'on le disait? Toute une discussion s'engagea.

– Vraiment, répétait-il, vous les croyez sages?

Mouret défendait leur vertu avec une conviction qui faisait rire Vallagnosc. Alors, Bouthemont intervint, pour sauver son chef. Mon Dieu! il y avait un peu de tout parmi elles, des coquines et de braves filles. Le niveau de leur moralité montait, d'ailleurs. Autrefois, on n'avait guère que les déclassées[1] du commerce, les filles vagues et pauvres tombaient dans les nouveautés; tandis que, maintenant, des familles de la rue de Sèvres, par exemple, élevaient positivement leurs gamines pour le *Bon Marché*[2]. En somme, quand elles voulaient se bien conduire, elles le pouvaient; car elles n'étaient pas, comme les ouvrières du pavé parisien, obligées de se nourrir et de se loger : elles avaient la table et le lit, leur existence se trouvait assurée, une existence très dure sans doute. Le pis était leur situation neutre, mal détermi-

Notes

1. *déclassées :* celles qui ne sont pas reconnues.

2. *le* **Bon Marché :** grand magasin parisien créé en 1852 et dont Zola s'est inspiré.

née, entre la boutiquière et la dame. Ainsi jetées dans le luxe, souvent sans instruction première, elles formaient une classe à part, innommée. Leurs misères et leurs vices venaient de là.

– Moi, dit Mme de Boves, je ne connais pas de créatures plus désagréables… C'est à les gifler, des fois.

Et ces dames exhalèrent[1] leur rancune. On se dévorait devant les comptoirs, la femme y mangeait la femme, dans une rivalité aiguë d'argent et de beauté. C'était une jalousie maussade des vendeuses contre les clientes bien mises, les dames dont elles s'efforçaient de copier les allures, et une jalousie encore plus aigre des clientes mises pauvrement, des petites bourgeoises contre les vendeuses, ces filles vêtues de soie, dont elles voulaient obtenir une humilité de servante, pour un achat de dix sous.

– Laissez donc ! conclut Henriette, toutes des malheureuses à vendre, comme leurs marchandises !

Mouret eut la force de sourire. Le baron l'examinait, touché de sa grâce à se vaincre[2]. Aussi détourna-t-il la conversation, en reparlant des fêtes données au roi de Prusse : elles seraient superbes, tout le commerce parisien allait en profiter. Henriette se taisait, semblait rêveuse, partagée entre le désir d'oublier davantage Denise dans l'antichambre, et la peur que Mouret, prévenu maintenant, ne s'en allât. Aussi finit-elle par quitter son fauteuil.

– Vous permettez ?

– Comment donc, ma chère ! dit Mme Marty. Tenez ! je vais faire les honneurs de chez vous.

Elle se leva, prit la théière, emplit les tasses. Henriette s'était tournée vers le baron Hartmann.

– Vous restez bien quelques minutes ?

– Oui, j'ai à causer avec M. Mouret. Nous allons envahir votre petit salon.

Notes

1. *exhalèrent :* exprimèrent.

2. *se vaincre :* se dominer.

Alors, elle sortit, et sa robe de soie noire, contre la porte, eut un frôlement de couleuvre, filant dans les broussailles.

Tout de suite, le baron manœuvra pour emmener Mouret, en abandonnant ces dames à Bouthemont et à Vallagnosc. Puis, ils causèrent devant la fenêtre du salon voisin, debout, baissant la voix. C'était toute une affaire nouvelle. Depuis longtemps, Mouret caressait le rêve de réaliser son ancien projet, l'envahissement de l'îlot entier par le *Bonheur des Dames*, de la rue Monsigny à la rue de la Michodière, et de la rue Neuve-Saint-Augustin à la rue du Dix-Décembre. Dans le pâté énorme, il y avait encore, sur cette dernière voie, un vaste terrain en bordure, qu'il ne possédait point; et cela suffisait à gâter son triomphe, il était torturé par le besoin de compléter sa conquête, de dresser, là, comme apothéose, une façade monumentale. Tant que l'entrée d'honneur se trouverait rue Neuve-Saint-Augustin, dans une rue noire du vieux Paris, son œuvre demeurait infirme, manquait de logique; il la voulait afficher devant le nouveau Paris, sur une de ces jeunes avenues où passait au grand soleil la cohue de la fin du siècle[1]; il la voyait dominer, s'imposer comme le palais géant du commerce, jeter plus d'ombre sur la ville que le vieux Louvre. Mais, jusque-là, il s'était heurté contre l'entêtement du Crédit Immobilier, qui tenait à sa première idée d'élever, le long du terrain en bordure, une concurrence au Grand-Hôtel. Les plans étaient prêts, on attendait seulement le déblaiement de la rue du Dix-Décembre, pour creuser les fondations. Enfin, dans un dernier effort, Mouret avait presque convaincu le baron Hartmann.

– Eh bien! commença celui-ci, nous avons eu hier un conseil, et je suis venu, pensant vous rencontrer et désireux de vous tenir au courant... Ils résistent toujours.

Le jeune homme laissa échapper un geste nerveux.

Note

1. Le roman est censé se passer sous le Second Empire (1852-1870), mais il est écrit en 1883, sous la IIIe République.

– Ce n'est pas raisonnable… Que disent-ils ?

– Mon Dieu ! ils disent ce que je vous ai dit moi-même, ce que je pense encore un peu… Votre façade n'est qu'un ornement, les nouvelles constructions n'agrandiraient que d'un dixième la superficie de vos magasins, et c'est jeter de bien grosses sommes dans une simple réclame.

Du coup, Mouret éclata.

– Une réclame ! une réclame ! En tout cas, celle-ci sera en pierre, et elle nous enterrera tous. Comprenez donc que ce sont nos affaires décuplées ! En deux ans, nous rattrapons l'argent. Qu'importe ce que vous appelez du terrain perdu, si ce terrain vous rend un intérêt énorme !… Vous verrez la foule, quand notre clientèle n'étranglera plus la rue Neuve-Saint-Augustin, et qu'elle pourra librement se ruer par la voie large où six voitures rouleront à l'aise.

– Sans doute, reprit le baron en riant. Mais vous êtes un poète dans votre genre, je vous le répète. Ces messieurs estiment qu'il y aurait danger à élargir encore vos affaires. Ils veulent avoir de la prudence pour vous.

– Comment ! de la prudence ? Je ne comprends plus… Est-ce que les chiffres ne sont pas là et ne démontrent pas la progression constante de notre vente ? D'abord, avec un capital de cinq cent mille francs, je faisais deux millions d'affaires. Ce capital passait quatre fois. Puis, il est devenu de quatre millions, a passé dix fois et a produit quarante millions d'affaires. Enfin, après des augmentations successives, je viens de constater, lors du dernier inventaire, que le chiffre d'affaires atteint aujourd'hui le total de quatre-vingts millions ; et le capital, qui n'a guère augmenté, car il est seulement de six millions, a donc passé en marchandises sur nos comptoirs plus de douze fois.

Il élevait la voix, tapant les doigts de sa main droite sur la paume de sa main gauche, abattant les millions comme il aurait cassé des noisettes. Le baron l'interrompit.

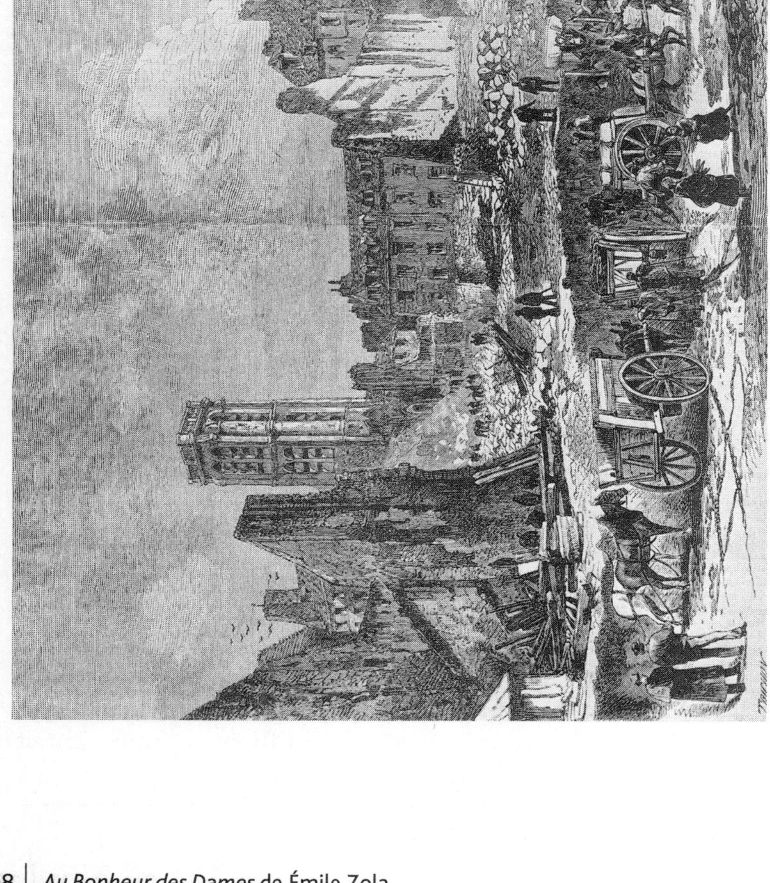

Travaux pour le prolongement de la rue des Pyramides jusqu'à l'avenue de l'Opéra, 1877.

– Je sais, je sais… Mais vous n'espérez peut-être pas monter toujours ainsi?

– Pourquoi pas? dit Mouret naïvement. Il n'y a aucune raison pour que ça s'arrête. Le capital peut passer quinze fois, voici longtemps que je le prédis. Même, dans certains rayons, il passera vingt-cinq et trente fois… Ensuite, eh bien! ensuite, nous trouverons un truc pour le faire passer davantage.

– Alors, vous finirez par boire l'argent de Paris, comme on boit un verre d'eau?

– Sans doute. Est-ce que Paris n'est pas aux femmes, et les femmes ne sont-elles pas à nous?

Le baron lui posa les deux mains sur les épaules, le regarda d'un air paternel.

– Tenez! vous êtes un gentil garçon, je vous aime… On ne peut pas vous résister. Nous allons piocher l'idée sérieusement, et j'espère leur faire entendre raison. Jusqu'à présent, nous n'avons qu'à nous louer de vous. Les dividendes stupéfient la Bourse… Vous devez être dans le vrai, il vaut mieux mettre encore de l'argent dans votre machine, que de risquer cette concurrence au Grand-Hôtel, qui est hasardeuse.

L'excitation de Mouret tomba, il remercia le baron, mais sans y mettre son élan d'enthousiasme habituel; et celui-ci le vit tourner les yeux vers la porte de la chambre voisine, repris de la sourde inquiétude qu'il cachait. Cependant, Vallagnosc s'était approché, en comprenant qu'ils ne causaient plus d'affaires. Il se tint debout près d'eux, il écouta le baron qui murmurait de son air galant d'ancien viveur[1] :

– Dites, je crois qu'elles se vengent?

– Qui donc? demanda Mouret, embarrassé.

– Mais les femmes… Elles se lassent d'être à vous, et vous êtes à elles, mon cher : juste retour!

Note

1. *viveur :* homme qui mène une vie de plaisirs.

Il plaisanta, il était au courant des amours bruyantes du jeune homme. L'hôtel acheté à la rouleuse[1] de coulisses, les sommes énormes mangées avec des filles ramassées dans les cabinets[2] particuliers, l'égayaient comme une excuse aux folies qu'il avait faites lui-même autrefois. Sa vieille expérience se réjouissait.

– Vraiment, je ne comprends pas, répétait Mouret.

– Eh ! vous comprenez très bien. Elles ont toujours le dernier mot... Aussi je pensais : Ce n'est pas possible, il se vante, il n'est pas si fort ! Et vous y voilà ! Tirez donc tout de la femme, exploitez-la comme une mine de houille, pour qu'elle vous exploite ensuite et vous fasse rendre gorge !... Méfiez-vous, car elle vous tirera plus de sang et d'argent que vous ne lui en aurez sucé.

Il riait davantage, et Vallagnosc, près de lui, ricanait, sans dire une parole.

– Mon Dieu ! il faut bien goûter à tout, finit par confesser Mouret, en affectant de s'égayer également. L'argent est bête, si on ne le dépense pas.

– Ça, je vous approuve, reprit le baron. Amusez-vous, mon cher. Ce n'est pas moi qui vous ferai de la morale, ni qui tremblerai pour les gros intérêts que nous vous avons confiés. On doit jeter sa gourme[3], on a la tête plus libre ensuite... Et puis, il n'est pas désagréable de se ruiner, quand on est homme à rebâtir sa fortune... Mais si l'argent n'est rien, il y a des souffrances...

Il s'arrêta, son rire devint triste, d'anciennes peines passaient dans l'ironie de son scepticisme[4]. Il avait suivi le duel d'Henriette et de Mouret, en curieux que les batailles du cœur passionnaient encore chez les autres ; et il sentait bien que la crise était venue, il devinait le drame, au courant de l'histoire de cette Denise, qu'il avait vue dans l'antichambre.

Notes

1. *rouleuse :* prostituée.
2. *cabinets :* lieux retirés dans un appartement, pièces privées.
3. *jeter sa gourme :* pour un jeune homme, mener une vie désordonnée.
4. *scepticisme :* incrédulité.

– Oh ! quant à souffrir, cela n'est pas dans ma spécialité, dit Mouret, d'un ton de bravade[1]. C'est déjà bien joli de payer.

Le baron le regarda quelques secondes en silence. Sans vouloir insister, il ajouta lentement :

– Ne vous faites pas plus mauvais que vous n'êtes… Vous y laisserez autre chose que votre argent. Oui, vous y laisserez de votre chair, mon ami.

Il s'interrompit pour demander, en plaisantant de nouveau :

– N'est-ce pas ? monsieur de Vallagnosc, ça arrive ?

– On le dit, monsieur le baron, déclara simplement ce dernier.

Et, juste à ce moment, la porte de la chambre s'ouvrit. Mouret, qui allait répondre, eut un léger sursaut. Les trois hommes se tournèrent. C'était Mme Desforges, l'air très gai, allongeant seulement la tête, appelant d'une voix pressée :

– Monsieur Mouret ! monsieur Mouret !

Puis, quand elle les aperçut :

– Oh ! messieurs, vous permettez, j'enlève M. Mouret pour une minute. C'est bien le moins, puisqu'il m'a vendu un manteau affreux, qu'il me prête ses lumières. Cette fille est une sotte qui n'a pas une idée… Voyons, je vous attends.

Il hésitait, combattu, reculant devant la scène qu'il prévoyait. Mais il dut obéir. Le baron lui disait de son air paternel et railleur à la fois :

– Allez, allez donc, mon cher. Madame a besoin de vous.

Alors, Mouret la suivit. La porte retomba, et il crut entendre le ricanement de Vallagnosc, étouffé par les tentures[2]. D'ailleurs, il était à bout de courage. Depuis qu'Henriette avait quitté le salon, et qu'il savait Denise au fond de l'appartement, entre des mains jalouses, il éprouvait une anxiété croissante, un tourment nerveux qui lui faisait prêter l'oreille, comme tressaillant à un bruit lointain de larmes. Que pouvait inventer cette femme pour la torturer ? Et tout son amour, cet amour qui le

Notes

1. *bravade* : provocation.

2. *tentures* : tissus tendus sur les murs.

surprenait encore, allait à la jeune fille, ainsi qu'un soutien et une consolation. Jamais il n'avait aimé ainsi, avec ce charme puissant dans la souffrance. Ses tendresses d'homme affairé, Henriette elle-même, si fine, si jolie, et dont la possession flattait son orgueil, n'étaient qu'un agréable passe-temps, parfois un calcul, où il cherchait uniquement du plaisir profitable. Il sortait tranquille de chez ses maîtresses, rentrait se coucher, heureux de sa liberté de garçon, sans un regret ni un souci au cœur. Tandis que, maintenant, son cœur battait d'angoisse, sa vie était prise, il n'avait plus l'oubli du sommeil, dans son grand lit solitaire. Toujours Denise le possédait. Même à cette minute, il n'y avait qu'elle, et il songeait qu'il préférait être là pour la protéger, tout en suivant l'autre avec la peur de quelque scène fâcheuse[1].

D'abord, ils traversèrent la chambre à coucher, silencieuse et vide. Puis, Mme Desforges, poussant une porte, passa dans le cabinet, où Mouret entra derrière elle. C'était une pièce assez vaste, tendue de soie rouge, meublée d'une toilette de marbre et d'une armoire à trois corps[2], aux larges glaces. Comme la fenêtre donnait sur la cour, il y faisait déjà sombre ; et l'on avait allumé deux becs de gaz, dont les bras nickelés[3] s'allongeaient, à droite et à gauche de l'armoire.

– Voyons, dit Henriette, ça va mieux marcher peut-être.

En entrant, Mouret avait trouvé Denise toute droite, au milieu de la vive lumière. Elle était très pâle, modestement serrée dans une jaquette[4] de cachemire, coiffée d'un chapeau noir ; et elle tenait, sur un bras, le manteau acheté au *Bonheur*. Lorsqu'elle vit le jeune homme, ses mains eurent un léger tremblement.

– Je veux que monsieur juge, reprit Henriette. Aidez-moi, mademoiselle.

Notes

1. ***fâcheuse*** : désagréable.
2. ***corps*** : parties, chacune d'elles ayant sa porte et sa glace.
3. ***nickelés*** : recouverts d'une couche de nickel.
4. ***jaquette*** : longue veste.

Et Denise, s'approchant, dut lui remettre le manteau. Dans un premier essayage, elle avait posé des épingles aux épaules, qui n'allaient pas. Henriette se tournait, s'étudiait devant l'armoire.

– Est-ce possible ? Parlez franchement.

– En effet, madame, il est manqué, dit Mouret, pour couper court. C'est bien simple, mademoiselle va vous prendre mesure, et nous vous en ferons un autre.

– Non, je veux celui-ci, j'en ai besoin tout de suite, reprit-elle avec vivacité. Seulement, il m'étrangle la poitrine, tandis qu'il fait une poche là, entre les épaules.

Puis, de sa voix sèche :

– Quand vous me regarderez, mademoiselle, ça ne corrigera pas le défaut !... Cherchez, trouvez quelque chose. C'est votre affaire.

Denise, sans ouvrir la bouche, recommença à poser des épingles. Cela dura longtemps : il lui fallait passer d'une épaule à l'autre ; même elle dut un instant se baisser, s'agenouiller presque, pour tirer le devant du manteau. Au-dessus d'elle, s'abandonnant à ses soins, Mme Desforges avait le visage dur d'une maîtresse difficile à contenter. Heureuse de rabaisser la jeune fille à cette besogne de servante, elle lui donnait des ordres brefs, en guettant sur la face de Mouret les moindres plis nerveux.

– Mettez une épingle ici. Eh ! non, pas là, ici, près de la manche. Vous ne comprenez donc pas ?... Ce n'est pas ça, voici la poche qui reparaît... Et prenez garde, vous me piquez maintenant !

À deux reprises encore, Mouret tâcha vainement d'intervenir, pour faire cesser cette scène. Son cœur bondissait, sous l'humiliation de son amour ; et il aimait Denise davantage, d'une tendresse émue, devant le beau silence qu'elle gardait. Si les mains de la jeune fille tremblaient toujours un peu, d'être ainsi traitée en face de lui, elle acceptait les nécessités du métier, avec la résignation fière d'une fille de courage. Quand Mme Desforges comprit qu'ils ne se trahiraient pas, elle chercha autre chose, elle inventa de sourire à Mouret, de l'afficher comme son amant. Alors, les épingles étant venues à manquer :

– Tenez, mon ami, regardez dans la boîte d'ivoire, sur la toilette... Vraiment ! elle est vide ?... Soyez aimable, voyez donc sur la cheminée de la chambre : vous savez, au coin de la glace.

Et elle le mettait chez lui, l'installait en homme qui avait couché là, qui connaissait la place des peignes et des brosses. Quand il lui rapporta une pincée d'épingles, elle les prit une par une, le força de rester debout près d'elle, le regardant, lui parlant à voix basse.

– Je ne suis pas bossue peut-être... Donnez votre main, tâtez les épaules, par plaisir. Est-ce que je suis faite ainsi ?

Denise, lentement, avait levé les yeux, plus pâle encore, et s'était remise à piquer en silence les épingles. Mouret n'apercevait que ses lourds cheveux blonds, tordus sur la nuque délicate ; mais, au frisson qui les soulevait, il croyait voir le malaise et la honte du visage. Maintenant, elle le repousserait, elle le renverrait à cette femme, qui ne cachait même pas sa liaison devant les étrangers. Et des brutalités lui venaient aux poignets, il aurait battu Henriette. Comment la faire taire ? comment dire à Denise qu'il l'adorait, qu'elle seule existait à cette heure, qu'il lui sacrifiait toutes ses anciennes tendresses d'un jour ? Une fille[1] n'aurait pas eu les familiarités équivoques[2] de cette bourgeoise. Il retira sa main, il répéta :

– Vous avez tort de vous entêter, madame, puisque je trouve moi-même que ce vêtement est manqué.

Un des becs de gaz sifflait ; et, dans l'air étouffé et moite[3] de la pièce, on n'entendit plus que ce souffle ardent. Les glaces de l'armoire reflétaient de larges pans de clarté vive sur les tentures de soie rouge, où dansaient les ombres des deux femmes. Un

Notes

1. *fille :* prostituée.
2. *équivoques :* ambiguës.
3. *moite :* humide.

flacon de verveine, qu'on avait oublié de reboucher, exhalait une odeur vague et perdue de bouquet qui se fane.

– Voilà, madame, tout ce que je puis faire, dit enfin Denise en se relevant.

Elle se sentait à bout de forces. Deux fois, elle s'était enfoncé les épingles dans les mains, comme aveuglée, les yeux troubles. Était-il du complot ? l'avait-il fait venir, pour se venger de ses refus, en lui montrant que d'autres femmes l'aimaient ? Et cette pensée la glaçait, elle ne se souvenait pas d'avoir jamais eu besoin d'autant de courage, même aux heures terribles de son existence où le pain lui avait manqué. Ce n'était rien encore d'être humiliée ainsi, mais de le voir presque aux bras d'une autre, comme si elle n'eût pas été là !

Henriette s'examinait devant la glace. De nouveau, elle éclata en paroles dures.

– C'est une plaisanterie, mademoiselle. Il va plus mal qu'auparavant… Regardez comme il me bride[1] la poitrine. J'ai l'air d'une nourrice.

Alors, Denise, poussée à bout, eut une parole fâcheuse.

– Madame est un peu forte… Nous ne pouvons pourtant pas faire que madame soit moins forte.

– Forte, forte, répéta Henriette qui blêmissait à son tour. Voilà que vous devenez insolente, mademoiselle… En vérité, je vous conseille de juger les autres !

Toutes deux, face à face, frémissantes, se contemplaient. Il n'y avait désormais ni dame, ni demoiselle de magasin. Elles n'étaient plus que femmes, comme égalées dans leur rivalité. L'une avait violemment retiré le manteau pour le jeter sur une chaise ; tandis que l'autre lançait au hasard sur la toilette les quelques épingles qui lui restaient entre les doigts.

Note

1. *bride :* serre.

– Ce qui m'étonne, reprit Henriette, c'est que M. Mouret tolère une pareille insolence... Je croyais, monsieur, que vous étiez plus difficile pour votre personnel.

Denise avait retrouvé son calme brave. Elle répondit doucement :

– Si M. Mouret me garde, c'est qu'il n'a rien à me reprocher... Je suis prête à vous faire des excuses, s'il l'exige.

Mouret écoutait, saisi[1] par cette querelle, ne trouvant pas la phrase pour en finir. Il avait l'horreur de ces explications entre femmes, dont l'âpreté blessait son continuel besoin de grâce[2]. Henriette voulait lui arracher un mot qui condamnât la jeune fille; et, comme il restait muet, partagé encore, elle le fouetta d'une dernière injure.

– C'est bien, monsieur, s'il faut que je souffre chez moi les insolences de vos maîtresses !... Une fille ramassée dans quelque ruisseau.

Deux grosses larmes jaillirent des yeux de Denise. Elle les retenait depuis longtemps; mais tout son être défaillait sous l'insulte. Quand il la vit pleurer ainsi, sans répondre par une violence, d'une dignité muette et désespérée, Mouret n'hésita plus, son cœur allait vers elle, dans une tendresse immense. Il lui prit les mains, il balbutia :

– Partez vite, mon enfant, oubliez cette maison.

Henriette, pleine de stupeur, étranglée de colère, les regardait.

– Attendez, continua-t-il en pliant lui-même le manteau, remportez ce vêtement. Madame en achètera un autre ailleurs. Et ne pleurez plus, je vous en prie. Vous savez quelle estime j'ai pour vous.

Il l'accompagna jusqu'à la porte, qu'il referma ensuite. Elle n'avait pas prononcé une parole; seulement, une flamme rose était montée à ses joues, tandis que ses yeux se mouillaient de nouvelles larmes, d'une douceur délicieuse.

Notes

1. *saisi :* choqué.

2. *grâce :* sérénité.

Henriette, qui suffoquait, avait tiré son mouchoir et s'en écrasait les lèvres. C'était le renversement de ses calculs, elle-même prise au piège qu'elle avait tendu. Elle se désolait d'avoir poussé les choses trop loin, torturée de jalousie. Être quittée pour une pareille créature ! se voir dédaignée devant elle ! Son orgueil souffrait plus que son amour.

– Alors, c'est cette fille que vous aimez ? dit-elle péniblement, quand ils furent seuls.

Mouret ne répondit pas tout de suite, il marchait de la fenêtre à la porte, en cherchant à vaincre sa violente émotion. Enfin, il s'arrêta, et très poliment, d'une voix qu'il tâchait de rendre froide, il dit avec simplicité :

– Oui, madame.

Le bec de gaz sifflait toujours, dans l'air étouffé du cabinet. Maintenant, les reflets des glaces n'étaient plus traversés d'ombres dansantes, la pièce semblait nue, tombée à une tristesse lourde. Et Henriette s'abandonna brusquement sur une chaise, tordant son mouchoir entre ses doigts fébriles[1], répétant au milieu de ses sanglots :

– Mon Dieu ! que je suis malheureuse !

Il la regarda quelques secondes, immobile. Puis, tranquillement, il s'en alla. Elle, toute seule, pleurait dans le silence, devant les épingles semées sur la toilette et sur le parquet.

Lorsque Mouret entra dans le petit salon, il n'y trouva plus que Vallagnosc, le baron étant retourné près des dames. Comme il se sentait tout secoué encore, il s'assit au fond de la pièce, sur un canapé ; et son ami, en le voyant défaillir, vint charitablement se planter devant lui, pour le cacher aux regards curieux. D'abord, ils se contemplèrent, sans échanger un mot. Puis, Vallagnosc, que le trouble de Mouret semblait égayer en dedans, finit par demander de sa voix goguenarde[2] :

– Tu t'amuses ?

Notes

1. *fébriles :* fiévreux.

2. *goguenarde :* gentiment moqueuse.

Mouret ne parut pas comprendre tout de suite. Mais, lorsqu'il se fut rappelé leurs conversations anciennes sur la bêtise vide et l'inutile torture de la vie, il répondit :

– Sans doute, jamais je n'ai tant vécu… Ah! mon vieux, ne te moque pas, ce sont les heures les plus courtes, celles où l'on meurt de souffrance!

Il baissa la voix, il continua gaiement, sous ses larmes mal essuyées :

– Oui, tu sais tout, n'est-ce pas? elles viennent, à elles deux, de me hacher le cœur. Mais c'est encore bon, vois-tu, presque aussi bon que des caresses, les blessures qu'elles font… Je suis brisé, je n'en peux plus; n'importe, tu ne saurais croire combien j'aime la vie!… Oh! je finirai par l'avoir, cette enfant qui ne veut pas!

Vallagnosc dit simplement :

– Et après?

– Après?… Tiens! je l'aurai! N'est-ce point assez?… Si tu te crois fort, parce que tu refuses d'être bête et de souffrir! Tu n'es qu'une dupe, pas davantage!… Tâche donc d'en désirer une et de la tenir enfin : cela paye en une minute toutes les misères.

Mais Vallagnosc exagérait son pessimisme. À quoi bon tant travailler, puisque l'argent ne donnait pas tout? C'était lui qui aurait fermé boutique et qui se serait allongé sur le dos, pour ne plus remuer un doigt, le jour où il aurait reconnu qu'avec des millions on ne pouvait même pas acheter la femme désirée! Mouret, en l'écoutant, devenait grave. Puis, il repartit violemment, il croyait à la toute-puissance de sa volonté.

– Je la veux, je l'aurai!… Et si elle m'échappe, tu verras quelle machine je bâtirai pour me guérir. Ce sera superbe quand même… Tu n'entends pas cette langue, mon vieux : autrement, tu saurais que l'action contient en elle sa récompense. Agir, créer, se battre contre les faits, les vaincre ou être vaincu par eux, toute la joie et toute la santé humaines sont là!

– Simple façon de s'étourdir, murmura l'autre.

– Eh bien ! j'aime mieux m'étourdir… Crever pour crever, je préfère crever de passion que de crever d'ennui !

Ils rirent tous les deux, cela leur rappelait leurs vieilles discussions du collège. Vallagnosc, d'une voix molle, se plut alors à étaler la platitude des choses. Il mettait une sorte de fanfaronnade[1] dans l'immobilité et le néant de son existence. Oui, il s'ennuierait le lendemain au ministère, comme il s'y était ennuyé la veille ; en trois ans, on l'avait augmenté de six cents francs, il était maintenant à trois mille six, pas même de quoi fumer des cigares propres[2] ; ça devenait de plus en plus inepte, et si l'on ne se tuait pas, c'était par simple paresse, pour éviter de se déranger. Mouret lui ayant parlé de son mariage avec Mlle de Boves, il répondit que, malgré l'obstination de la tante à ne pas mourir, l'affaire allait être conclue ; du moins, il le pensait, les parents étaient d'accord, lui affectait de n'avoir pas de volonté. Pourquoi vouloir ou ne pas vouloir, puisque jamais ça ne tournait comme on le désirait ? Il donna en exemple son futur beau-père, qui comptait trouver en Mme Guibal une blonde indolente, le caprice d'une heure, et que la dame menait à coups de fouet, ainsi qu'un vieux cheval dont on use les dernières forces. Tandis qu'on le croyait occupé à inspecter les étalons de Saint-Lô, elle achevait de le manger, dans une petite maison louée par lui à Versailles.

– Il est plus heureux que toi, dit Mouret en se levant.

– Oh ! lui, pour sûr ! déclara Vallagnosc. Il n'y a peut-être que le mal qui soit un peu drôle.

Mouret s'était remis. Il songeait à s'échapper ; mais il ne voulait pas que son départ eût l'air d'une fuite. Aussi, résolu à prendre une tasse de thé, rentra-t-il dans le grand salon avec son ami, plaisantant l'un et l'autre. Le baron Hartmann lui demanda si le manteau allait enfin ; et, sans se troubler, Mouret répondit qu'il y renonçait pour son compte. Il y eut une exclamation. Pendant

Notes

1. *fanfaronnade :* vantardise.

2. *propres :* convenables.

que Mme Marty se hâtait de le servir, Mme de Boves accusait les magasins de tenir toujours les vêtements trop étroits. Enfin, il put s'asseoir près de Bouthemont, qui n'avait pas bougé. On les oublia, et sur les questions inquiètes de celui-ci, désireux de connaître son sort, il n'attendit pas d'être dans la rue, il lui apprit que ces messieurs du conseil s'étaient décidés à se priver de ses services. Entre chaque phrase, il buvait une cuillerée de thé, tout en protestant de son désespoir. Oh ! une querelle dont il se remettait à peine, car il avait quitté la salle hors de lui. Seulement, que faire ? il ne pouvait briser avec[1] ces messieurs, pour une simple question de personnel. Bouthemont, très pâle, dut encore le remercier.

– Voilà un manteau terrible, fit remarquer Mme Marty. Henriette n'en sort pas.

En effet, cette absence prolongée commençait à gêner tout le monde. Mais, à l'instant même, Mme Desforges reparut.

– Vous y renoncez aussi ? cria gaiement Mme de Boves.

– Comment ça ?

– Oui, M. Mouret nous a dit que vous ne pouviez vous en tirer.

Henriette montra la plus grande surprise.

– M. Mouret a plaisanté. Ce manteau ira parfaitement.

Elle semblait très calme, souriante. Sans doute elle avait baigné ses paupières, car elles étaient fraîches, sans une rougeur. Tandis que tout son être tressaillait et saignait encore, elle trouvait la force de cacher sa torture, sous le masque de sa bonne grâce mondaine. Ce fut avec son rire accoutumé qu'elle présenta des sandwiches à Vallagnosc. Le baron seul, qui la connaissait bien, remarqua la légère contraction de ses lèvres et le feu sombre qu'elle n'avait pu éteindre au fond de ses yeux. Il devina toute la scène.

Note

1. *briser avec :* se fâcher avec.

– Mon Dieu ! chacun son goût, disait Mme de Boves, en acceptant elle aussi un sandwich. Je connais des femmes qui n'achèteraient pas un ruban ailleurs qu'au *Louvre*[1]. D'autres ne jurent que par le *Bon Marché*… C'est une question de tempérament sans doute.

– Le *Bon Marché* est bien province, murmura Mme Marty, et l'on est si bousculé au *Louvre* !

Ces dames étaient retombées sur les grands magasins. Mouret dut donner son avis, il revint au milieu d'elles, et affecta d'être juste. Une excellente maison que le *Bon Marché*, solide, respectable ; mais le *Louvre* avait certainement une clientèle plus brillante.

– Enfin, vous préférez le *Bonheur des Dames*, dit le baron souriant.

– Oui, répondit tranquillement Mouret. Chez nous, on aime les clientes.

Toutes les femmes présentes furent de son avis. C'était bien cela, elles se trouvaient comme en partie fine[2] au *Bonheur*, elles y sentaient une continuelle caresse de flatterie, une adoration épandue qui retenait les plus honnêtes. L'énorme succès du magasin venait de cette séduction galante.

– À propos, demanda Henriette, qui voulait montrer une grande liberté d'esprit, et ma protégée, qu'en faites-vous, monsieur Mouret ?… Vous savez, Mlle de Fontenailles.

Et, se tournant vers Mme Marty :

– Une marquise, ma chère, une pauvre fille tombée dans la gêne.

– Mais, dit Mouret, elle gagne ses trois francs par jour à coudre des cahiers d'échantillons, et je crois que je vais lui faire épouser un de mes garçons de magasin.

– Fi ! l'horreur ! cria Mme de Boves.

Notes

1. **Louvre** : *Les Grands Magasins du Louvre*, créés en 1855 et situés place du Palais-Royal.

2. ***partie fine*** : soirée raffinée.

Il la regarda, il reprit de sa voix calme :

– Pourquoi donc, madame ? Est-ce qu'il ne vaut pas mieux pour elle épouser un brave garçon, un gros travailleur, que de courir le risque d'être ramassée par des fainéants sur le trottoir ?

Vallagnosc voulut intervenir, en plaisantant.

– Ne le poussez pas, madame. Il va vous dire que toutes les vieilles familles de France devraient se mettre à vendre du calicot.

– Mais, déclara Mouret, pour beaucoup d'entre elles ce serait au moins une fin honorable.

On finit par rire, le paradoxe semblait un peu fort. Lui, continuait à célébrer ce qu'il appelait l'aristocratie du travail. Une faible rougeur avait coloré les joues de Mme de Boves, que sa gêne réduite aux expédients[1] enrageait ; tandis que Mme Marty, au contraire, approuvait, prise de remords, en songeant à son pauvre mari. Justement, le domestique introduisit le professeur, qui venait la chercher. Il était plus sec, plus desséché par ses dures besognes, dans sa mince redingote, luisante[2]. Quand il eut remercié Mme Desforges d'avoir parlé pour lui au ministère, il jeta vers Mouret le regard craintif d'un homme qui rencontre le mal dont il mourra. Et il resta saisi d'entendre ce dernier lui adresser la parole.

– N'est-ce pas, monsieur, que le travail mène à tout ?

– Le travail et l'épargne[3], répondit-il avec un léger grelottement de tout son corps. Ajoutez l'épargne, monsieur.

Cependant, Bouthemont était demeuré immobile dans son fauteuil. Les paroles de Mouret sonnaient encore à ses oreilles. Il se leva enfin, il vint dire tout bas à Henriette :

– Vous savez qu'il m'a signifié mon congé, oh ! très gentiment… Mais du diable s'il ne s'en repent pas ! Je viens de trou-

Notes

1. ***expédients :*** moyens extrêmes plus ou moins honnêtes pour surmonter les difficultés financières.

2. ***luisante :*** brillante ; ce qui indique l'usure du tissu.

3. ***épargne :*** économie, fait de mettre de l'argent de côté.

ver mon enseigne : *Aux Quatre Saisons*, et je me plante près de l'Opéra !

Elle le regarda, ses yeux s'assombrirent.

– Comptez sur moi, j'en suis… Attendez.

Et elle attira le baron Hartmann dans l'embrasure[1] d'une fenêtre. Sans attendre, elle lui recommanda Bouthemont, le donna comme un gaillard qui allait à son tour révolutionner Paris, en s'établissant à son compte. Quand elle parla d'une commandite[2] pour son nouveau protégé, le baron, bien qu'il ne s'étonnât plus de rien, ne put réprimer un geste d'effarement. C'était le quatrième garçon de génie qu'elle lui confiait, il finissait par se sentir ridicule. Mais il ne refusa pas nettement, l'idée de faire naître une concurrence au *Bonheur des Dames* lui plaisait même assez ; car il avait déjà inventé, en matière de banque, de se créer ainsi des concurrences, pour en dégoûter les autres. Puis, l'aventure l'amusait. Il promit d'examiner l'affaire.

– Il faut que nous causions ce soir, revint dire Henriette à l'oreille de Bouthemont. Vers neuf heures, ne manquez pas… Le baron est à nous.

À ce moment, la vaste pièce s'emplissait de voix. Mouret, toujours debout au milieu de ces dames, avait retrouvé sa bonne grâce : il se défendait gaiement de les ruiner en chiffons, il offrait de démontrer, chiffres en main, qu'il leur faisait économiser trente pour cent sur leurs achats. Le baron Hartmann le regardait, repris d'une admiration fraternelle d'ancien coureur de guilledou[3]. Allons ! le duel était fini, Henriette restait par terre, elle ne serait certainement pas la femme qui devait venir. Et il crut revoir le profil modeste de la jeune fille, qu'il avait aperçue en traversant l'antichambre. Elle était là, patiente, seule, redoutable dans sa douceur.

Notes

1. ***embrasure :*** coin.
2. ***commandite :*** investissement.
3. ***coureur de guilledou :*** séducteur, coureur de jupons.

CHAPITRE XII

[Le succès commercial de Mouret se poursuit ; les travaux d'agrandissement, rendus possibles grâce au baron Hartmann, débutent le 25 septembre. Dans le même temps, *« le règne de Denise commenc*[e] ».]

Mouret, cependant, vivait dans l'angoisse. Était-ce possible ? cette enfant le torturait à ce point ! Toujours il la revoyait arrivant au *Bonheur*, avec ses gros souliers, sa mince robe noire, son air sauvage. Elle bégayait, tous se moquaient d'elle, lui-même l'avait trouvée laide d'abord. Laide ! et, maintenant, elle l'aurait fait mettre à genoux d'un regard, il ne l'apercevait plus que dans un rayonnement ! Puis, elle était restée la dernière de la maison, rebutée[1], plaisantée, traitée par lui en bête curieuse. Pendant des mois, il avait voulu voir comment une fille poussait, il s'était amusé à cette expérience, sans comprendre qu'il y jouait son cœur. Elle, peu à peu, grandissait, devenait redoutable. Peut-être l'aimait-il depuis la première minute, même à l'époque où il ne croyait avoir que de la pitié. Et, pourtant, il ne s'était senti à elle que le soir de leur promenade, sous les marronniers des Tuileries. Sa vie partait de là, il entendait les rires d'un groupe de fillettes, le ruissellement lointain d'un jet d'eau, tandis que, dans l'ombre chaude, elle marchait près de lui, silencieuse. Ensuite, il ne savait plus, sa fièvre avait augmenté d'heure en heure, tout son sang, tout son être s'était donné. Une enfant pareille, était-ce possible ? Quand elle passait à présent, le vent léger de sa robe lui paraissait si fort, qu'il chancelait.

Longtemps, il s'était révolté, et parfois encore, il s'indignait, il voulait se dégager de cette possession imbécile. Qu'avait-elle donc pour le lier ainsi ? ne l'avait-il pas vue sans chaussures ? n'était-elle pas entrée presque par charité ? Au moins, s'il se fût agi d'une de ces créatures superbes qui ameutent la foule ! mais cette petite fille, cette rien du tout ! Elle avait, en somme,

Note

1. ***rebutée :*** repoussée.

une de ces figures moutonnières[1] dont on ne dit rien. Elle ne devait même pas être d'une intelligence vive, car il se rappelait ses mauvais débuts de vendeuse. Puis, après chacune de ses colères, il y avait en lui une rechute de passion, comme une terreur sacrée d'avoir insulté son idole. Elle apportait tout ce qu'on trouve de bon chez la femme, le courage, la gaieté, la simplicité ; et, de sa douceur, montait un charme, d'une subtilité pénétrante de parfum. On pouvait ne pas la voir, la coudoyer[2] ainsi que la première venue ; bientôt, le charme agissait avec une force lente, invincible ; on lui appartenait à jamais, si elle daignait sourire. Tout souriait alors dans son visage blanc, ses yeux de pervenche[3], ses joues et son menton troués de fossettes ; tandis que ses lourds cheveux blonds semblaient s'éclairer aussi, d'une beauté royale et conquérante. Il s'avouait vaincu, elle était intelligente comme elle était belle, son intelligence venait du meilleur de son être. Lorsque les autres vendeuses, chez lui, n'avaient qu'une éducation de frottement[4], le vernis qui s'écaille des filles déclassées[5], elle, sans élégances fausses, gardait sa grâce, la saveur de son origine. Les idées commerciales les plus larges naissaient de la pratique, sous ce front étroit, dont les lignes pures annonçaient la volonté et l'amour de l'ordre. Et il aurait joint les deux mains, pour lui demander pardon de blasphémer[6], dans ses heures de révolte.

Aussi pourquoi se refusait-elle avec une pareille obstination ? Vingt fois, il l'avait suppliée, augmentant ses offres, offrant de l'argent, beaucoup d'argent. Puis, il s'était dit qu'elle devait être ambitieuse, il lui avait promis de la nommer première, dès qu'un rayon serait vacant. Et elle refusait, elle refusait encore ! C'était pour lui une stupeur, une lutte où son désir s'enrageait. Le cas lui semblait impossible, cette enfant finirait par céder,

Notes

1. *moutonnières :* communes, ordinaires.
2. *coudoyer :* côtoyer.
3. *pervenche :* fleur mauve.
4. *frottement :* surface.
5. *déclassées :* qui ont changé de classe sociale.
6. *blasphémer :* prononcer des paroles qui insultent un dieu.

car il avait toujours regardé la sagesse d'une femme comme une chose relative. Il ne voyait plus d'autre but, tout disparaissait dans ce besoin : la tenir enfin chez lui, l'asseoir sur ses genoux, en la baisant aux lèvres; et, à cette vision, le sang de ses veines battait, il demeurait tremblant, bouleversé de son impuissance.

Désormais, ses journées s'écoulaient dans la même obsession douloureuse. L'image de Denise se levait avec lui. Il avait rêvé d'elle la nuit, elle le suivait devant le grand bureau de son cabinet, où il signait les traites[1] et les mandats[2]; de neuf à dix heures : besogne qu'il accomplissait machinalement, sans cesser de la sentir présente, disant toujours non de son air tranquille. Puis, à dix heures, c'était le conseil, un véritable conseil des ministres, une réunion des douze intéressés de la maison, qu'il lui fallait présider : on discutait les questions d'ordre intérieur, on examinait les achats, on arrêtait les étalages; et elle était encore là, il entendait sa voix douce au milieu des chiffres, il voyait son clair sourire dans les situations financières les plus compliquées. Après le conseil, elle l'accompagnait, faisait avec lui l'inspection quotidienne des comptoirs, revenait l'après-midi dans le cabinet de la direction, restait près de son fauteuil de deux à quatre, pendant qu'il recevait toute une foule, les fabricants de la France entière, de hauts industriels, des banquiers, des inventeurs : va-et-vient continu de la richesse et de l'intelligence, danse affolée des millions, entretiens rapides où l'on brassait les plus grosses affaires du marché de Paris. S'il l'oubliait une minute en décidant de la ruine ou de la prospérité d'une industrie, il la retrouvait debout, à un élancement de son cœur; sa voix expirait, il se demandait à quoi bon cette fortune remuée, puisqu'elle ne voulait pas. Enfin, lorsque sonnaient cinq heures, il devait signer le courrier, le travail machinal de sa main recommençait, pendant qu'elle se dressait plus dominatrice, le reprenant tout entier, pour

Notes

1. ***traites :*** factures que l'on signe lorsqu'on engage le paiement d'une somme.

2. ***mandats :*** forme de règlements d'une somme due.

le posséder à elle seule, durant les heures solitaires et ardentes de la nuit. Et, le lendemain, la même journée recommençait, ces journées si actives, si pleines d'un colossal labeur, que l'ombre fluette[1] d'une enfant suffisait à ravager d'angoisse.

Mais c'était surtout pendant son inspection quotidienne des magasins qu'il sentait sa misère. Avoir bâti cette machine géante, régner sur un pareil monde, et agoniser de douleur, parce qu'une petite fille ne veut pas de vous ! Il se méprisait, il traînait la fièvre et la honte de son mal. Certains jours, le dégoût le prenait de sa puissance, il ne lui venait que des nausées, d'un bout à l'autre des galeries. D'autres fois, il aurait voulu étendre son empire, le faire si grand, qu'elle se serait livrée peut-être, d'admiration et de peur.

D'abord, en bas, dans les sous-sols, il s'arrêtait devant la glissoire[2]. Elle se trouvait toujours rue Neuve-Saint-Augustin ; mais on avait dû l'élargir, elle avait maintenant un lit de fleuve, où le continuel flot des marchandises roulait avec la voix haute des grandes eaux ; c'étaient des arrivages du monde entier, des files de camions venus de toutes les gares, un déchargement sans arrêt, un ruissellement de caisses et de ballots coulant sous terre, bu par la maison insatiable[3]. Il regardait ce torrent tomber chez lui, il songeait qu'il était un des maîtres de la fortune publique, qu'il tenait dans ses mains le sort de la fabrication française, et qu'il ne pouvait acheter le baiser d'une de ses vendeuses.

Puis, il passait au service de la réception, qui occupait à cette heure la partie des sous-sols en bordure sur la rue Monsigny. Vingt tables s'y allongeaient, dans la clarté pâle des soupiraux ; tout un peuple de commis s'y bousculait, vidant les caisses, vérifiant les marchandises, les marquant en chiffres connus ; et l'on entendait sans relâche le ronflement voisin de la glissoire, qui dominait les voix. Des chefs de rayon l'arrêtaient, il devait

Notes

1. *fluette :* légère, délicate.
2. *glissoire :* couloir destiné à la manutention des marchandises.
3. *insatiable :* qui ne pouvait être rassasiée.

résoudre des difficultés, confirmer des ordres. Ce fond de cave s'emplissait de l'éclat tendre des satins, de la blancheur des toiles, d'un déballage prodigieux où les fourrures se mêlaient aux dentelles, et les articles de Paris, aux portières d'Orient. Lentement, il marchait parmi ces richesses jetées sans ordre, entassées à l'état brut. En haut, elles allaient s'allumer aux étalages, lâcher le galop de l'argent à travers les comptoirs, aussi vite emportées que montées, dans le furieux courant de vente qui traversait la maison. Lui, songeait qu'il avait offert à la jeune fille des soies, des velours, tout ce qu'elle voudrait prendre à pleines mains, dans ces tas énormes, et qu'elle avait refusé, d'un petit signe de sa tête blonde.

Ensuite, il se rendait à l'autre bout des sous-sols, pour donner son coup d'œil habituel au service du départ. D'interminables corridors s'étendaient, éclairés au gaz ; à droite et à gauche, les réserves, fermées par des claies, mettaient comme des boutiques souterraines, tout un quartier commerçant, des merceries, des lingeries, des ganteries, des bimbeloteries[1], dormant dans l'ombre. Plus loin, se trouvait un des trois calorifères : plus loin encore, un poste de pompiers gardait le compteur central, enfermé dans sa cage métallique. Il trouvait, au départ, les tables de triage encombrées déjà des charges de paquets, de cartons et de boîtes, que des paniers descendaient continuellement ; et Campion, le chef du service, le renseignait sur la besogne courante, tandis que les vingt hommes placés sous ses ordres distribuaient les paquets dans les compartiments, qui portaient chacun le nom d'un quartier de Paris, et d'où les garçons les montaient ensuite aux voitures, rangées le long du trottoir. C'étaient des appels, des noms de rue jetés, des recommandations criées, tout un vacarme, toute une agitation de paquebot, sur le point de lever l'ancre. Et il restait un moment immobile, il regardait ce dégorgement des marchandises, dont il venait de voir la maison

Note

1. ***bimbeloteries*** : rayons où l'on vend des bibelots, des articles sans grande valeur.

s'engorger, à l'extrémité opposée des sous-sols : l'énorme courant aboutissait là, sortait par là dans la rue, après avoir déposé de l'or au fond des caisses. Ses yeux se troublaient, ce départ colossal n'avait plus d'importance, il ne lui restait qu'une idée de voyage, l'idée de s'en aller dans des pays lointains, de tout abandonner, si elle s'obstinait à dire non.

Alors, il remontait, il continuait sa tournée, parlant et s'agitant davantage, sans pouvoir se distraire. Au second étage, il visitait le service des expéditions, cherchait des querelles, s'exaspérait sourdement contre la régularité parfaite de la machine qu'il avait réglée lui-même. Ce service était celui qui prenait de jour en jour l'importance la plus considérable : il nécessitait à présent deux cents employés, dont les uns ouvraient, lisaient, classaient les lettres venues de la province et de l'étranger, tandis que les autres réunissaient dans des cases les marchandises demandées par les signataires[1]. Et le nombre des lettres croissait tellement, qu'on ne les comptait plus; on les pesait, il en arrivait jusqu'à cent livres[2] par jour. Lui, fiévreux, traversait les trois salles du service, questionnait Levasseur, le chef, sur le poids du courrier : quatre-vingts livres, quatre-vingt-dix parfois, le lundi cent. Le chiffre montait toujours, il aurait dû être ravi. Mais il demeurait frissonnant, dans le tapage que l'équipe voisine des emballeurs faisait en clouant des caisses. En vain, il battait la maison : l'idée fixe restait enfoncée entre ses deux yeux, et à mesure que sa puissance se déroulait, que les rouages des services et l'armée de son personnel défilaient devant lui, il sentait plus profondément l'injure de son impuissance. Les commandes de l'Europe entière affluaient, il fallait une voiture des Postes spéciale pour apporter la correspondance; et elle disait non, toujours non.

[À sa grande joie, Denise a été nommée première au rayon des enfants. Mais Bourdoncle, qui se méfie d'elle, dit à Mouret que la jeune fille

Notes

1. *signataires* : acheteurs qui ont signé leur demande.

2. Une livre équivaut à 500 g.

se moque de lui car on lui connaît des amants. Profitant de la jalousie qu'il a éveillée chez son patron, il lui promet d'enquêter. Surprenant la jeune fille en train de converser avec Deloche qui lui tient les mains, il fait venir Mouret. Dans son bureau, Denise lui explique que ses relations avec Deloche sont purement amicales. Il la croit sincère. Poussée à l'aveu, elle reconnaît cependant en rougissant qu'elle est amoureuse, mais ne prononce pas le nom de celui qu'elle aime.]

Du reste, Denise était maintenant au sommet. Sa nomination de première avait abattu autour d'elle les dernières résistances. Si l'on clabaudait[1] toujours, par cette démangeaison de langue qui ravage toute réunion d'hommes et de femmes, on s'inclinait très bas, jusqu'à terre. Marguerite, passée seconde aux confections, se répandait en éloges. Clara elle-même, travaillée d'un sourd respect en face de cette fortune dont elle était incapable, avait plié la tête. Mais la victoire de Denise était plus complète encore sur ces messieurs, sur Jouve qui ne lui parlait à présent que courbé en deux, sur Hutin pris d'inquiétude en sentant craquer sa situation, sur Bourdoncle enfin réduit à l'impuissance. Quand ce dernier l'avait vue sortir du cabinet de la direction, souriante, de son air tranquille, et que le lendemain le directeur avait exigé du conseil la création du nouveau comptoir, il s'était incliné, vaincu sous la terreur sacrée de la femme. Toujours il avait cédé ainsi devant la grâce de Mouret, il le reconnaissait pour son maître, malgré les fuites du génie et les coups de cœur imbéciles. Cette fois, la femme était la plus forte, et il attendait d'être emporté dans le désastre.

Cependant, Denise avait le triomphe paisible et charmant. Elle était touchée de ces marques de considération, elle voulait y voir une sympathie pour la misère de ses débuts et le succès final de son long courage. Aussi accueillait-elle avec une joie rieuse les moindres témoignages d'amitié, ce qui la fit réellement aimer de quelques-uns, tellement elle était douce et accueillante, tou-

Note

1. *clabaudait :* protestait en prononçant des propos malveillants.

jours prête à donner son cœur. Elle ne montra une invincible répulsion que pour Clara, car elle avait appris que cette fille s'était amusée, comme elle en annonçait en plaisantant le projet, à mener un soir Colomban chez elle ; et le commis, emporté par sa passion enfin satisfaite, découchait maintenant, tandis que la triste Geneviève agonisait. On en causait au *Bonheur*, on trouvait l'aventure drôle.

Mais ce chagrin, le seul qu'elle eût au-dehors, n'altérait pas[1] l'humeur égale de Denise. C'était surtout à son rayon qu'il fallait la voir, au milieu de son peuple de bambins de tout âge. Elle adorait les enfants, on ne pouvait la mieux placer. Parfois, on comptait là une cinquantaine de fillettes, autant de garçons, tout un pensionnat turbulent, lâché dans les désirs de la coquetterie naissante. Les mères perdaient la tête. Elle, conciliante, souriait, faisait aligner ce petit monde sur des chaises ; et, quand il y avait dans le tas une gamine rose, dont le joli museau la tentait, elle voulait la servir elle-même, apportait la robe, l'essayait sur les épaules potelées, avec des précautions tendres de grande sœur. Des rires clairs sonnaient, de légers cris d'extase partaient, au milieu de voix grondeuses. Parfois, une fillette déjà grande personne, neuf ou dix ans, ayant aux épaules un paletot de drap, l'étudiait devant la glace, se tournait, la mine absorbée, les yeux luisant du besoin de plaire. Et le déballage encombrait les comptoirs, des robes en toile d'Asie rose ou bleue pour enfants d'un an à cinq ans, des costumes de marin en zéphyr[2], jupe plissée et blouse ornée d'appliques[3] en percale[4], des costumes Louis XV, des manteaux, des jaquettes, un pêle-mêle de vêtements étroits, raidis dans leur grâce enfantine, quelque chose comme le vestiaire d'une bande de grandes poupées, sorti des armoires et livré au pillage. Denise avait toujours au fond des poches quelques friandises, apaisait les pleurs d'un marmot dé-

Notes

1. *n'altérait pas :* ne dégradait pas.
2. *zéphyr :* fine toile de coton.
3. *appliques :* motifs cousus.
4. *percale :* toile de coton fine et serrée.

sespéré de ne pas emporter des culottes rouges, vivait là parmi les petits, comme dans sa famille naturelle, rajeunie elle-même de cette innocence et de cette fraîcheur sans cesse renouvelées autour de ses jupes.

Maintenant, il lui arrivait d'avoir de longues conversations amicales avec Mouret. Quand elle devait se rendre à la direction pour prendre des ordres ou pour donner un renseignement, il la retenait à causer, il aimait l'entendre. C'était ce qu'elle appelait en riant «faire de lui un brave homme». Dans sa tête raisonneuse[1] et avisée[2] de Normande, poussaient toutes sortes de projets, ces idées sur le nouveau commerce, qu'elle osait effleurer déjà chez Robineau, et dont elle avait exprimé quelques-unes, le beau soir de leur promenade aux Tuileries. Elle ne pouvait s'occuper d'une chose, voir fonctionner une besogne, sans être travaillée du besoin de mettre de l'ordre, d'améliorer le mécanisme. Ainsi, depuis son entrée au *Bonheur des Dames*, elle était surtout blessée par le sort précaire[3] des commis; les renvois brusques la soulevaient, elle les trouvait maladroits et iniques[4], nuisibles à tous, autant à la maison qu'au personnel. Ses souffrances du début la poignaient[5] encore, une pitié lui remuait le cœur, à chaque nouvelle venue qu'elle rencontrait dans les rayons, les pieds meurtris, les yeux gros de larmes, traînant sa misère sous sa robe de soie, au milieu de la persécution aigrie des anciennes. Cette vie de chien battu rendait mauvaises les meilleures; et le triste défilé commençait : toutes mangées par le métier avant quarante ans, disparaissant, tombant à l'inconnu[6], beaucoup mortes à la peine, phtisiques[7] ou anémiques, de fatigue et de mauvais air, quelques-unes roulées au trottoir[8], les

Notes

1. ***raisonneuse*** : réfléchie.
2. ***avisée*** : sage.
3. ***précaire*** : fragile, sans avenir assuré.
4. ***iniques*** : injustes.
5. ***poignaient*** : bouleversaient.
6. ***tombant à l'inconnu*** : tombant dans l'oubli.
7. ***phtisiques*** : atteintes de tuberculose pulmonaire.
8. ***roulées au trottoir*** : tombées dans la prostitution.

plus heureuses mariées, enterrées au fond d'une petite boutique de province. Était-ce humain, était-ce juste, cette consommation effroyable de chair que les grands magasins faisaient chaque année ? Et elle plaidait la cause des rouages de la machine, non par des raisons sentimentales, mais par des arguments tirés de l'intérêt même des patrons. Quand on veut une machine solide, on emploie du bon fer ; si le fer casse ou si on le casse, il y a un arrêt de travail, des frais répétés de mise en train, toute une déperdition de force. Parfois, elle s'animait, elle voyait l'immense bazar idéal, le phalanstère[1] du négoce, où chacun aurait sa part exacte des bénéfices, selon ses mérites, avec la certitude du lendemain, assurée à l'aide d'un contrat. Mouret alors s'égayait, malgré sa fièvre. Il l'accusait de socialisme, l'embarrassait en lui montrant des difficultés d'exécution ; car elle parlait dans la simplicité de son âme, et elle s'en remettait bravement à l'avenir, lorsqu'elle s'apercevait d'un trou dangereux, au bout de sa pratique de cœur tendre. Cependant, il était ébranlé, séduit, par cette voix jeune, encore frémissante des maux endurés, si convaincue, lorsqu'elle indiquait des réformes qui devaient consolider la maison ; et il l'écoutait en la plaisantant, le sort des vendeurs était amélioré peu à peu, on remplaçait les renvois en masse par un système de congés accordés aux mortes-saisons, enfin on allait créer une caisse de secours mutuels qui mettrait les employés à l'abri des chômages forcés, et leur assurerait une retraite. C'était l'embryon des vastes sociétés ouvrières du vingtième siècle.

D'ailleurs, Denise ne s'en tenait pas à vouloir panser les plaies vives dont elle avait saigné : des idées délicates de femme, soufflées à Mouret, ravirent[2] la clientèle. Elle fit aussi la joie de Lhomme, en appuyant un projet qu'il nourrissait depuis long-

Notes

1. *phalanstère :* petite communauté de travailleurs, dans le système utopiste du philosophe et économiste Charles Fourier (1772-1837). Zola présente ici, par le biais de Denise, une réflexion sur un système économique idéal, associant progrès économique et social.

2. *ravirent :* plurent beaucoup à.

temps, celui de créer un corps de musique, dont les exécutants seraient tous choisis dans le personnel. Trois mois plus tard, Lhomme avait cent vingt musiciens sous sa direction, le rêve de sa vie était réalisé. Et une grande fête fut donnée dans les magasins, un concert et un bal, pour présenter la musique du *Bonheur* à la clientèle, au monde entier. Les journaux s'en occupèrent, Bourdoncle lui-même, ravagé par ces innovations, dut s'incliner devant l'énorme réclame. Ensuite, on installa une salle de jeu pour les commis, deux billards, des tables de trictrac[1] et d'échecs. Il y eut des cours le soir dans la maison, cours d'anglais et d'allemand, cours de grammaire, d'arithmétique, et géographie ; on alla jusqu'à des leçons d'équitation et d'escrime. Une bibliothèque fut créée, dix mille volumes mis à la disposition des employés. Et l'on ajouta encore un médecin à demeure donnant des consultations gratuites, des bains, des buffets, un salon de coiffure. Toute la vie était là, on avait tout sans sortir, l'étude, la table, le lit, le vêtement. Le *Bonheur des Dames* se suffisait, plaisirs et besoins, au milieu du grand Paris, occupé de ce tintamarre, de cette cité du travail[2] qui poussait si largement dans le fumier des vieilles rues, ouvertes enfin au plein soleil.

Alors, un nouveau mouvement d'opinion se fit en faveur de Denise. Comme Bourdoncle, vaincu, répétait avec désespoir à ses familiers qu'il aurait donné beaucoup pour la coucher lui-même dans le lit de Mouret, il fut acquis qu'elle n'avait pas cédé, que sa toute-puissance résultait de ses refus. Et, dès ce moment, elle devint populaire. On n'ignorait pas les douceurs qu'on lui devait, on l'admirait pour la force de sa volonté. En voilà une, au moins, qui mettait le pied sur la gorge du patron, et qui les vengeait tous, et qui savait tirer de lui autre chose que des promesses ! Elle était donc venue, celle qui faisait respecter un peu les pauvres diables ! Lorsqu'elle traversait les comptoirs, avec sa

Notes

1. *trictrac :* jeu de dés.

2. Ces réflexions s'inspirent directement des utopies socialistes, dont celle de Charles Fourier.

tête fine et obstinée, son air tendre et invincible, les vendeurs lui souriaient, étaient fiers d'elle, l'auraient volontiers montrée à la foule. Denise, heureuse, se laissait porter par cette sympathie grandissante. Était-ce possible, mon Dieu ! Elle se voyait arriver en jupe pauvre, effarée, perdue au milieu des engrenages de la terrible machine ; longtemps, elle avait eu la sensation de n'être rien, à peine un grain de mil sous les meules qui broyaient un monde ; et aujourd'hui, elle était l'âme même de ce monde, elle seule importait, elle pouvait d'un mot précipiter ou ralentir le colosse, abattu à ses petits pieds. Cependant, elle n'avait pas voulu ces choses, elle s'était simplement présentée, sans calcul, avec l'unique charme de la douceur. Sa souveraineté lui causait parfois une surprise inquiète : qu'avaient-ils donc tous à lui obéir ? elle n'était point jolie, elle ne faisait pas le mal. Puis, elle souriait, le cœur apaisé, n'ayant en elle que de la bonté et de la raison, un amour de la vérité et de la logique qui était toute sa force.

Une des grandes joies de Denise, dans sa faveur, fut de pouvoir être utile à Pauline. Celle-ci était enceinte, et elle tremblait, car deux vendeuses, en quinze jours, avaient dû partir au septième mois de leur grossesse. La direction ne tolérait pas ces accidents-là, la maternité était supprimée comme encombrante et indécente[1] ; à la rigueur, on permettait le mariage, mais on défendait les enfants. Pauline, sans doute, avait un mari dans la maison ; elle se méfiait pourtant, elle n'en était pas moins impossible au comptoir ; et, afin de retarder un renvoi probable, elle se serrait à étouffer, résolue de cacher ça tant qu'elle pourrait. Une des deux vendeuses congédiées venait justement d'accoucher d'un enfant mort, pour s'être torturé ainsi la taille ; on désespérait de la sauver elle-même. Cependant, Bourdoncle regardait le teint de Pauline se plomber, tandis qu'il lui trouvait une raideur dans la démarche. Un matin, il était près d'elle, aux trousseaux,

Note

1. *indécente :* choquante pour la morale.

quand un garçon de magasin, qui enlevait un paquet, la heurta d'un tel coup, qu'elle porta les deux mains à son ventre, en poussant un cri. Tout de suite, il l'emmena, la confessa, soumit au conseil la question de son renvoi, sous le prétexte qu'elle avait besoin du bon air de la campagne : l'histoire du coup allait se répandre, l'effet serait désastreux sur le public, si elle faisait une fausse couche, comme il y en avait eu déjà une aux layettes, l'année précédente. Mouret, qui n'assistait pas à ce conseil, ne put donner son avis que le soir. Mais Denise avait eu le temps d'intervenir, et il ferma la bouche de Bourdoncle au nom des intérêts mêmes de la maison. On voulait donc ameuter les mères, froisser les jeunes accouchées de la clientèle ? Pompeusement[1], il fut décidé que toute vendeuse mariée qui deviendrait enceinte, serait mise chez une sage-femme spéciale, dès que sa présence au comptoir blesserait les bonnes mœurs.

Le lendemain, lorsque Denise monta voir à l'infirmerie Pauline, qui avait dû s'aliter à la suite du coup reçu, celle-ci l'embrassa violemment sur les deux joues.

– Que vous êtes gentille ! Sans vous, ils me jetaient dehors... Et ne vous inquiétez pas, le médecin affirme que ce ne sera rien.

Baugé, échappé de son rayon, était là, de l'autre côté du lit. Il balbutiait aussi des remerciements, troublé devant Denise, qu'il traitait maintenant en personne arrivée[2] et d'une classe supérieure. Ah ! s'il entendait encore des saletés sur son compte, c'était lui qui fermerait le bec des jaloux ! Mais Pauline le renvoya, en haussant amicalement les épaules.

– Mon pauvre chéri, tu ne dis que des bêtises... Tiens ! laissenous causer.

L'infirmerie était une longue pièce claire, où douze lits s'alignaient, avec leurs rideaux blancs. On y soignait les commis logés dans la maison, lorsqu'ils ne témoignaient pas le désir de rejoindre leurs familles. Mais, ce jour-là, Pauline seule s'y trou-

Notes

1. ***Pompeusement :*** de façon solennelle.

2. ***arrivée :*** qui a réussi socialement.

vait couchée, près d'une des grandes fenêtres, qui ouvraient sur la rue Neuve-Saint-Augustin. Et les confidences, les paroles tendres et chuchotées vinrent tout de suite, au milieu de ces linges candides[1], dans cet air assoupi, parfumé d'une vague odeur de lavande.

– Il fait donc quand même ce que vous voulez ?... Comme vous êtes dure, de lui causer tant de peine ! Voyons, expliquez-moi ça, puisque j'ose aborder ce sujet. Vous le détestez ?

Elle avait gardé la main de Denise, assise près du lit, accoudée au traversin ; et cette dernière, gagnée par une soudaine émotion, les joues envahies de rougeur, eut une faiblesse, à cette question directe et inattendue. Son secret lui échappa, elle cacha la tête dans l'oreiller, en murmurant :

– Je l'aime !

Pauline restait stupéfaite.

– Comment ! vous l'aimez ? Mais, c'est bien simple : dites oui.

Denise, le visage toujours caché, répondait non d'un branle énergique de la tête. Et elle disait non, justement parce qu'elle l'aimait, sans expliquer cela. Certainement, c'était ridicule ; mais elle sentait ainsi, elle ne pouvait se refaire[2]. La surprise de son amie augmentait, elle demanda enfin :

– Alors, tout ça, c'est pour en arriver à ce qu'il vous épouse ?

Du coup, la jeune fille se redressa. Elle était bouleversée.

– Lui, m'épouser ! oh ! non, oh ! je vous jure que je n'ai jamais voulu une pareille chose !... Non, jamais un tel calcul n'est entré dans ma tête, et vous savez que j'ai horreur du mensonge !

– Dame ! ma chère, reprit doucement Pauline, vous auriez l'idée de vous faire épouser, que vous ne vous y prendriez pas autrement... Il faudra bien que ça finisse, et il n'y a encore que le mariage, puisque vous ne voulez point de l'autre affaire... Écoutez, je dois vous prévenir que tout le monde a la même pensée : oui, on est persuadé que vous lui tenez la dragée haute

Notes

1. *candides* : purs.

2. *se refaire* : changer.

pour le mener devant monsieur le maire… Mon Dieu ! quelle drôle de femme vous êtes !

Et elle dut consoler Denise, qui était retombée la tête sur le traversin, sanglotant, répétant qu'elle finirait par s'en aller, puisqu'on lui prêtait sans cesse toutes sortes d'histoires, qui ne pouvaient seulement lui entrer dans le crâne. Sans doute, quand un homme aimait une femme, il devait l'épouser. Mais elle ne demandait rien, elle ne calculait rien, elle suppliait seulement qu'on la laissât vivre tranquille, avec ses chagrins et ses joies, comme tout le monde. Elle s'en irait.

À la même minute, en bas, Mouret traversait les magasins. Il avait voulu s'étourdir en visitant les travaux une fois encore. Des mois s'étaient écoulés, la façade dressait maintenant ses lignes monumentales, derrière la vaste chemise de planches qui la cachait au public. Toute une armée de décorateurs se mettaient à l'œuvre : des marbriers, des faïenciers, des mosaïstes[1] ; on dorait le groupe central, au- dessus de la porte, tandis que, sur l'acrotère[2], on scellait déjà les piédestaux qui devaient recevoir les statues des villes manufacturières[3] de la France. Du matin au soir, le long de la rue du Dix-Décembre, ouverte depuis peu, stationnait une foule de badauds, le nez en l'air, ne voyant rien, mais préoccupés des merveilles qu'on se racontait de cette façade dont l'inauguration allait révolutionner Paris. Et c'était sur ce chantier enfiévré de travail, au milieu des artistes achevant la réalisation de son rêve, commencée par les maçons, que Mouret venait de sentir plus amèrement que jamais la vanité[4] de sa fortune. La pensée de Denise lui avait brusquement serré la poitrine, cette pensée qui, sans relâche, le traversait d'une flamme, comme l'élancement d'un mal inguérissable. Il s'était enfui, il n'avait pas trouvé un mot de satisfaction, craignant de

Notes

1. ***mosaïstes :*** artisans qui fabriquent des mosaïques.
2. ***acrotère :*** motif décoratif qui orne le sommet et les angles d'un fronton.
3. ***manufacturières :*** industrielles ; la décoration retenue par Mouret est un éloge de la modernité et du progrès.
4. ***vanité :*** absence de signification.

montrer ses larmes, laissant derrière lui le dégoût du triomphe. Cette façade, qui se trouvait debout enfin, lui semblait petite, pareille à un de ces murs de sable que les gamins bâtissent, et l'on aurait pu la prolonger d'un faubourg de la cité à l'autre, l'élever jusqu'aux étoiles, elle n'aurait pas rempli le vide de son cœur, que le seul « oui » d'une enfant pouvait combler.

Lorsque Mouret rentra dans son cabinet, il étouffait de sanglots contenus. Que voulait-elle donc ? Il n'osait plus lui offrir de l'argent, l'idée confuse d'un mariage se levait, au milieu de ses révoltes de jeune veuf. Et, dans l'énervement de son impuissance, ses larmes coulèrent. Il était malheureux.

CHAPITRE XIII

[Geneviève, gravement malade, a compris que son amour pour Colomban était sans espoir. Sentant sa fin proche, elle fait venir Denise pour lui dire adieu.]

Le lendemain, à six heures, au petit jour, Geneviève expirait, après quatre heures d'un râle affreux. Ce fut un samedi que tomba l'enterrement, par un temps noir, un ciel de suie[1] qui pesait sur la ville frissonnante. Le *Vieil Elbeuf*, tendu de drap blanc[2], éclairait la rue d'une tache blanche ; et les cierges, brûlant dans le jour bas, semblaient des étoiles noyées de crépuscule. Des couronnes de perles, un gros bouquet de roses blanches, couvraient le cercueil, un cercueil étroit de fillette, posé sur l'allée obscure de la maison, au ras du trottoir, si près du ruisseau, que les voitures avaient déjà éclaboussé les draperies. Tout le vieux quartier suait l'humidité, exhalait son odeur

Notes

1. *suie* : résidu de combustion qui se dépose notamment dans les conduits de cheminée.

2. Il était d'usage de tendre à l'extérieur des maisons des toiles noires ou blanches pour indiquer un deuil.

moisie de cave, avec sa continuelle bousculade de passants sur le pavé boueux.

Dès neuf heures, Denise était venue, pour rester auprès de sa tante. Mais, comme le convoi allait partir, celle-ci, qui ne pleurait plus, les yeux brûlés de larmes, la pria de suivre le corps et de veiller sur l'oncle, dont l'accablement muet, la douleur imbécile[1] inquiétait la famille. En bas, la jeune fille trouva la rue pleine de monde. Le petit commerce du quartier voulait donner aux Baudu un témoignage de sympathie ; et il y avait aussi, dans cet empressement, comme une manifestation contre le *Bonheur des Dames*, que l'on accusait de la lente agonie de Geneviève. Toutes les victimes du monstre étaient là, Bédoré et sœur, les bonnetiers de la rue Gaillon, les fourreurs[2] Vanpouille frères, et Deslignières le bimbelotier, et Piot et Rivoire les marchands de meubles ; même Mlle Tatin, la lingère, et le gantier Quinette, balayés depuis longtemps par la faillite, s'étaient fait un devoir de venir, l'une des Batignolles, l'autre de la Bastille, où ils avaient dû reprendre du travail chez les autres. En attendant le corbillard qu'une erreur attardait, ce monde vêtu de noir, piétinant dans la boue, levait des regards de haine sur le *Bonheur*, dont les vitrines claires, les étalages éclatants de gaieté, leur semblaient une insulte, en face du *Vieil Elbeuf*, qui attristait de son deuil l'autre côté de la rue. Quelques têtes de commis curieux se montraient derrière les glaces ; mais le colosse gardait son indifférence de machine lancée à toute vapeur, inconsciente des morts qu'elle peut faire en chemin.

Denise cherchait des yeux son frère Jean. Elle finit par l'apercevoir devant la boutique de Bourras, où elle le rejoignit pour lui recommander de marcher près de l'oncle et de le soutenir, s'il avait de la peine à marcher. Depuis quelques semaines, Jean était grave, comme tourmenté d'une préoccupation. Ce jour-là,

Notes

1. ***imbécile :*** privée de raison.

2. ***fourreurs :*** vendeurs de fourrure.

serré dans une redingote noire, homme fait[1] à cette heure[2] et gagnant des journées de vingt francs, il semblait si digne et si triste, que sa sœur en fut frappée, car elle ne le soupçonnait pas d'aimer à ce point leur cousine. Désireuse d'éviter à Pépé des tristesses inutiles, elle l'avait laissé chez Mme Gras, en se promettant d'aller l'y chercher l'après-midi, pour lui faire embrasser son oncle et sa tante.

Cependant, le corbillard n'arrivait toujours pas, et Denise, très émue, regardait brûler les cierges, lorsqu'elle tressaillit, au son connu d'une voix qui parlait derrière elle. C'était Bourras. Il avait appelé d'un signe un marchand de marrons, installé en face, dans une étroite guérite, prise sur la boutique d'un marchand de vin, et il lui disait :

– Hein ? Vigouroux, rendez-moi ce service… Vous voyez, je retire le bouton… Si quelqu'un venait, vous diriez de repasser. Mais que ça ne vous dérange pas, il ne viendra personne.

Puis, il resta debout au bord du trottoir, attendant comme les autres. Denise, gênée, avait jeté un coup d'œil sur la boutique. Maintenant, il l'abandonnait, on ne voyait plus, à l'étalage, qu'une débandade pitoyable de parapluies mangés par l'air et de cannes noires de gaz. Les embellissements qu'il y avait faits, les peintures vert tendre, les glaces, l'enseigne dorée, tout craquait, se salissait déjà, offrait cette décrépitude[3] rapide et lamentable du faux luxe, badigeonné sur des ruines. Pourtant, si les anciennes crevasses reparaissaient, si les taches d'humidité avaient repoussé sous les dorures, la maison tenait toujours, entêtée, collée au flanc du *Bonheur des Dames*, comme une verrue déshonorante, qui, bien que gercée et pourrie, refusait d'en tomber.

– Ah ! les misérables, gronda Bourras, ils ne veulent même pas qu'on l'emporte !

Notes

1. ***homme fait :*** devenu un homme.
2. ***à cette heure :*** à ce moment-là.
3. ***décrépitude :*** dégradation avancée.

Le corbillard, qui arrivait enfin, venait d'être accroché par une voiture du *Bonheur*, dont les panneaux vernis filaient, jetant dans la brume leur rayonnement d'astre, au trot rapide de deux chevaux superbes. Et le vieux marchand lançait vers Denise un coup d'œil oblique, allumé sous la broussaille de ses sourcils.

Lentement, le convoi s'ébranla, pataugeant au milieu des flaques, dans le silence des fiacres et des omnibus[1] brusquement arrêtés. Lorsque le corps drapé de blanc traversa la place Gaillon, les regards sombres du cortège plongèrent une fois encore derrière les glaces du grand magasin, où seules deux vendeuses accourues regardaient, heureuses de cette distraction. Baudu suivait le corbillard, d'un pas lourd et machinal; et il avait refusé d'un signe le bras de Jean, qui marchait près de lui. Puis, après la queue du monde, venaient trois voitures de deuil. Comme on coupait la rue Neuve-des-Petits-Champs, Robineau accourut se joindre au cortège, très pâle, l'air vieilli.

À Saint-Roch, beaucoup de femmes attendaient, les petites commerçantes du quartier, qui avaient redouté l'encombrement de la maison mortuaire. La manifestation tournait à l'émeute; et, lorsque, après le service, le convoi se remit en marche, tous les hommes suivirent de nouveau, bien qu'il y eût une longue course, de la rue Saint-Honoré au cimetière Montmartre. On dut remonter la rue Saint-Roch et passer une seconde fois devant le *Bonheur des Dames*. C'était une obsession, ce pauvre corps de jeune fille était promené autour du grand magasin, comme la première victime tombée sous les balles, en temps de révolution. À la porte, des flanelles rouges claquaient au vent ainsi que des drapeaux, un étalage de tapis éclatait en une floraison saignante d'énormes roses et de pivoines épanouies.

Denise, cependant, était montée dans une voiture, agitée de doutes si cuisants[2], la poitrine serrée d'une telle tristesse, qu'elle

Notes

1. ***omnibus*** : moyens de transport collectifs (voitures tirées par des chevaux).

2. ***cuisants*** : moralement douloureux.

n'avait plus la force de marcher. Il y eut justement un arrêt rue du Dix-Décembre, devant les échafaudages de la nouvelle façade, qui gênait toujours la circulation. Et la jeune fille remarqua le vieux Bourras, resté en arrière, traînant la jambe, dans les roues mêmes de la voiture où elle se trouvait seule. Jamais il n'arriverait au cimetière. Il avait levé la tête, il la regardait. Puis, il monta.

– Ce sont mes sacrés genoux, murmurait-il. Ne vous reculez donc pas !... Est-ce que c'est vous qu'on déteste !

Elle le sentit amical et furieux, comme autrefois. Il grondait, déclarait ce diable de Baudu joliment solide, pour aller quand même, après de tels coups sur le crâne. Le convoi avait repris sa marche lente ; et, en se penchant, elle voyait en effet l'oncle s'entêter derrière le corbillard, de son pas alourdi, qui semblait régler le train sourd et pénible du cortège. Alors, elle s'abandonna dans son coin, elle écouta les paroles sans fin du vieux marchand de parapluies, au long bercement mélancolique de la voiture.

– Si la police ne devrait pas débarrasser la voie publique !... Il y a plus de dix-huit mois qu'ils nous encombrent, avec leur façade, où un homme s'est encore tué l'autre jour. N'importe ! lorsqu'ils voudront s'agrandir désormais, il leur faudra jeter des ponts par-dessus les rues... On dit que vous êtes deux mille sept cents employés et que le chiffre d'affaires atteindra cent millions cette année... Cent millions ! mon Dieu ! cent millions !

Denise n'avait rien à répondre. Le convoi venait de s'engager dans la rue de la Chaussée-d'Antin, où des embarras[1] de voitures l'attardaient. Bourras continua, les yeux vagues, comme s'il eût maintenant rêvé tout haut. Il ne comprenait toujours pas le triomphe du *Bonheur des Dames*, mais il avouait la défaite de l'ancien commerce.

Note

1. *embarras :* encombrements.

– Ce pauvre Robineau est fichu, il a une figure d'homme qui se noie… Et les Bédoré, et les Vanpouille, ça ne tient plus debout, c'est comme moi, les jambes cassées. Deslignières crèvera d'un coup de sang, Piot et Rivoire ont eu la jaunisse. Ah ! nous sommes tous jolis, un beau cortège de carcasses que nous faisons à la chère enfant ! Ça doit être drôle, pour les gens qui regardent défiler cette queue de faillites… D'ailleurs, il paraît que le nettoyage va continuer. Les coquins créent des rayons de fleurs, de modes, de parfumerie, de cordonnerie, que sais-je encore ? Grognet, le parfumeur de la rue de Grammont, peut déménager, et je ne donnerais pas dix francs de la cordonnerie Naud, rue d'Antin. Le choléra[1] souffle jusqu'à la rue Sainte-Anne, où Lacassagne, qui tient les plumes et les fleurs, et Mme Chadeuil, dont les chapeaux sont pourtant connus, seront balayés avant deux ans… Après ceux-là, d'autres, et toujours d'autres ! Tous les commerces du quartier y passeront. Quand des calicots[2] se mettent à vendre des savons et des galoches[3], ils peuvent bien avoir l'ambition de vendre des pommes de terre frites. Ma parole, la terre se détraque !

Le corbillard traversait alors la place de la Trinité, et, du coin de la sombre voiture, où Denise écoutait la plainte continue du vieux marchand, bercée au train funèbre du convoi, elle put voir, en débouchant de la rue de la Chaussée-d'Antin, le corps qui montait déjà la pente de la rue Blanche. Derrière l'oncle, à la marche aveugle et muette de bœuf assommé, il lui semblait entendre le piétinement d'un troupeau conduit à l'abattoir, toute la déconfiture[4] des boutiques d'un quartier, le petit commerce traînant sa ruine, avec un bruit mouillé de savates[5], dans la boue noire de Paris. Cependant, Bourras parlait d'une

Notes

1. ***choléra*** : maladie mortelle contagieuse (ici, au sens figuré).
2. ***calicots*** : vendeurs dans un grand magasin.
3. ***galoches*** : chaussures bon marché à semelles de bois.
4. ***déconfiture*** : défaite.
5. ***savates*** : vieilles chaussures.

voix plus sourde, comme ralentie par la montée rude de la rue Blanche.

– Moi, j'ai mon compte… Mais je le tiens tout de même et je ne le lâche pas. Il a encore perdu en appel[1]. Ah ! ça m'a coûté bon : près de deux ans de procès, et les avoués[2], et les avocats ! N'importe, il ne passera pas sous ma boutique, les juges ont décidé qu'un tel travail n'avait point le caractère d'une réparation motivée. Quand on pense qu'il parlait de créer, là-dessous, un salon de lumières, pour juger la couleur des étoffes au gaz, une pièce souterraine qui aurait relié la bonneterie à la draperie ! Et il ne dérage plus[3], il ne peut avaler qu'un vieux démoli de mon espèce lui barre la route, quand tout le monde est à genoux devant son argent… Jamais ! je ne veux pas ! c'est bien entendu. Possible que je reste sur le carreau. Depuis que j'ai à me battre contre les huissiers[4], je sais que le gredin recherche mes créances[5], histoire sans doute de me jouer un vilain tour. Ça ne fait rien, il dit oui, je dis non, et je dirai non toujours, tonnerre de Dieu ! même lorsque je serai cloué entre quatre planches, comme la petite qui s'en va, là-bas.

Quand on arriva au boulevard de Clichy, la voiture roula plus vite, on entendit l'essoufflement du monde, la hâte inconsciente du cortège, pressé d'en finir. Ce que Bourras ne disait pas nettement, c'était la misère noire où il était tombé, la tête perdue dans les tracas du petit boutiquier qui sombre et qui s'entête pour durer, sous la grêle des protêts[6]. Denise, au courant de sa situation, rompit enfin le silence, en murmurant d'une voix de prière :

Notes

1. *en appel :* procès en appel, seconde procédure quand on a perdu en première instance et qu'on réclame la révision du jugement.

2. *avoués :* avocats devant une juridiction d'appel.

3. *ne dérage plus :* ne décolère plus, demeure furieux.

4. *huissiers :* officiers de justice chargés de l'exécution des jugements.

5. *créances :* dettes qui doivent être payées.

6. *protêts :* actes constatant le non-paiement d'une créance.

– Monsieur Bourras, ne faites pas le méchant davantage... Laissez-moi arranger les choses.

Il l'interrompit d'un geste violent.

– Taisez-vous, ça ne regarde personne... Vous êtes une bonne petite fille, je sais que vous lui rendez la vie dure, à cet homme qui vous croyait à vendre comme ma maison. Mais que répondriez-vous, si je vous conseillais de dire oui ? Hein ? vous m'enverriez coucher... Eh bien ! lorsque je dis non, ne mettez pas votre nez là-dedans.

[Robineau, poussé au désespoir par sa faillite, se jette sous un omnibus ; on le ramène chez lui gravement blessé. Denise essaie de réconforter le couple. Mme Robineau décide de quitter le quartier pour sauver la situation. En janvier, Mme Baudu meurt et tout le petit commerce ruiné suit le convoi funèbre.]

Dans la rue de la Michodière, Bourras était debout, planté sur le trottoir en face de sa maison, dont on l'avait expulsé la veille, à la suite d'un joli tour, une trouvaille de l'avoué : comme Mouret possédait des créances[1], il venait d'obtenir aisément la mise en faillite du marchand de parapluies, puis il avait acheté cinq cents francs le droit au bail, dans la vente faite par le syndic[2] ; de sorte que le vieillard entêté s'était laissé prendre pour cinq cents francs ce qu'il n'avait pas voulu lâcher pour cent mille. D'ailleurs, l'architecte, qui arrivait avec sa bande de démolisseurs, avait dû requérir[3] le commissaire pour le mettre dehors. Les marchandises étaient vendues, les chambres déménagées ; lui, s'obstinait dans le coin où il couchait, et dont on n'osait le chasser, par une pitié dernière. Même les démolisseurs attaquèrent la toiture sur sa tête. On avait retiré les ardoises pourries, les plafonds s'effondraient, les murs craquaient, et il restait là, sous les vieilles charpentes à nu, au milieu des décombres. Enfin,

Notes

1. Mouret a racheté les créances de Bourras ; il a remboursé les créanciers du boutiquier qui devient alors son débiteur.

2. *syndic :* personne agissant au nom des créanciers et chargée de régler une faillite.

3. *requérir :* aller chercher.

devant la police, il était parti. Mais, dès le lendemain matin, il avait reparu sur le trottoir d'en face, après avoir passé la nuit dans un hôtel meublé du voisinage.

– Monsieur Bourras, dit doucement Denise.

Il ne l'entendait pas, ses yeux de flamme dévoraient les démolisseurs, dont la pioche entamait la façade de la masure. Maintenant, par les fenêtres vides, on voyait l'intérieur, les chambres misérables, l'escalier noir, où le soleil n'avait pas pénétré depuis deux cents ans.

– Ah! c'est vous, répondit-il enfin, quand il l'eut reconnue. Hein? ils en font une besogne, ces voleurs!

Elle n'osait plus parler, remuée par la tristesse lamentable de la vieille demeure, ne pouvant elle-même détacher les yeux des pierres moisies qui tombaient. En haut, dans un coin du plafond de son ancienne chambre, elle apercevait encore le nom en lettres noires et tremblées : *Ernestine*, écrit avec la flamme d'une chandelle; et le souvenir des jours de misère lui revenait, plein d'un attendrissement pour toutes les douleurs. Mais les ouvriers, afin d'abattre d'un coup un pan de muraille, avaient eu l'idée de l'attaquer à la base. Il chancelait.

– S'il pouvait les écraser tous! murmura Bourras d'une voix sauvage.

On entendit un craquement terrible. Les ouvriers épouvantés se sauvèrent dans la rue. En s'abattant, la muraille ébranlait et emportait toute la ruine. Sans doute, la masure ne tenait plus, au milieu des tassements et des gerçures[1] : une poussée avait suffi pour la fendre du haut en bas. Ce fut un éboulement pitoyable, l'aplatissement d'une maison de fange[2], détrempée par les pluies. Pas une cloison ne resta debout, il n'y eut plus par terre qu'un amas de débris, le fumier du passé tombé à la borne[3].

Notes

1. *gerçures :* petites crevasses.
2. *fange :* boue, déchéance.
3. *tombé à la borne :* jeté, dont on s'est débarrassé.

– Mon Dieu ! avait crié le vieillard, comme si le coup lui eût retenti dans les entrailles.

Il demeurait béant[1], jamais il n'aurait cru que ce serait fini si vite. Et il regardait l'entaille ouverte, le creux libre enfin dans le flanc du *Bonheur des Dames*, débarrassé de la verrue qui le déshonorait. C'était le moucheron écrasé, le dernier triomphe sur l'obstination cuisante de l'infiniment petit, toute l'île envahie et conquise. Des passants attroupés causaient très haut avec les démolisseurs, qui se fâchaient contre ces vieilles bâtisses, bonnes à tuer le monde.

– Monsieur Bourras, répéta Denise, en tâchant de l'emmener à l'écart, vous savez qu'on ne vous abandonnera pas. Il sera pourvu à tous vos besoins…

Il se redressa.

– Je n'ai pas de besoins… Ce sont eux qui vous envoient, n'est-ce pas ? Eh bien ! dites-leur que le père Bourras sait encore travailler, et qu'il trouvera de l'ouvrage où il voudra… Vrai ! ce serait trop commode, de faire la charité aux gens qu'on assassine !

Alors, elle le supplia.

– Je vous en prie, acceptez, ne me laissez pas ce chagrin.

Mais il secouait sa tête chevelue.

– Non, non, c'est fini, bonsoir… Vivez donc heureuse, vous qui êtes jeune, et n'empêchez pas les vieux de partir avec leurs idées.

Il jeta un dernier coup d'œil sur le tas des décombres, puis s'en alla, péniblement. Elle suivit son dos, au milieu des bousculades du trottoir. Le dos tourna l'angle de la place Gaillon, et ce fut tout.

Un instant, Denise resta immobile, les yeux perdus. Enfin, elle entra chez son oncle. Le drapier était seul, dans la boutique sombre du *Vieil Elbeuf*. La femme de ménage ne venait que le

Note

1. ***béant :*** la bouche ouverte.

matin et le soir, pour faire un peu de cuisine et pour l'aider à ôter et à mettre les volets. Il passait les heures, au fond de cette solitude, sans que personne souvent le dérangeât de la journée, effaré et ne trouvant plus les marchandises, lorsqu'une cliente se risquait encore. Et là, dans le silence, dans le demi-jour, il marchait continuellement, il gardait le pas alourdi de ses deuils, cédant à un besoin maladif, à de véritables crises de marche forcée, comme s'il avait voulu bercer et endormir sa douleur.

– Allez-vous mieux, mon oncle ? demanda Denise.

Il ne s'arrêta qu'une seconde, il repartit, allant de la caisse à un angle obscur.

– Oui, oui, très bien… Merci.

Elle cherchait un sujet consolant, des paroles gaies, et n'en trouvait point.

– Vous avez entendu ce bruit ? La maison est par terre.

– Tiens ! c'est vrai, murmura-t-il d'un air étonné, ce devait être la maison… J'ai senti le sol trembler… Moi, ce matin, en les voyant sur le toit, j'avais fermé ma porte.

Et il eut un geste vague, pour dire que ces choses ne l'intéressaient plus. Chaque fois qu'il revenait devant la caisse, il regardait la banquette vide, cette banquette de velours usé, où sa femme et sa fille avaient grandi. Puis, lorsque son perpétuel piétinement le ramenait à l'autre bout, il regardait les casiers noyés d'ombre, dans lesquels achevaient de moisir quelques pièces de drap. C'était la maison veuve, ceux qu'il aimait partis, son commerce tombé à une fin honteuse, lui seul promenant son cœur mort et son orgueil abattu, au milieu de ces catastrophes. Il levait les yeux vers le plafond noir, il écoutait le silence qui sortait des ténèbres de la petite salle à manger, le coin familial dont il aimait autrefois jusqu'à l'odeur enfermée. Plus un souffle dans l'antique logis, son pas régulier et pesant faisait sonner les vieux murs, comme s'il avait marché sur la tombe de ses tendresses.

Enfin, Denise aborda le sujet qui l'amenait.

– Mon oncle, vous ne pouvez rester ainsi. Il faudrait prendre une détermination[1].

Il répondit sans s'arrêter :

– Sans doute, mais que veux-tu que je fasse ? J'ai tâché de vendre, personne n'est venu… Mon Dieu ! un matin, je fermerai la boutique, et je m'en irai.

Elle savait qu'une faillite n'était plus à craindre. Les créanciers avaient préféré s'entendre, devant un pareil acharnement du sort. Tout payé, l'oncle allait simplement se trouver à la rue.

– Mais que ferez-vous ensuite ? murmura-t-elle, cherchant une transition pour arriver à l'offre qu'elle n'osait formuler.

– Je ne sais pas, répondit-il. On me ramassera bien.

Il avait changé son trajet, il marchait de la salle à manger aux vitrines de la devanture ; et, maintenant, il considérait chaque fois d'un regard morne ces vitrines lamentables, avec leur étalage oublié. Ses yeux ne se levaient même pas sur la façade triomphante du *Bonheur des Dames*, dont les lignes architecturales se perdaient à droite et à gauche, aux deux bouts de la rue. C'était un anéantissement, il ne trouvait plus la force de se fâcher.

– Écoutez, mon oncle, finit par dire Denise embarrassée, il y aurait peut-être une place pour vous…

Elle se reprit, elle bégaya :

– Oui, je suis chargée de vous offrir une place d'inspecteur.

– Où donc ? demanda Baudu.

– Mon Dieu ! là, en face… Chez nous… Six mille francs, un travail sans fatigue.

Brusquement, il s'était arrêté devant elle. Mais, au lieu de s'emporter comme elle le craignait, il devenait très pâle, il succombait sous une émotion douloureuse, d'une amère résignation :

– En face, en face, balbutia-t-il à plusieurs reprises. Tu veux que j'entre en face ?

Note

1. *détermination :* décision.

Denise elle-même était gagnée par cette émotion. Elle revoyait la longue lutte des deux boutiques, elle assistait aux convois de Geneviève et de Mme Baudu, elle avait sous les yeux le *Vieil Elbeuf* renversé, égorgé à terre par le *Bonheur des Dames*. Et l'idée de son oncle entrant en face, se promenant là en cravate blanche, lui faisait sauter le cœur de pitié et de révolte.

– Voyons, Denise, ma fille, est-ce possible ? dit-il simplement, tandis qu'il croisait ses pauvres mains tremblantes.

– Non, non, mon oncle ! cria-t-elle dans un élan de tout son être juste et bon. Ce serait mal… Pardonnez-moi, je vous en supplie.

Il avait repris sa marche, son pas ébranlait de nouveau le vide sépulcral[1] de la maison. Et, quand elle le quitta, il allait, il allait toujours, dans cette locomotion[2] entêtée des grands désespoirs qui tournent sur eux-mêmes, sans pouvoir en sortir jamais.

Denise, cette nuit-là, eut encore une insomnie. Elle venait de toucher le fond de son impuissance. Même en faveur des siens, elle ne trouvait pas un soulagement. Jusqu'au bout, il lui fallut assister à l'œuvre invincible de la vie, qui veut la mort pour continuelle semence. Elle ne se débattait plus, elle acceptait cette loi de la lutte ; mais son âme de femme s'emplissait d'une bonté en pleurs, d'une tendresse fraternelle, à l'idée de l'humanité souffrante. Depuis des années, elle-même était prise entre les rouages de la machine. N'y avait-elle pas saigné ? ne l'avait-on pas meurtrie, chassée, traînée dans l'injure ? Aujourd'hui encore, elle s'épouvantait parfois, lorsqu'elle se sentait choisie par la logique des faits. Pourquoi elle, si chétive ? pourquoi sa petite main pesant tout d'un coup si lourd, au milieu de la besogne du monstre ? Et la force qui balayait tout, l'emportait à son tour, elle dont la venue devait être une revanche. Mouret avait inventé cette mécanique à écraser le monde, dont le fonctionnement brutal l'indignait ; il avait semé le quartier de ruines, dépouillé

Notes

1. *sépulcral :* tel celui d'un tombeau. 2. *locomotion :* mouvement.

les uns, tué les autres ; et elle l'aimait quand même pour la grandeur de son œuvre, elle l'aimait davantage à chacun des excès de son pouvoir, malgré le flot de larmes qui la soulevait, devant la misère sacrée des vaincus.

Chapitre XIV

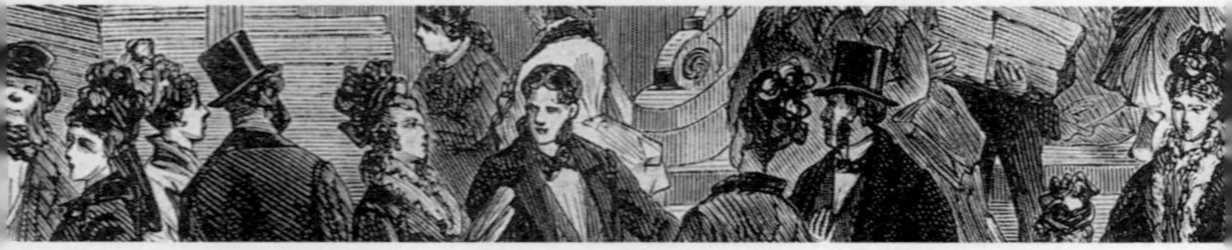

[La boutique de Bourras a disparu et, Baudu étant parti dans une maison de retraite, le *Vieil Elbeuf* est fermé. Le *Bonheur des Dames*, qui s'est agrandi, attire de plus en plus de monde. Un lundi de février, le grand magasin inaugure sa nouvelle façade, à l'occasion de la grande exposition de blanc.]

Ce qui ameutait encore la curiosité autour du *Bonheur des Dames*, c'était un sinistre[1] dont Paris entier causait, l'incendie des *Quatre Saisons*, le grand magasin que Bouthemont avait ouvert près de l'Opéra, depuis trois semaines à peine. Les journaux débordaient de détails : le feu mis par une explosion de gaz pendant la nuit, la fuite épouvantée des vendeuses en chemise, l'héroïsme de Bouthemont qui en avait sauvé cinq sur ses épaules. Du reste, les pertes énormes se trouvaient couvertes, et le public commençait à hausser les épaules, en disant que la réclame était superbe. Mais, pour le moment, l'attention refluait[2] vers le *Bonheur*, enfiévrée des histoires qui couraient, occupée jusqu'à l'obsession de ces bazars dont l'importance prenait une si large place dans la vie publique. Toutes les chances, ce Mouret ! Paris saluait son étoile, accourait le voir debout, puisque les flammes maintenant se chargeaient de balayer à ses pieds la concurrence ; et l'on chiffrait déjà les gains de la saison, on estimait le flot élargi de cohue qu'allait faire couler, sous sa porte, la fermeture forcée de la maison rivale. Un instant, il avait éprouvé des inquiétudes, troublé

Notes

1. *sinistre :* accident qui a causé des dommages matériels.

2. *refluait :* revenait.

de sentir contre lui une femme, cette Mme Desforges, à laquelle il devait un peu sa fortune. Le dilettantisme[1] financier du baron Hartmann, mettant de l'argent dans les deux affaires, l'énervait aussi. Puis, il était surtout exaspéré de n'avoir pas eu une idée géniale de Bouthemont : ce bon vivant[2] ne venait-il pas de faire bénir ses magasins par le curé de la Madeleine, suivi de tout son clergé! une cérémonie étonnante, une pompe[3] religieuse promenée de la soierie à la ganterie, Dieu tombé dans les pantalons de femme[4] et dans les corsets[5], ce qui n'avait pas empêché le tout de brûler, mais ce qui valait un million d'annonces[6], tellement le coup était porté sur la clientèle mondaine. Mouret, depuis ce temps, rêvait d'avoir l'archevêque.

Cependant, trois heures sonnaient à l'horloge qui surmontait la porte. C'était l'écrasement de l'après-midi, près de cent mille clientes s'étouffant dans les galeries et dans les halls. Dehors, des voitures stationnaient, d'un bout à l'autre de la rue du Dix-Décembre; et, du côté de l'Opéra, une autre masse profonde occupait le cul-de-sac[7], où devait s'amorcer la future avenue. De simples fiacres se mêlaient aux coupés de maître[8], les cochers attendaient parmi les roues, les rangées de chevaux hennissaient, secouaient les étincelles de leurs gourmettes[9], allumées de soleil. Sans cesse, les queues se refaisaient, au milieu des appels des garçons, de la poussée des bêtes, qui, d'elles-mêmes, serraient la file, tandis que des voitures nouvelles, continuellement, s'ajoutaient aux autres. Les piétons s'envolaient sur les refuges par bandes effarouchées, les trottoirs étaient noirs de monde, dans la perspective fuyante de la voie large et droite. Et une clameur

Notes

1. ***dilettantisme*** **:** fait d'exercer une activité avec fantaisie.
2. ***bon vivant*** **:** personne qui aime profiter des plaisirs de l'existence.
3. ***pompe*** **:** faste.
4. Il s'agit de lingerie, les femmes ne portant pas encore des pantalons comme les hommes.
5. ***corsets*** **:** sous-vêtements féminins destinés à affiner la taille.
6. ***annonces*** **:** annonces publicitaires.
7. ***cul-de-sac*** **:** voie sans issue.
8. ***coupés de maître*** **:** voitures appartenant à des propriétaires fortunés.
9. ***gourmettes*** **:** chaînettes attachées aux deux extrémités du mors du cheval.

montait entre les maisons blanches, ce fleuve humain roulait sous l'âme de Paris épandue, un souffle énorme et doux, dont on sentait la caresse géante.

Devant une vitrine, Mme de Boves, accompagnée de sa fille Blanche, regardait avec Mme Guibal un étalage de costumes mi-confectionnés[1].

– Oh! voyez donc, dit-elle, ces costumes de toile, pour dix-neuf francs soixante-quinze!

Dans leurs cartons carrés, les costumes noués d'une faveur[2], étaient pliés de façon à présenter les garnitures seules, brodées de bleu et de rouge; et, occupant l'angle de chaque carton, une gravure montrait le vêtement tout fait, porté par une jeune personne aux airs de princesse.

– Mon Dieu! ça ne vaut pas davantage, murmura Mme Guibal! De vraies loques, dès qu'on a ça dans la main!

Maintenant, elles étaient intimes, depuis que M. de Boves restait dans un fauteuil, cloué par des accès de goutte[3]. La femme supportait la maîtresse, préférant encore que la chose eût lieu chez elle, car elle y gagnait un peu d'argent de poche, des sommes que le mari se laissait voler, ayant lui-même besoin de tolérance.

– Eh bien! entrons, reprit Mme Guibal. Il faut voir leur exposition… Est-ce que votre gendre ne vous a pas donné rendez-vous là-dedans?

Mme de Boves ne répondit pas, les regards perdus, l'air absorbé par la queue des voitures, qui une à une, s'ouvraient et lâchaient toujours des clientes.

– Si, dit enfin Blanche de sa voix molle. Paul doit nous prendre vers quatre heures dans la salle de lecture, après sa sortie du ministère.

Notes

1. Des travaux de couture sont nécessaires pour les terminer.

2. *faveur :* petit ruban destiné à décorer les emballages.

3. *goutte :* affection douloureuse du pied.

Ils étaient mariés depuis un mois, et Vallagnosc, à la suite d'un congé de trois semaines, passé dans le Midi, venait de rentrer à son poste. La jeune femme avait déjà la carrure de sa mère, la chair soufflée et comme épaissie par le mariage.

– Mais c'est Mme Desforges, là-bas ! s'écria la comtesse, les yeux sur un coupé qui s'arrêtait.

– Oh ! croyez-vous ? murmura Mme Guibal. Après toutes ces histoires… Elle doit encore pleurer l'incendie des *Quatre Saisons*.

C'était bien Henriette pourtant. Elle aperçut ces dames, elle s'avança d'un air gai, cachant sa défaite sous l'aisance mondaine de ses manières.

– Mon Dieu ! oui, j'ai voulu me rendre compte. Il vaut mieux savoir par soi-même, n'est-ce pas ?… Oh ! nous sommes toujours bons amis avec M. Mouret, bien qu'on le dise furieux, depuis que je me suis intéressée à cette maison rivale… Moi, il n'y a qu'une chose que je ne lui pardonne pas, c'est d'avoir poussé à ce mariage, vous savez ? ce Joseph, avec ma protégée, Mlle de Fontenailles…

– Comment ! c'est fait ? interrompit Mme de Boves. Quelle horreur !

– Oui, ma chère, et uniquement pour mettre le talon sur nous[1]. Je le connais, il a voulu dire que nos filles du monde ne sont bonnes qu'à épouser ses garçons de magasin.

[Prétextant un grand besoin de repos, Denise a donné sa démission. Mouret, désespéré, lui a demandé de réfléchir encore huit jours. La jeune fille compte retourner à Valognes, accompagnée de Jean qui vient tout juste de se marier. Pépé, quant à lui, est en pension. Les deux frères viennent retrouver leur sœur au magasin.]

Les petits, ainsi qu'elle les nommait encore, étaient à cette heure de grands gaillards. Pépé, à douze ans, la dépassait déjà, plus gros qu'elle, toujours muet et vivant de caresses, d'une dou-

Note

1. ***mettre le talon sur nous*** **:** nous rabaisser.

ceur câline dans sa tunique de collégien; tandis que Jean, carré des épaules, la dominant de toute la tête, gardait sa beauté de femme, avec sa chevelure blonde, envolée sous le coup de vent des ouvriers artistes. Et elle, restée mince, pas plus grosse qu'une mauviette[1], comme elle disait, conservait entre eux son autorité inquiète de mère, les traitait en gamins qu'il faut soigner, reboutonnant la redingote de Jean pour qu'il n'eût pas l'air d'un coureur, s'assurant que Pépé avait un mouchoir propre. Ce jour-là, quand elle vit les yeux gros de ce dernier, elle le sermonna doucement.

– Sois raisonnable, mon petit. On ne peut pas interrompre tes études. Je t'emmènerai aux vacances… As-tu envie de quelque chose, hein? Tu préfères que je te laisse des sous, peut-être.

Puis, elle revint vers l'autre.

– Aussi, toi, petit, tu lui montes la tête, tu lui fais croire que nous allons nous amuser!… Tâchez donc d'avoir un peu de raison.

Elle avait donné à l'aîné quatre mille francs, la moitié de ses économies, pour qu'il pût installer son ménage. Le cadet lui coûtait gros au collège, tout son argent allait à eux, comme autrefois. Ils étaient sa seule raison de vivre et de travailler, puisque, de nouveau, elle jurait de ne se marier jamais.

– Enfin, voici, reprit Jean. Il y a d'abord, dans ce paquet, le paletot havane[2] que Thérèse…

Mais il s'arrêta, et Denise en se tournant pour voir ce qui l'intimidait, aperçut Mouret debout derrière eux. Depuis un instant, il la regardait faire son ménage de petite mère, entre les deux gaillards, les grondant et les embrassant, les retournant comme des bébés qu'on change de linge. Bourdoncle était resté à l'écart, l'air intéressé par la vente; et il ne perdait pas la scène des yeux.

Notes

1. *mauviette* : personne malingre.

2. *havane* : marron (couleur tabac).

– Ce sont vos frères, n'est-ce pas ? demanda Mouret, après un silence.

Il avait sa voix glacée, cette attitude rigide dont il lui parlait à présent. Denise elle-même faisait un effort, afin de rester froide. Son sourire s'effaça, elle répondit :

– Oui, monsieur… J'ai marié l'aîné, et sa femme me l'envoie, pour des emplettes.

Mouret continuait à les regarder tous les trois. Il finit par reprendre :

– Le plus jeune a beaucoup grandi. Je le reconnais, je me souviens de l'avoir vu aux Tuileries, un soir, avec vous.

Et sa voix, qui se ralentissait, eut un léger tremblement. Elle, suffoquée, se baissa, sous le prétexte d'arranger le ceinturon de Pépé. Les deux frères, devenus roses, souriaient au patron de leur sœur.

– Ils vous ressemblent, dit encore celui-ci.

– Oh ! cria-t-elle, ils sont plus beaux que moi !

Un moment, il sembla comparer les visages. Mais il était à bout de forces. Comme elle les aimait ! Et il fit quelques pas ; puis, il revint lui dire à l'oreille :

– Montez à mon cabinet, après la vente. Je veux vous parler, avant votre départ.

Cette fois, Mouret s'éloigna et reprit son inspection. La bataille recommençait en lui, car ce rendez-vous donné l'irritait maintenant. À quelle poussée avait-il donc cédé, en la voyant avec ses frères ? C'était fou, puisqu'il ne trouvait plus la force d'avoir une volonté. Enfin, il en serait quitte pour lui dire un mot d'adieu.

[Mme Bourdalais, Mme Marty, Mme Guibal, Mme de Boves et sa fille sont toujours aussi fascinées par l'étalage de marchandises du *Bonheur des Dames*.]

Mme de Boves, après s'être longtemps promenée avec sa fille, rôdant devant les étalages, ayant le besoin sensuel d'enfoncer les mains dans les tissus, venait de se décider à se faire montrer du point d'Alençon par Deloche. D'abord, il avait sorti de l'imitation ; mais elle avait voulu voir de l'Alençon véritable, et elle ne se contentait pas de petites garnitures à trois cents francs le mètre, elle exigeait les hauts volants à mille, les mouchoirs et les éventails à sept et huit cents. Bientôt le comptoir fut couvert d'une fortune. Dans un coin du rayon l'inspecteur Jouve, qui n'avait pas lâché Mme de Boves, malgré l'apparente flânerie de cette dernière, se tenait immobile au milieu des poussées[1], l'attitude indifférente, l'œil toujours sur elle.

– Et avez-vous des berthes[2] en point à l'aiguille ? demanda la comtesse à Deloche. Faites voir, je vous prie.

Le commis, qu'elle tenait depuis vingt minutes, n'osait résister, tellement elle avait grand air, avec sa taille et sa voix de princesse. Cependant, il fut pris d'une hésitation, car on recommandait aux vendeurs de ne pas amonceler ainsi les dentelles précieuses, et il s'était laissé voler dix mètre de malines, la semaine précédente. Mais elle le troublait, il céda, abandonna un instant le tas de point d'Alençon, pour prendre derrière lui, dans une case, les berthes demandées.

– Regarde donc, maman, disait Blanche qui fouillait, à côté, un carton plein de petites valenciennes à bas prix, on pourrait prendre de ça pour les oreillers.

Mme de Boves ne répondait pas. Alors la fille, en tournant sa face molle, vit sa mère, les mains au milieu des dentelles, en train de faire disparaître, dans la manche de son manteau, des volants de point d'Alençon. Elle ne parut pas surprise, elle s'avançait pour la cacher d'un mouvement instinctif, lorsque Jouve, brusquement, se dressa entre elles. Il se penchait, il murmurait à l'oreille de la comtesse, d'une voix polie :

– Madame, veuillez me suivre.

Notes

1. *poussées :* mouvements de la foule.

2. *berthes :* bandes de tissu placées en bordure du décolleté.

Elle eut une courte révolte.

– Mais pourquoi, monsieur ?

– Veuillez me suivre, madame, répéta l'inspecteur, sans élever le ton.

Le visage ivre d'angoisse, elle jeta un rapide coup d'œil autour d'elle. Puis, elle se résigna, elle reprit son allure hautaine, marchant près de lui comme une reine qui daigne se confier aux bons soins d'un aide de camp[1]. Pas une des clientes entassées là, ne s'était même aperçue de la scène. Deloche, revenu devant le comptoir avec les berthes, la regardait emmener, bouche béante : comment ? celle-là aussi ! cette dame si noble ! c'était à les fouiller toutes ! Et Blanche, qu'on laissait libre, suivait de loin sa mère, s'attardait au milieu de la houle des épaules, livide, partagée entre le devoir de ne pas l'abandonner et la terreur d'être gardée avec elle. Elle la vit entrer dans le cabinet de Bourdoncle, elle se contenta de rôder devant la porte.

Justement, Bourdoncle, dont Mouret venait de se débarrasser, était là. D'habitude, il prononçait sur[2] ces sortes de vols, commis par des personnes honorables[3]. Depuis longtemps, Jouve qui guettait celle-ci, lui avait fait part de ses doutes ; aussi ne fut-il pas étonné, lorsque l'inspecteur le mit au courant d'un mot ; du reste, des cas si extraordinaires lui passaient par les mains, qu'il déclarait la femme capable de tout, dès que la rage du chiffon l'emportait. Comme il n'ignorait pas les rapports mondains du directeur avec la voleuse, il montra lui aussi une politesse parfaite.

– Madame, nous excusons ces moments de faiblesse… Je vous en prie, considérez où un pareil oubli de vous-même pourrait vous conduire. Si quelque autre personne vous avait vue glisser ces dentelles…

Notes

1. *aide de camp :* officier subalterne.
2. *prononçait sur :* traitait, réglait.
3. *honorables :* faisant partie de la bonne société.

Mais elle l'interrompit avec indignation. Elle, une voleuse! pour qui la prenait-il? Elle était la comtesse de Boves, son mari, inspecteur général des haras[1], allait à la Cour[2].

– Je sais, je sais, madame, répétait paisiblement Bourdoncle. J'ai l'honneur de vous connaître… Veuillez d'abord rendre les dentelles que vous avez sur vous…

Elle se récria de nouveau, elle ne lui laissait plus dire une parole, belle de violence, osant jusqu'aux larmes de la grande dame outragée. Tout autre que lui, ébranlé, aurait craint quelque méprise déplorable, car elle le menaçait de s'adresser aux tribunaux, pour venger une telle injure.

– Prenez garde, monsieur! mon mari ira jusqu'au ministre.

– Allons, vous n'êtes pas plus raisonnable que les autres, déclara Bourdoncle, impatienté. On va vous fouiller, puisqu'il le faut.

Elle ne broncha pas encore, elle dit avec son assurance superbe :

– C'est ça, fouillez-moi… Mais, je vous en avertis, vous risquez votre maison.

Jouve alla chercher deux vendeuses des corsets. Quand il revint, il avertit Bourdoncle que la demoiselle de cette dame, laissée libre, n'avait pas quitté la porte, et il demandait s'il fallait l'empoigner, elle aussi, bien qu'il ne l'eût rien vue prendre. L'intéressé, toujours correct, décida, au nom de la morale, qu'on ne la ferait pas entrer, pour ne point forcer une mère à rougir devant sa fille. Cependant, les deux hommes se retirèrent dans une pièce voisine, tandis que les vendeuses fouillaient la comtesse et lui ôtaient même sa robe, afin de visiter sa gorge et ses hanches. Outre les volants de point d'Alençon, douze mètres à mille francs, cachés au fond d'une manche, elles trouvèrent, dans la gorge, aplatis et chauds, un mouchoir, un éventail, une cravate, en tout pour quatorze mille francs de dentelles environ. Depuis un an, Mme de Boves volait ainsi, ravagée d'un besoin

Notes

1. *haras :* élevage de chevaux de race.

2. Il s'agit de la cour de Napoléon III.

furieux, irrésistible. Les crises empiraient, grandissaient, jusqu'à être une volupté nécessaire à son existence, emportant tous les raisonnements de prudence, se satisfaisant avec une jouissance d'autant plus âpre, qu'elle risquait, sous les yeux d'une foule, son nom, son orgueil, la haute situation de son mari. Maintenant que ce dernier lui laissait vider ses tiroirs, elle volait avec de l'argent plein sa poche, elle volait pour voler, comme on aime pour aimer, sous le coup de fouet du désir, dans le détraquement de la névrose que ses appétits de luxe inassouvis[1] avaient développée en elle, autrefois, à travers l'énorme et brutale tentation des grands magasins.

– C'est un guet-apens ! cria-t-elle, lorsque Bourdoncle et Jouve rentrèrent. On a glissé ces dentelles sur moi, oh ! devant Dieu, je le jure !

À présent, elle pleurait des larmes de rage, tombée sur une chaise, suffoquant dans sa robe mal rattachée. L'intéressé renvoya les vendeuses. Puis, il reprit de son air tranquille :

– Nous voulons bien, madame, étouffer cette fâcheuse affaire, par égard pour votre famille. Mais, auparavant, vous allez signer un papier ainsi conçu : « J'ai volé des dentelles au *Bonheur des Dames* », et le détail des dentelles, et la date du jour… Du reste, je vous rendrai ce papier, dès que vous m'apporterez deux mille francs pour les pauvres.

Elle s'était relevée, elle déclara dans une révolte nouvelle.

– Jamais je ne signerai cela, j'aime mieux mourir.

– Vous ne mourrez pas, madame. Seulement, je vous préviens que je vais envoyer chercher le commissaire de police.

Alors, il y eut une scène affreuse. Elle l'injuriait, elle bégayait que c'était lâche à des hommes de torturer ainsi une femme. Sa beauté de Junon[2], son grand corps majestueux se fondait dans une fureur de poissarde[3]. Puis, elle voulut essayer de l'attendris-

Notes

1. *inassouvis :* non satisfaits.

2. *Junon :* sœur et femme de Jupiter, reine des déesses.

3. *poissarde :* marchande au langage grossier.

sement, elle les suppliait au nom de leurs mères, elle parlait de se traîner à leurs pieds. Et, comme ils restaient froids, bronzés[1] par l'habitude, elle s'assit tout d'un coup, écrivit d'une main tremblante. La plume crachait; les mots : *J'ai volé*, appuyés rageusement, faillirent crever le papier mince, tandis qu'elle répétait, la voix étranglée :

– Voilà, monsieur, voilà monsieur... Je cède à la force...

[Mme de Boves, accompagnée de sa fille Blanche et de Vallagnosc, quitte le magasin comme si de rien n'était.]

Alors, Mouret, seul et songeur, traversa de nouveau les magasins. Cette scène, qui l'avait distrait du combat dont il était déchiré, augmentait sa fièvre maintenant, déterminait en lui la lutte suprême. Tout un rapport vague s'élevait dans son esprit : le vol de cette malheureuse, cette folie dernière de la clientèle conquise, abattue aux pieds du tentateur, évoquait l'image fière et vengeresse de Denise, dont il sentait sur sa gorge le talon victorieux[2]. Il s'arrêta en haut de l'escalier central, il regarda longtemps l'immense nef, où s'écrasait son peuple de femmes.

Six heures allaient sonner, le jour qui baissait au-dehors se retirait des galeries couvertes, noires déjà, pâlissait au fond des halls, envahis de lentes ténèbres. Et, dans ce jour mal éteint encore, s'allumaient, une à une, des lampes électriques, dont les globes d'une blancheur opaque constellaient de lunes intenses les profondeurs lointaines des comptoirs. C'était une clarté blanche, d'une aveuglante fixité, épandue comme une réverbération d'astre décoloré, et qui tuait le crépuscule. Puis, lorsque toutes brûlèrent, il y eut un murmure ravi de la foule, la grande exposition de blanc prenait une splendeur féerique d'apothéose, sous cet éclairage nouveau. Il sembla que cette colossale débauche de blanc brûlait elle aussi, devenait de la lumière. La chanson

Notes

1. *bronzés* : durs comme du bronze.
2. Allusion à une prédiction de la Genèse représentant une femme écrasant le Mal sous son talon; le christianisme considère qu'il s'agit de la Vierge Marie.

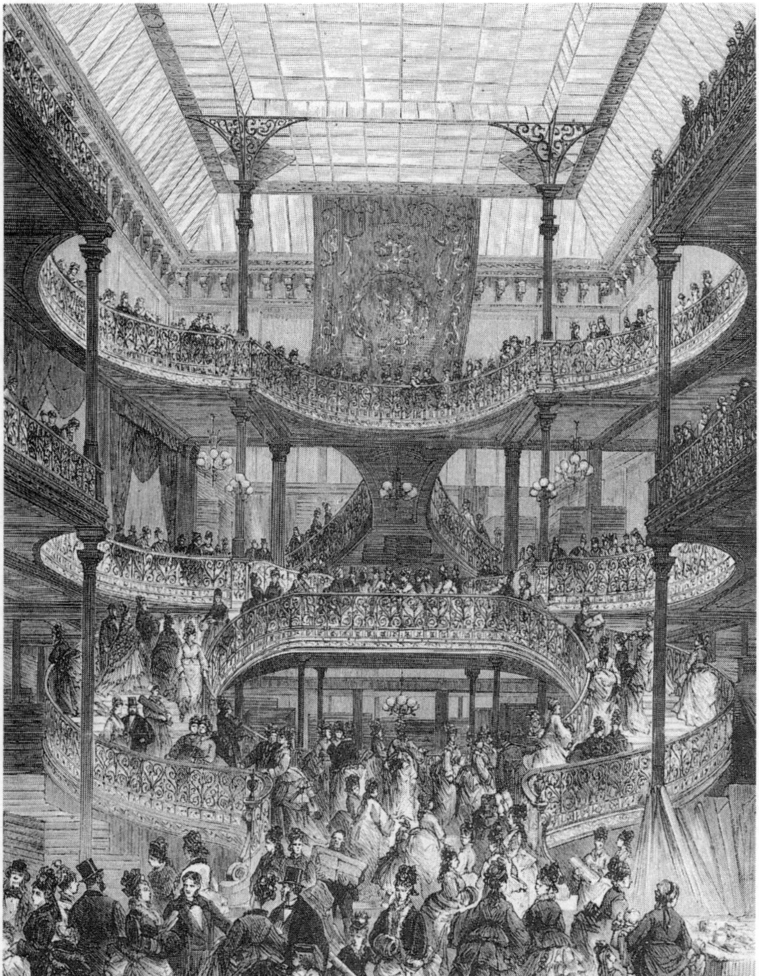

Nouvel escalier du *Bon Marché*.

du blanc s'envolait dans la blancheur enflammée d'une aurore. Une lueur blanche jaillissait des toiles et des calicots de la galerie Monsigny, pareille à la bande vive qui blanchit le ciel la première du côté de l'Orient; tandis que, le long de la galerie Michodière, la mercerie et la passementerie[1], les articles de Paris et les rubans, jetaient des reflets de coteaux éloignés, l'éclair blanc des boutons de nacre, des bronzes argentés et des perles. Mais la nef centrale surtout chantait le blanc trempé de flammes : les bouillonnés de mousseline blanche autour des colonnes, les basins[2] et les piqués[3] blancs qui drapaient les escaliers, les couvertures blanches accrochées comme des bannières, les guipures et les dentelles blanches volant dans l'air, ouvraient un firmament du rêve, une trouée sur la blancheur éblouissante d'un paradis, où l'on célébrait les noces de la reine inconnue. La tente du hall des soieries en était l'alcôve géante, avec ses rideaux blancs, ses gazes blanches, ses tulles[4] blancs, dont l'éclat défendait contre les regards la nudité blanche de l'épousée. Il n'y avait plus que cet aveuglement, un blanc de lumière où tous les blancs se fondaient, une poussière d'étoiles neigeant dans la clarté blanche.

Et Mouret regardait toujours son peuple de femmes, au milieu de ces flamboiements. Les ombres noires s'enlevaient avec vigueur sur les fonds pâles. De longs remous brisaient la cohue, la fièvre de cette journée de grande vente passait comme un vertige, roulant la houle désordonnée des têtes. On commençait à sortir, le saccage des étoffes jonchait les comptoirs, l'or sonnait dans les caisses; tandis que la clientèle, dépouillée, violée, s'en allait à moitié défaite, avec la volupté assouvie et la sourde honte d'un désir contenté au fond d'un hôtel louche. C'était lui qui les possédait de la sorte, qui les tenait à sa merci, par son entassement continu de marchandises, par sa baisse des

Notes

1. ***passementerie :*** éléments tissés ou tressés servant de garniture (habillement ou ameublement).
2. ***basins :*** tissus à effet de bande.
3. ***piqués :*** tissus de coton présentant des reliefs.
4. ***gazes et tulles :*** tissus légers et transparents.

prix et ses rendus, sa galanterie et sa réclame. Il avait conquis les mères elles-mêmes, il régnait sur toutes avec la brutalité d'un despote, dont le caprice ruinait des ménages. Sa création apportait une religion nouvelle, les églises que désertait peu à peu la foi chancelante étaient remplacées par son bazar, dans les âmes inoccupées désormais. La femme venait passer chez lui les heures vides, les heures frissonnantes et inquiètes qu'elle vivait jadis au fond des chapelles : dépense nécessaire de passion nerveuse, lutte renaissante d'un dieu contre le mari, culte sans cesse renouvelé du corps, avec l'au-delà divin de la beauté. S'il avait fermé ses portes, il y aurait eu un soulèvement sur le pavé, le cri éperdu des dévotes[1] auxquelles on supprimerait le confessionnal[2] et l'autel[3]. Dans leur luxe accru depuis dix ans, il les voyait, malgré l'heure, s'entêter au travers de l'énorme charpente métallique, le long des escaliers suspendus et des ponts volants. Mme Marty et sa fille, emportées au plus haut, vagabondaient parmi les meubles. Retenue par son petit monde, Mme Bourdelais ne pouvait s'arracher des articles de Paris. Puis, venait la bande, Mme de Boves toujours au bras de Vallagnosc, et suivie de Blanche, s'arrêtant à chaque rayon, osant regarder encore les étoffes de son air superbe. Mais, de la clientèle entassée, de cette mer de corsages gonflés de vie, battant de désirs, tout fleuris de bouquets de violettes, comme pour les noces populaires de quelque souveraine, il finit par ne plus distinguer que le corsage nu de Mme Desforges, qui s'était arrêtée à la ganterie avec Mme Guibal. Malgré sa rancune jalouse, elle aussi achetait, et il se sentit le maître une dernière fois, il les tenait à ses pieds, sous l'éblouissement des feux électriques, ainsi qu'un bétail dont il avait tiré sa fortune.

Notes

1. *dévotes :* femmes pratiquant leur religion avec rigueur.

2. *confessionnal :* dans une église, lieu où l'on avoue ses fautes à un prêtre.

3. *autel :* table où le prêtre célèbre la messe.

D'un pas machinal, Mouret suivit les galeries, tellement absorbé, qu'il s'abandonnait à la poussée de la foule. Quand il leva la tête, il était dans le nouveau rayon des modes, dont les glaces donnaient sur la rue du Dix-Décembre. Et là, le front contre le verre, il fit encore une halte, il regarda la sortie. Le soleil couchant jaunissait le faîte[1] des maisons blanches, le ciel bleu de cette belle journée pâlissait, rafraîchi d'un grand souffle pur; tandis que, dans le crépuscule qui noyait déjà la chaussée, les lampes électriques du *Bonheur des Dames* jetaient cet éclat fixe des étoiles allumées sur l'horizon, au déclin du jour. Vers l'Opéra et vers la Bourse, s'enfonçait le triple rang des voitures immobiles, gagnées par l'ombre, et dont les harnais[2] gardaient des reflets de vive lumière, l'éclair d'une lanterne, l'étincelle d'un mors argenté. À chaque seconde, un appel de garçon en livrée[3] retentissait, et un fiacre avançait, un coupé se détachait, prenait une cliente, puis s'éloignait d'un trot sonore. Les queues diminuaient maintenant, six voitures roulaient de front, d'un bord à l'autre, au milieu des battements de portières, des claquements de fouet, du bourdonnement des piétons, qui débordaient parmi les roues. Il y avait comme un élargissement continu, un rayonnement de la clientèle, remportée aux quatre points de la cité, vidant les magasins avec la clameur ronflante d'une écluse[4]. Cependant, les voitures du *Bonheur*, les grandes lettres d'or des enseignes, les bannières hissées en plein ciel, flambaient toujours au reflet de l'incendie du couchant, si colossales dans cet éclairage oblique, qu'elles évoquaient le monstre des réclames, le phalanstère[5] dont les ailes, multipliées sans cesse, dévoraient les quartiers, jusqu'aux bois lointains de la banlieue. Et l'âme épandue de Paris, un souffle énorme et doux, s'endormait dans

Notes

1. *faîte :* sommet du toit.
2. *harnais :* équipements des chevaux.
3. *livrée :* tenue de domestique.
4. *écluse :* barrage permettant de réguler le flot d'un canal.
5. La petite communauté utopique du philosophe et économiste Charles Fourier (1772-1837) est ici représentée comme un monstre ailé.

la sérénité du soir, courait en longues et molles caresses sur les dernières voitures, filant par la rue peu à peu déblayée de foule, tombée au noir de la nuit.

Mouret, les regards perdus, venait de sentir passer en lui quelque chose de grand; et, dans ce frisson du triomphe dont tremblait sa chair, en face de Paris dévoré et de la femme conquise, il éprouva une faiblesse soudaine, une défaillance de sa volonté, qui le renversait à son tour, sous une force supérieure. C'était un besoin irraisonnable d'être vaincu, dans sa victoire, le non-sens d'un homme de guerre pliant sous le caprice d'un enfant, au lendemain de ses conquêtes. Lui qui se débattait depuis des mois, qui le matin encore jurait d'étouffer sa passion, cédait tout d'un coup, saisi du vertige des hauteurs, heureux de faire ce qu'il croyait être une sottise. Sa décision, si rapide, avait pris d'une minute à l'autre une telle énergie, qu'il ne voyait plus qu'elle d'utile et de nécessaire dans le monde.

Le soir, après la dernière table, il attendit dans son cabinet. Frémissant comme un jeune homme qui va jouer son bonheur, il ne pouvait rester en place, il retournait sans cesse à la porte, pour prêter l'oreille aux rumeurs des magasins, où les commis faisaient le déplié, enfoncés jusqu'aux épaules dans le saccage de la vente. À chaque bruit de pas, son cœur battait. Et il eut une émotion, il se précipita, car il avait entendu au loin un sourd murmure, peu à peu grossi.

C'était l'approche lente de Lhomme, chargé de la recette. Ce jour-là, elle pesait si lourd, il y avait tellement du cuivre et de l'argent, dans le numéraire encaissé, qu'il s'était fait accompagner par deux garçons. Derrière lui, Joseph et un de ses collègues pliaient sous les sacs, des sacs énormes, jetés comme des sacs de plâtre sur leurs dos; tandis que, marchant le premier, il portait les billets et l'or, un portefeuille gonflé de papiers, deux sacoches pendues à son cou, dont le poids tirait à droite, du côté de son bras coupé. Et, lentement, suant et soufflant, il venait du fond des magasins, à travers l'émotion grandissante des vendeurs. Les gants et la soie s'étaient offerts en riant pour le soulager, la draperie et les lainages souhaitaient un faux pas, qui aurait semé l'or aux quatre coins des rayons. Puis, il avait dû monter un escalier, s'engager sur un pont volant, monter encore, tourner dans les charpentes, où les regards du blanc, de la bonneterie, de la mercerie, le suivaient, bayant[1] d'extase devant cette fortune voyageant en l'air. Au premier, les confections, la parfumerie, les dentelles, les châles, s'étaient rangés avec dévotion, comme sur le passage du bon Dieu. De proche en proche, le brouhaha s'élevait, devenait une clameur de peuple saluant le veau d'or[2].

Cependant, Mouret avait ouvert la porte. Lhomme parut, suivi des deux garçons, qui chancelaient; et, hors d'haleine, il eut encore la force de crier :

– Un million deux cent quarante-sept francs, quatre-vingt-quinze centimes!

Enfin, c'était le million, le million ramassé en un jour, le chiffre dont Mouret avait longtemps rêvé! Mais il eut un geste de colère, il dit avec impatience, de l'air déçu d'un homme dérangé dans son attente par un importun :

– Un million, eh bien! mettez-le là.

Lhomme savait qu'il aimait ainsi à voir sur son bureau les fortes recettes, avant qu'on les déposât à la caisse centrale. Le million couvrit le bureau, écrasa les papiers, faillit renverser l'encre; et l'or, et l'argent, et le cuivre, coulant des sacs, crevant des sacoches, faisaient un gros tas, le tas de la recette brute, telle qu'elle sortait des mains de la clientèle, encore chaude et vivante.

Au moment où le caissier se retirait, navré de l'indifférence du patron, Bourdoncle arriva, en criant gaiement :

Notes

1. *bayant :* rêvant la bouche bée.
2. Allusion à un passage de la Bible (livre de L'Exode) au cours duquel les hommes, se détournant de Dieu, adorent une idole : le veau d'or.

– Hein! nous le tenons, cette fois!... Il est décroché, le million!

Mais il remarqua la préoccupation fébrile de Mouret, il comprit et se calma. Une joie avait allumé son regard. Après un court silence, il reprit :

– Vous vous êtes décidé, n'est-ce pas? Mon Dieu! je vous approuve.

Brusquement, Mouret s'était planté devant lui, et de sa voix terrible des jours de crise :

– Dites donc, mon brave, vous êtes trop gai... N'est-ce pas? vous me croyez fini, et les dents vous poussent. Méfiez-vous, on ne me mange pas, moi!

Décontenancé par la rude attaque de ce diable d'homme qui devinait tout, Bourdoncle balbutia :

– Quoi donc? vous plaisantez? moi qui ai tant d'admiration pour vous!

– Ne mentez pas! reprit Mouret plus violemment. Écoutez, nous étions stupides, avec cette superstition que le mariage devait nous couler. Est-ce qu'il n'est pas la santé nécessaire, la force et l'ordre mêmes de la vie!... Eh bien! oui, mon cher, je l'épouse, et je vous flanque tous à la porte, si vous bougez. Parfaitement! vous passerez comme un autre à la caisse, Bourdoncle!

D'un geste, il le congédiait. Bourdoncle se sentit condamné, balayé dans cette victoire de la femme. Il s'en alla. Denise entrait justement, et il s'inclina dans un salut profond, la tête perdue.

– Enfin! c'est vous! dit Mouret, doucement.

Denise était pâle d'émotion. Elle venait d'éprouver un dernier chagrin, Deloche lui avait appris son renvoi; et, comme elle essayait de le retenir, en offrant de parler en sa faveur, il s'était obstiné dans sa malchance, il voulait disparaître : à quoi bon rester? pourquoi aurait-il gêné les gens heureux? Denise lui avait dit un adieu fraternel, gagnée par les larmes. Elle-même n'aspirait-elle pas à l'oubli? Tout allait finir, elle ne demandait plus à ses forces épuisées que le courage de la séparation. Dans quelques minutes, si elle était assez vaillante[1] pour s'écraser le cœur, elle pourrait s'en aller seule, pleurer au loin.

– Monsieur, vous avez désiré me voir, dit-elle de son air calme. Du reste, je serais venue vous remercier de toutes vos bontés.

En entrant, elle avait aperçu le million sur le bureau, et l'étalage de cet argent la blessait. Au-dessus d'elle, comme s'il eût regardé la scène, le portrait de Mme Hédouin, dans son cadre d'or, gardait l'éternel sourire de ses lèvres peintes.

– Vous êtes toujours résolue à nous quitter ? demanda Mouret, dont la voix tremblait.

– Oui, monsieur, il le faut.

Alors, il lui prit les mains, il dit dans une explosion de tendresse, après la longue froideur qu'il s'était imposée :

– Et si je vous épousais, Denise, partiriez-vous ? Mais elle avait retiré ses mains, elle se débattait comme sous le coup d'une grande douleur.

– Oh ! monsieur Mouret, je vous en prie, taisez-vous ! Oh ! ne me faites pas plus de peine encore !… Je ne peux pas ! je ne peux pas !… Dieu est témoin que je m'en allais pour éviter un malheur pareil !

Elle continuait de se défendre par des paroles entrecoupées. N'avait-elle pas trop souffert déjà des commérages de la maison ? Voulait-il donc qu'elle passât aux yeux des autres et à ses propres yeux pour une gueuse[2] ? Non, non, elle aurait de la force, elle l'empêcherait bien de faire une telle sottise. Lui, torturé, l'écoutait, répétait avec passion :

– Je veux… je veux…

– Non, c'est impossible… Et mes frères ? j'ai juré de ne point me marier, je ne puis vous apporter deux enfants, n'est-ce pas ?

– Ils seront aussi mes frères… Dites oui, Denise.

– Non, non, oh ! laissez-moi, vous me torturez !

Notes

1. *vaillante :* courageuse.

2. *gueuse :* misérable, femme sans morale.

Peu à peu, il défaillait, ce dernier obstacle le rendait fou. Eh quoi ! même à ce prix, elle se refusait encore ! Au loin, il entendait la clameur de ses trois mille employés, remuant à pleins bras sa royale fortune. Et ce million imbécile qui était là ! il en souffrait comme d'une ironie, il l'aurait poussé à la rue.

– Partez donc ! cria-t-il dans un flot de larmes. Allez retrouver celui que vous aimez... C'est la raison, n'est-ce pas ? Vous m'aviez prévenu, je devrais le savoir et ne pas vous tourmenter davantage.

Elle était restée saisie, devant la violence de ce désespoir. Son cœur éclatait. Alors, avec une impétuosité d'enfant, elle se jeta à son cou, sanglota elle aussi, en bégayant :

– Oh ! monsieur Mouret, c'est vous que j'aime !

Une dernière rumeur monta du *Bonheur des Dames*, l'acclamation lointaine d'une foule. Le portrait de Mme Hédouin souriait toujours, de ses lèvres peintes, Mouret était tombé assis sur le bureau, dans le million, qu'il ne voyait plus. Il ne lâchait pas Denise, il la serrait éperdument sur sa poitrine, en lui disant qu'elle pouvait partir maintenant, qu'elle passerait un mois à Valognes, ce qui fermerait la bouche du monde, et qu'il irait ensuite l'y chercher lui-même, pour l'en ramener à son bras, toute-puissante.

Au fil du texte

Questions sur les chapitres XIII et XIV (pp. 199 à 232)

Que s'est-il passé entre-temps ?

1. À quel chapitre le chapitre XI fait-il écho ?

2. Qui Mme Desforges fait-elle attendre longtemps dans son antichambre avant de la recevoir ? Dans quelle intention ?

3. Quel poste Denise finit-elle par occuper au *Bonheur des Dames* ?

4. Quel personnage cherche à nuire à Denise auprès de Mouret ? De quelle manière ?

5. Comment Denise rend-elle service à Pauline ?

6. À qui Denise confie-t-elle son amour pour Mouret ?

Avez-vous bien lu ?

7. Placez dans l'ordre chronologique les événements suivants :
a) Denise donne sa démission.
b) Jean et Pépé rendent visite à Denise.
c) Denise propose à son oncle Baudu une place d'inspecteur au *Bonheur des Dames.*
d) Mme Baudu meurt.
e) Mme de Boves est surprise à voler.
f) Geneviève meurt.
g) La recette de la grande exposition du blanc dépasse le million de francs.
h) Bourras quitte le quartier après avoir assisté, impuissant, à la démolition de sa maison.
i) Mouret demande à Denise de l'épouser.
j) Robineau se jette sous un omnibus.

Étudier le dénouement de l'intrigue économique : la mort du petit commerce

8 Comment peut-on expliquer la mort de Geneviève ?

9 Comment ce décès précipite-t-il la déchéance* des Baudu ?

déchéance : chute, ruine.

10 Comment Denise réagit-elle face à cette déchéance ?

Étudier une scène : la démolition de la maison de Bourras

11 Dégagez et commentez la composition* du passage *« Elle n'osait plus parler* [...] *Et ce fut tout »* (pp. 207 a 208, l. 227 à 274).

composition : plan.

12 En vous appuyant précisément sur le texte, montrez comment l'évocation de la maison démolie résume tout son passé.

13 Comment Denise et Bourras réagissent-ils à cette démolition ?

Les classes grammaticales des mots

Cinq **classes de mots variables** : verbes, noms, adjectifs, déterminants, pronoms.
Cinq **classes de mots invariables** : prépositions, conjonctions de coordination, conjonctions de subordination, adverbes, interjections.

14 Dans le dernier alinéa (*« Il jeta* [...] *tout »*, l. 271 à 274), quels sont les mots qui désignent Bourras ? Donnez leur classe grammaticale. Quel est l'effet produit ?

ÉTUDIER LE DÉNOUEMENT DE L'INTRIGUE ÉCONOMIQUE : LE TRIOMPHE DU *BONHEUR DES DAMES*

Les différentes catégories de procédés

Le **lexique** : lexique spécialisé, péjoratif, mélioratif…
Les **procédés grammaticaux** : le pluriel, les constructions passives…
Les **procédés de style** : comparaison, métaphore…

15 Dans le passage « *Cependant, trois heures sonnaient* […] *géante* » pp. 214-215), quels termes et quels procédés expriment la foule ? Pourquoi, selon vous, Zola insiste-t-il ainsi sur le nombre de personnes présentes ?

16 Dans le même passage, relevez et commentez les indications de temps. À quel temps sont les verbes ? Pour quelles raisons, selon vous ?

17 Qu'est-ce qui pousse Mme de Boves à voler ?

18 Dans le passage « *Six heures allaient sonner* […] *clarté blanche* » (l. 304 à 335), relevez les champs lexicaux* de la blancheur et de la lumière. Qu'expriment-ils ?

champ lexical **: ensemble des termes se rapportant à une notion.**

19 Dans le même passage, comment et pourquoi Zola agrandit-il l'espace ?

ÉTUDIER LE DÉNOUEMENT DE L'INTRIGUE AMOUREUSE

20 Dans le passage « *Les petits* […] *avant votre départ* » (l. 100 à 155), quelle image de Denise la visite de ses frères permet-elle de donner ? Comment Mouret et Denise réagissent-ils quand ils se trouvent en présence l'un de l'autre ?

21 Pourquoi, selon vous, Zola décide-t-il du renvoi de Deloche à la fin du roman ?

22 Étudiez la présence du thème du mariage dans le chapitre XIV.

ÉTUDE DE LA SCÈNE FINALE

23 *« Monsieur vous avez désiré* [...] *toute-puissante »* (l. 506 à 556). Quel effet produit sur Denise le million de la recette du jour ? Pourquoi ? Étudiez la présence de cette somme tout au long du passage.

24 Pourquoi Denise refuse-t-elle, dans un premier temps, la demande en mariage de Mouret ?

25 Relevez, dans le même passage, les champs lexicaux de la passion et de la douleur. Pour quelles raisons, selon vous, sont-ils associés ?

LIRE L'IMAGE

26 Dans la gravure de la page 224, quels éléments donnent l'impression d'espace ? Lesquels soulignent le luxe des grands magasins ?

À VOS PLUMES !

27 À la manière de Zola, décrivez, au XXIe siècle, un grand magasin, un jour de soldes. Vous évoquerez l'étalage des marchandises, les efforts pour accrocher les clients et l'attitude des acheteurs.

Retour sur l'œuvre

Activités autour du *Bonheur des Dames*

1 Qui sont-ils ?

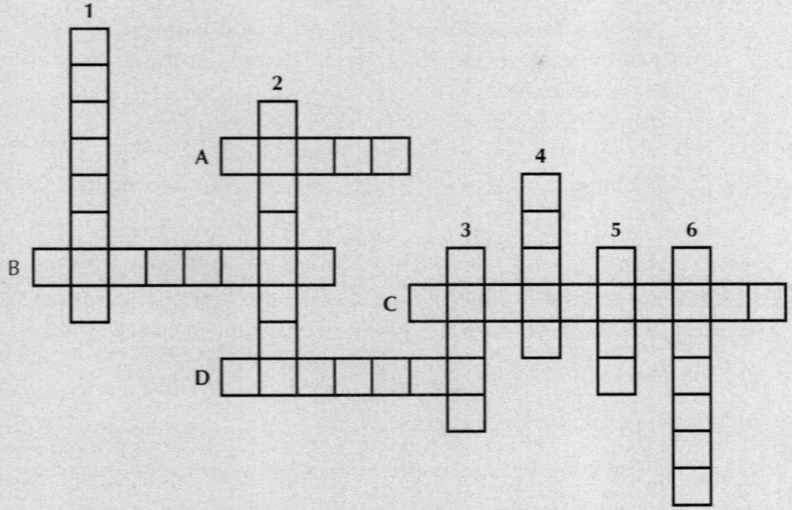

Horizontalement

A. Il surveille les vendeuses et obtient leurs faveurs en échange de son silence.

B. Il assure à Octave Mouret son appui financier.

C. Soutenu par Mme Desforges, il ouvre un magasin qui fait concurrence au *Bonheur des Dames*.

D. Elle dirige le rayon des confections.

Verticalement

1. Il est commis au *Vieil Elbeuf*.

2. De désespoir, il se jette sous un omnibus.

3. Elle se fait prendre en train de voler à la fin du roman.

4. Ne pouvant résister à la tentation, elle ruine son mari, un modeste professeur.
5. Il demande régulièrement de l'argent à Denise.
6. Il fabrique et vend des parapluies.

2 Qui aime qui ? Reliez les personnages de la liste 1 à ceux de la liste 2. Quand l'amour est réciproque indiquez-le par une double flèche (↔).

Denise •	• Octave Mouret
Mme Desforges •	• Baugé
Geneviève •	• Colomban
Mme Robineau •	• M. de Boves
Pauline •	• Clara
Mme Guibal •	• Monsieur Robineau
Deloche •	• Denise
Colomban •	

3 Placez dans l'ordre chronologique les événements qui jalonnent la relation de Denise et Mouret en indiquant des numéros de 1 à 8.

a) Mouret renvoie Denise. ....

b) Mouret demande Denise en mariage. ....

c) Denise voit Mouret dans la rue et le prend pour un commis. ....

d) Mouret défend Denise contre les paroles humiliantes de Mme Desforges ....

e) Mouret invite Denise à dîner. ....

f) Mouret demande à Denise de mieux se coiffer. ....

g) Mouret et Denise se rencontrent dans le jardin des Tuileries. ....

h) Mouret se montre jaloux de Deloche. ....

4) Placez dans l'ordre chronologique les événements qui jalonnent la guerre du petit commerce contre le grand commerce en indiquant des numéros de 1 à 10.

a) Denise comprend que Robineau ne peut pas la garder comme vendeuse. ....

b) Denise apprend que son oncle n'a pas de travail à lui proposer. ..

c) Bourras imagine un nouveau modèle de parapluie. ....

d) Geneviève meurt. ....

e) Robineau tente de concurrencer le Paris-Bonheur de Mouret. .....

f) La maison de Bourras est démolie. ....

g) Madame Baudu meurt. ....

h) Denise quitte Valognes car son père a fait faillite. ....

i) La maison de Bourras est vendue. ....

j) Denise, renvoyée par Mouret, ne trouve pas de travail chez les petits commerçants. ....

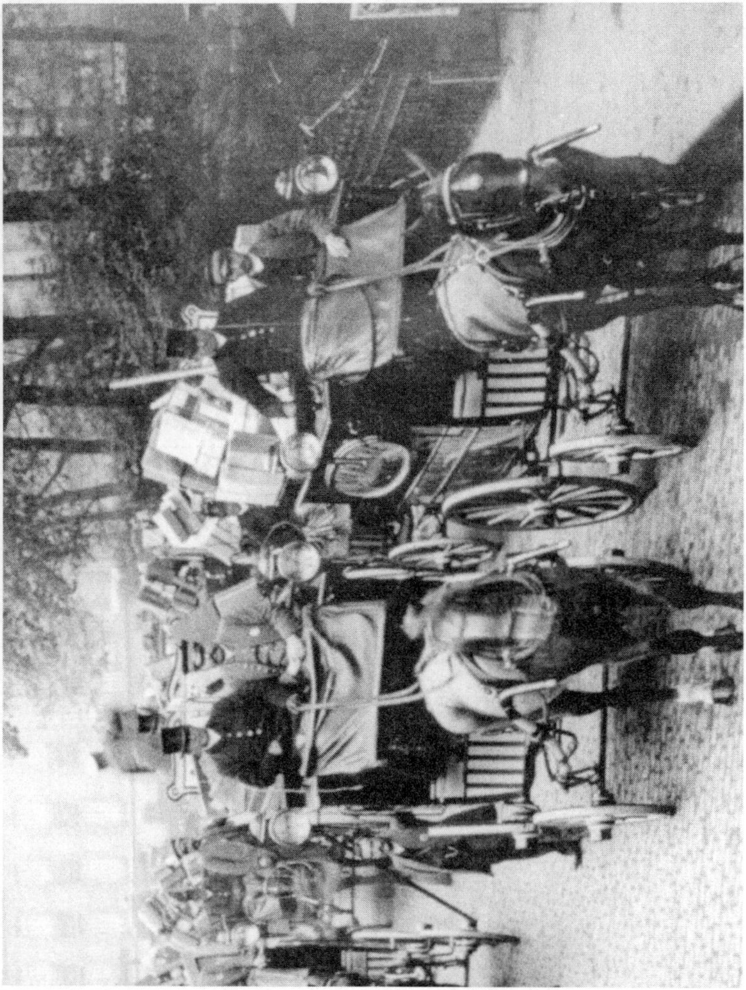

Au Bon Marché : départ des livraisons.

Dossier Bibliocollège

Au Bonheur des Dames

1 L'essentiel sur l'œuvre

Publié en 1883, *Au Bonheur des Dames* est le onzième roman de la série des *Rougon-Macquart* composée par Émile Zola entre 1871 et 1893.

Le romancier écrit à un rythme soutenu. Il réunit une **documentation très importante** et va sur le terrain pour s'informer. Pour le *Bonheur des Dames*, il s'inspire du *Bon Marché*, un grand magasin parisien.

Au Bonheur des Dames

Zola, auteur **naturaliste**, analyse les rouages de la société. Ici, il éclaire la croissance fascinante des grands magasins sans négliger l'envers du décor : les conditions de travail, la soif de consommation, la faillite des petits commerces.

Le romancier sait toucher ses lecteurs, notamment les femmes, sensibles à l'univers de la mode : une héroïne, des péripéties, une histoire d'amour qui se finit bien. Les romans de Zola sont appréciés du public, mais la critique lui reproche de se complaire dans la représentation de la misère.

2 L'œuvre en un coup d'œil

Le destin de Denise	Petit et grand commerces
Chapitre I : Une journée	
Denise, en quête d'un emploi, arrive à Paris avec ses frères.	Baudu (petit commerce) n'a pas de travail à proposer à sa nièce Denise.
Chapitres II à VI : Une dizaine de mois	
– Denise et Octave Mouret sont attirés l'un par l'autre. – Denise travaille au *Bonheur des Dames*. – Maltraitée, elle est finalement renvoyée.	– *Au Bonheur des Dames* connaît un grand succès (le tissu Paris-Bonheur). Mouret cultive ses relations politiques. – Denise et ses frères vivent dans la misère.
Chapitres VII et VIII : Près de deux ans	
– Bourras puis Robineau emploient Denise. – Denise rencontre Mouret. – Elle découvre l'amour déçu de sa cousine Geneviève pour Colomban.	– Mouret achète la maison de Bourras. – Robineau connaît des difficultés financières. – Denise est obligée de retourner travailler au *Bonheur des Dames*.
Chapitres IX à XIII : Près de deux ans	
– Denise devient une vendeuse appréciée et protégée par Mouret. – Geneviève meurt.	– *Au Bonheur des Dames* s'agrandit. – La vie des employés s'améliore. – La maison de Bourras est détruite.
Chapitre XIV : Une journée	
Denise accepte d'épouser Mouret.	Le magasin de Baudu ferme.

3 Écrire à l'ère industrielle

Quelques repères historiques

Après la période révolutionnaire, la France voit se succéder **différents régimes** :
- 1799-1815 : Napoléon Ier (Consulat, puis 1er Empire)
- 1815-1848 : Restauration (Louis XVIII, Charles X), puis monarchie de Juillet (Louis-Philippe)
- 1848-1851 : IIe République
- **1852-1870 : Napoléon III (Second Empire)**
- 1870-1871 : Guerre franco-prussienne
- **1870-1940 : IIIe République**

L'INSTABILITÉ POLITIQUE

La IIIe République

La série des *Rougon-Macquart*, bien qu'évoquant le Second Empire, est écrite sous la IIIe République.
Des lois marquent des avancées notables : création des collèges et lycées pour jeunes filles (1880), liberté de la presse (1881), laïcité et gratuité de l'enseignement primaire (1882), libertés syndicales (1884)…

Les affaires et les scandales

La faillite de l'Union générale (banque) en 1876 et le scandale du canal de Panama **ruinent de nombreux épargnants**.
L'**affaire Dreyfus** (1894-1906) déchire la France. Zola prend position avec son célèbre « J'accuse… ! » en 1898.

L'ÈRE INDUSTRIELLE

Les progrès techniques

Les **différentes inventions du siècle précédent**, telles la machine à vapeur (1769) ou l'égrenage mécanique du coton (1785) ont permis d'accroître la production. Le **développement des transports joue aussi un rôle essentiel au** XIXe siècle : la première locomotive voit le jour en 1814 ; les voies ferrées et les gares envahissent peu à peu le paysage.

La publicité

Les différentes marques entrent en concurrence et se font connaître grâce à la publicité. Les affiches se multiplient ainsi que les catalogues, les ballons, les voitures de livraison peintes à l'emblème des sociétés. On peut citer pour exemple les célèbres publicités pour la biscuiterie LU qui se répandent à la toute fin du XIXe siècle.

Un nouveau paysage urbain

Alors que l'**exode rural** vide les campagnes, les **villes se développent considérablement** : ainsi Paris, qui compte environ 600 000 habitants en 1800, franchit la barre du million avant 1850 ! Cette révolution n'est pas sans conséquence sur l'équilibre social.

UNE SOCIÉTÉ COMPLEXE

Le triomphe de la bourgeoisie et le règne de l'argent

La bourgeoisie profite de la révolution industrielle et s'enrichit. **L'argent est la clé de voûte de l'édifice :** comme le montre Octave Mouret, pour réussir, il faut pouvoir investir.

Le développement du commerce

La fin du siècle voit naître et croître les grands magasins (*Le Bon Marché* en 1852, *Les Galeries Lafayette* en 1895) au détriment des petits commerçants. **La société de consommation voit le jour.**

Une très grande misère

Les emplois, fatigants et précaires, ne permettent pas de faire vivre une famille. Zola le déplore mais, dans *Au Bonheur des Dames*, il soutient aussi que les fruits du grand capital finiront par profiter à tous.

Le statut des femmes

En 1802, le Code civil réaffirme la **soumission de la femme**. La femme mariée doit demander l'autorisation de son mari pour travailler, disposer de son salaire et de ses biens. La jeune fille, elle, est soumise à son père. Avec Denise, Zola présente le destin d'une femme libre et refusant de se soumettre à Mouret.

Le développement du roman

Le XIXe siècle est le grand siècle du roman. Ce genre libre et souple, populaire dès son origine, est idéal pour représenter une société en mouvement et pour toucher un public qui s'est élargi. Le développement du roman repose également sur des circonstances sociales et économiques qui ont rendu possible sa large diffusion.

Le réalisme

En réaction au mouvement romantique qui présentait les aspirations idéalistes des écrivains des premières années du siècle, le **courant réaliste** affirme sa volonté de **représenter la réalité** dans tous ses aspects. L'œuvre de **Balzac** témoigne de ce projet.

LES ROMANCIERS

Le naturalisme

À la fin du siècle, alors que la science se développe, Émile Zola accentue la dimension scientifique du réalisme et devient le chef de file du **naturalisme**. Le romancier se donne pour mission d'**étudier** des **individus déterminés** par leur **hérédité** et par leur **milieu social**. Zola étudie différents milieux sociaux, tel celui du commerce parisien dans *Au Bonheur des Dames*.

4 *Au Bonheur des Dames* : un roman naturaliste selon Zola

À RETENIR
Le naturalisme utilise le roman pour mener une étude de la réalité.

À la fin du XIXe siècle, après le roman réaliste de Balzac (mort en 1850), alors que la science a plus que jamais le vent en poupe, le roman affirme un projet scientifique : le naturalisme est né et Émile Zola en est le chef de file. Comme tous les romans, le roman naturaliste raconte une histoire pour intéresser son lecteur ; mais il cherche également à étudier la réalité, les hommes et leurs différents milieux.

I – Les ressources du genre romanesque

Les ressources de l'intrigue : un roman d'amour

On retrouve dans le roman de Zola toutes les caractéristiques (les stéréotypes) des romans d'amour populaires qui défendent les valeurs morales et une image rassurante de la femme.

Les lieux communs du roman d'amour	*Au Bonheur des Dames*
L'irrésistible **coup de foudre** dont les protagonistes ne sont pas toujours conscients.	Mouret et Denise sont attirés l'un vers l'autre avant même que Denise ne soit une employée du *Bonheur des Dames*.
Les personnages : – la jeune fille vertueuse, – la jeune fille qui meurt d'amour, – la femme cruelle, – l'amoureux transi, – le séducteur qui se repentit et se soumet à la jeune fille.	Denise Geneviève Mme Desforges Deloche Octave Mouret

L'écart entre les jeunes gens qui s'aiment.	Denise (pauvre et vertueuse) et Mouret (riche et homme à femmes).
La scène d'aveu : le jeune homme avoue son amour.	Chapitre X
La demande en mariage : la jeune fille vertueuse a dompté le séducteur qui abandonne son cynisme.	Chapitre XIV

À RETENIR

Le **registre** est une notion qui concerne **l'émotion éprouvée à la lecture.**

➡ Les ressources des registres

Pour s'assurer de l'adhésion de son lecteur, le romancier a recours à différents registres.

Les registres	*Au Bonheur des Dames*
Le registre **pathétique** : le lecteur a **pitié** des souffrances du personnage.	La misère de Denise est d'autant plus poignante que la jeune fille adopte un comportement exemplaire. De même, si le lecteur a pitié des petits commerçants malgré leur obstination, c'est qu'ils ont essayé d'aider Denise et qu'ils n'avaient pas l'envergure de Mouret.
Le registre **tragique** : le lecteur a pitié d'un personnage écrasé **par la fatalité.**	Les petits commerçants sont dès le début condamnés, leur combat est vain.
Le registre **fantastique** : le lecteur est fasciné par l'irruption du surnaturel.	Au fil des pages, de nombreuses comparaisons et métaphores font du magasin une machine vivante qui semble échapper aux hommes qui l'ont créée.

Le registre épique : le lecteur est impressionné par des forces en présence qui dépassent les simples individus. Le récit met en jeu des valeurs.	*« Et la force qui balayait tout, l'emportait à son tour, elle dont la venue devait être une revanche. Mouret avait inventé cette mécanique à écraser le monde, dont le fonctionnement brutal l'indignait ; il avait semé le quartier de ruines, dépouillé les uns, tué les autres ; et elle l'aimait quand même pour la grandeur de son œuvre, elle l'aimait davantage à chacun des excès de son pouvoir, malgré le flot de larmes qui la soulevait, devant la misère sacrée des vaincus. »* **(fin du chapitre XIII)**

Les descriptions suggestives : la dimension picturale

Dans les romans, les descriptions permettent au lecteur de se représenter les scènes racontées et ainsi de mieux s'identifier au personnage principal.

Les procédés de la description

Lexique précis, expansions du nom (adjectifs épithètes, compléments du nom, subordonnées relatives), procédés de style (énumérations, comparaisons et métaphores).

On est frappé par le contraste entre l'univers sombre du *Vieil Elbeuf* et l'éclat du *Bonheur des Dames*. Dans le grand magasin, la fréquence du verbe *« décupler »* suggère la profusion : il s'agit de rendre compte de l'essor du grand commerce et de la consommation mais aussi de peindre un tableau où les matières et les couleurs rivalisent en intensité et en nuances.

À RETENIR

Zola est un ami des peintres impressionnistes. Il s'inspire de leur façon de peindre : petites touches de couleur, nuances, suggestions...

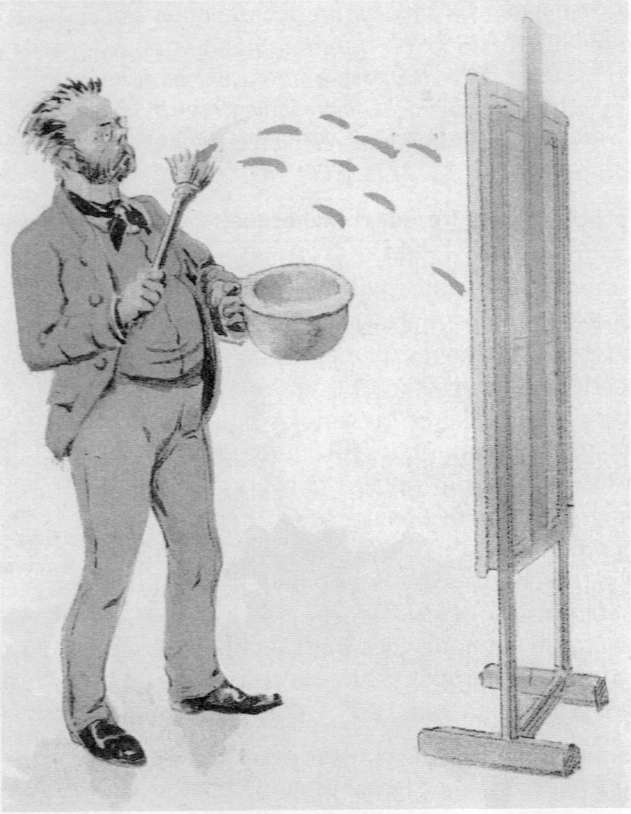

Caricature : *Le roman expérimental.*

II – Les particularités du roman naturaliste

Le projet de Zola

« Je vais prendre une famille, et j'en étudierai les membres, un à un, d'où ils viennent, où ils vont, comment ils réagissent les uns sur les autres ; enfin une humanité en petit, la façon dont l'humanité pousse et se comporte… D'autre part, je mettrai mes bonshommes dans une période historique déterminée, ce qui me donnera le milieu et les circonstances, un morceau d'histoire.… ». Zola, *L'Œuvre*, 1886.

À RETENIR
Selon Zola, les individus sont déterminés par leur milieu et leur hérédité. En nouant des liens familiaux entre ses romans, Zola assure la cohérence de son œuvre et soutient la théorie de l'hérédité.

Les procédés de la fresque romanesque

Dans la première moitié du siècle, pour faire « concurrence à l'État Civil » et représenter la société de son temps, Balzac imagine le retour des personnages : les œuvres qu'il écrit sont reliées par ce procédé qui fait revenir dans un roman, comme personnages secondaires ou simples figurants, des personnages importants dans un autre roman. Ainsi, Maître Derville est un notaire que l'on rencontre dans différents romans comme *Le Colonel Chabert*. Zola reprend cette idée : Octave Mouret, notre héros, était déjà présent dans *Pot-Bouille* où il n'était qu'un simple commis.

À RETENIR
L'expression « fresque romanesque » désigne un ensemble de romans liés par un projet commun et des procédés tels le retour des personnages.

Si Zola choisit de nouer des liens familiaux entre les personnages de ses romans, c'est pour assurer la cohérence de sa saga mais aussi pour démontrer la théorie de l'hérédité.

Le roman argumentatif : la théorie de l'hérédité

Influencé par le savant Claude Bernard, Zola entend démontrer que nos comportements sont marqués, déterminés, par notre hérédité. Pour cela, il imagine une famille dont il bâtit l'arbre généalogique. Alors que les descendants d'Antoine Macquart, fou et alcoolique, hériteront des tares de leur père, Octave Mouret, lui, un neveu d'Antoine, ressemble à son père, François Mouret, un commerçant entreprenant.

L'hérédité chez les Rougon-Macquart

L'héroïne alcoolique de *L'Assommoir*, Gervaise, une des filles d'Antoine Macquart, est notamment la mère de Claude Lantier, le peintre génial mais fou de *L'Œuvre* et de Jacques Lantier, un des meurtriers de *La Bête humaine*.

➥ Le roman argumentatif et réaliste : la représentation d'un milieu

S'il invente ses personnages, Zola se soucie de les placer dans un cadre (« le milieu et les circonstances ») le plus proche possible de la réalité. En bon journaliste, il va sur le terrain, observe, prend des notes avant de se lancer dans la rédaction de l'histoire. En 1882, il entre en contact avec Madame Boucicaut, propriétaire du *Bon Marché*, et vient se rendre compte sur place de la façon dont fonctionne la grande machine du magasin.

Le roman porte la trace de cette enquête minutieuse et l'intrigue amoureuse se double d'une intrigue économique marquée par la condamnation d'un petit commerce incapable d'affronter la concurrence des ventes massives et des prix cassés.

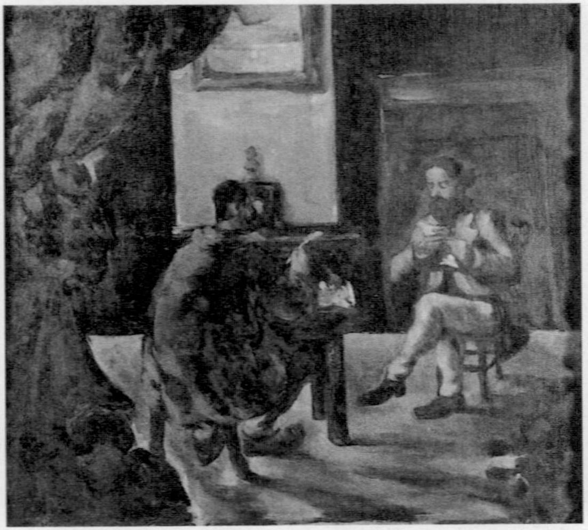

Portrait d'Émile Zola lisant un manuscrit, par Paul Cézanne, 1863-1864.

5 Voix de femmes

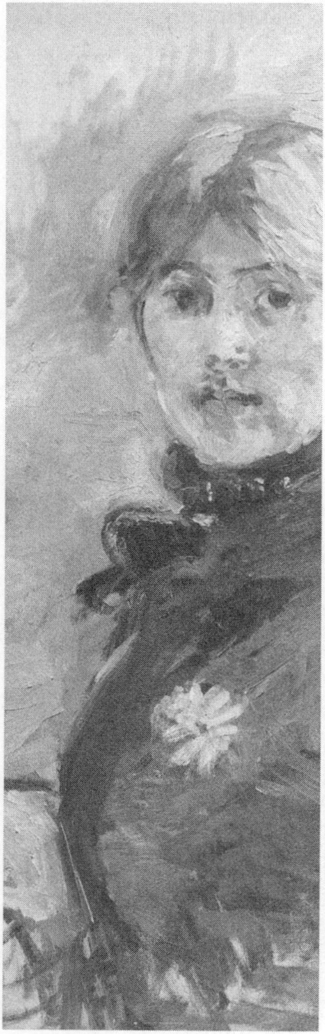

Le 21 avril 1944, les femmes obtiennent le droit de vote et l'éligibilité : elles peuvent enfin se faire entendre. Est-ce à dire qu'elles étaient sans voix auparavant ? En un sens oui.
Le Code civil de Napoléon (1804) fixe pour plus de cent ans la dépendance de la femme : quand elle n'est pas sous l'autorité de son père, elle est sous celle de son mari à qui elle doit obéissance.
Mais nombre d'entre elles n'attendront pas la levée de l'« incapacité civile » en 1938 ou le droit de vote en 1944 pour faire entendre leur voix.
Ainsi, Zola, dans *Au Bonheur des dames*, nous raconte le destin de Denise, une orpheline libre, capable de s'épanouir dans son métier et de tenir tête à Octave Mouret.
Mais Zola est un auteur masculin. Laissons parler les femmes : quelles voix, dociles ou rebelles, font-elles entendre dans le roman ? À l'époque romantique, Aurore Dupin adopte le pseudonyme masculin de George Sand pour affirmer la liberté des femmes. Au XXe siècle, elles occupent progressivement une place importante dans la littérature et, durant les trois dernières décennies, elles sont nombreuses à réfléchir à la place des femmes dans la société.

1 George Sand, *Indiana*

À une époque où les hommes règnent dans la société comme en littérature, une romancière, George Sand, fait entendre la voix des femmes. *Indiana*, le premier roman qu'elle publie en 1832, porte le nom de son héroïne, une femme mariée au Colonel Delmare, un homme autoritaire et beaucoup plus âgé qu'elle.

> Quand son mari l'aborda d'un air impérieux et dur, il changea tout d'un coup de visage et de ton, et se trouva contraint devant elle, maté par la supériorité de son caractère. Il essaya alors d'être digne et froid comme elle ; mais il n'en put jamais venir à bout.
>
> – Daignerez-vous m'apprendre, madame, lui dit-il, où vous avez passé la matinée et peut-être la nuit ?
>
> Ce *peut-être* apprit à madame Delmare que son absence avait été signalée assez tard. Son courage s'en augmenta.
>
> – Non, monsieur, répondit-elle, mon intention n'est pas de vous le dire.
>
> Delmare verdit de colère et de surprise.
>
> – En vérité, dit-il d'une voix chevrotante[1], vous espérez me le cacher ?
>
> – J'y tiens fort peu, répondit-elle d'un ton glacial. Si je refuse de vous répondre, c'est absolument pour la forme. Je veux vous convaincre que vous n'avez pas le droit de m'adresser cette question.
>
> – Je n'en ai pas le droit, mille couleuvres ! Qui donc est le maître ici, de vous ou de moi ? Qui donc porte une jupe et doit filer une quenouille ? Prétendez-vous m'ôter la barbe du menton ? Cela vous sied bien, femmelette !
>
> – Je sais que je suis l'esclave et vous le seigneur. La loi de ce pays vous a fait mon maître. Vous pouvez lier mon corps, garrotter mes mains, gouverner mes actions. Vous avez le droit du plus fort, et la société vous le confirme ; mais sur ma volonté,

Note

1. **chevrotante** : tremblante.

monsieur, vous ne pouvez rien, Dieu seul peut la courber et la réduire. Cherchez donc une loi, un cachot, un instrument de supplice qui vous donne prise sur elle ! c'est comme si vous vouliez manier l'air et saisir le vide !

– Taisez-vous, sotte et impertinente créature ; vos phrases de roman nous ennuient.

– Vous pouvez m'imposer silence, mais non m'empêcher de penser.

George Sand, *Indiana*, 1832.

Questions sur le texte 1

A. Opposez le ton des deux personnages. Qu'en déduisez-vous sur leurs caractères respectifs ?

B. Pourquoi Indiana est-elle soumise à son mari ?

C. Comment l'héroïne manifeste-t-elle sa liberté ?

2 Annie Ernaux, *La Femme gelée*

Dans les années 1970, la narratrice, mariée et mère d'un bébé, s'est installée à Annecy où son mari a trouvé un travail. Elle prépare un concours pour devenir professeur.

Le minimum, rien que le minimum. Je ne me laisserai pas avoir. Cloquer la vaisselle dans l'évier, coup de lavette sur la table, rabattre les couvertures, donner à manger au Bicou[1], le laver. Surtout pas le balai, encore moins le chiffon à poussière, tout ce qu'il me reste peut-être du *Deuxième Sexe*[2], le récit d'une lutte inepte[3] et perdue d'avance contre la poussière. De toute façon, bien peu de meubles encore, de quoi s'asseoir et

Notes

1. Le Bicou : surnom que la narratrice donne à son bébé.

2. *Le Deuxième Sexe* : titre du célèbre essai féministe de Simone de Beauvoir paru en 1949.

3. inepte : absurde, stupide.

dormir. Farouche, je rouvre mes bouquins, sans oser examiner mes chances de succès, sans penser au temps si proche où le Bicou se traînera partout à quatre pattes, tripotant, fouinant, et ne dormira plus qu'à la sieste. Je me plonge dans la phonétique française, je psalmodie[1] les paradigmes[2] avec la ferveur de certaines gens qui récitent des neuvaines[3] pour un vœu extraordinaire à exaucer.

Je n'ai pas tenu longtemps.

« Mais rien n'est prêt ! Il est midi vingt ! Il faut que tu t'organises mieux que ça ! Il faut que le petit ait fini son repas quand j'arrive, je voudrais bien avoir la paix le temps du midi. Je TRAVAILLE, tu comprends, maintenant ce n'est plus la même vie ! » Est-ce que c'est la même vie pour moi, impossible de suivre des cours, le Bicou, la bouffe, etc., un torchon qui brûle[4] de l'espèce la plus ordinaire. Plus tard on mange sans un mot les biftecks et les spaghettis, la radio, pour meubler[5]. Des voix se succèdent et proposent des verbes, un jeu idiot, le tirelipot ça s'appelle. Je lave la vaisselle. Assis à la table, il dit à mi-voix, « ce n'est pas possible » d'un ton très las. Non, pas possible d'imaginer avant le mariage un moment pareil.

Annie Ernaux, *La Femme gelée*, © Éditions Gallimard.

Notes

1. **psalmodier** : dire ou réciter sur un ton monotone à la façon des religieux lisant des psaumes ou des prières.
2. **paradigmes** : différentes formes que peut prendre un mot, comme, par exemple, un verbe quand on le conjugue.
3. **neuvaine** : longue prière récitée par les catholiques.
4. **un torchon qui brûle** : une dispute.
5. **meubler** : remplir le vide, le silence.

Questions sur le texte 2

A. Dégagez les deux parties du texte en donnant un titre à chacune d'elles.

B. Relevez un exemple de style familier et deux phrases nominales : quel est l'effet produit ?

C. Quelles significations les deux personnages accordent-ils respectivement à l'expression « ce n'est pas possible » ?

D. Que veut montrer Annie Ernaux dans ce passage ?

3 Alice Ferney, *L'Élégance des veuves*

Alice Ferney raconte la vie de plusieurs générations de femmes dans une même famille. Entre les deux guerres, Mathilde est mère de huit garçons en bas âge ; elle vient tout juste de les coucher pour retrouver son mari à table.

Mathilde se laissait tomber sur sa chaise plus qu'elle ne s'asseyait : à ce moment précis, elle se délassait. Elle goûtait[1] le silence, tournant sa cuillère dans le potage qui fumait (on entendait le bruit régulier de l'argent contre la porcelaine), et jamais ne commençait la conversation. C'était Henri qui reprenait la même question : avez-vous eu une agréable journée ? Elle essayait de raconter les choses que faisaient ou disaient les petits. Henri souriait. Mais elle voyait bien qu'il ne partageait pas cela. Ou du moins qu'il n'y trouvait pas comme elle un plaisir qui rassasiait de tous les autres. Henri jugeait normal ce que faisaient ou disaient les enfants. Il disait qu'ils grandissaient, qu'ils apprenaient. Il avait toujours un mot de cette sorte pour résumer une histoire qu'elle racontait. Il n'était pas sensible de la même manière qu'elle au contraste entre leurs petits corps, leurs tendres visages, et les phrases qu'ils construisaient, les idées qu'ils étaient capables de formuler. C'était

Note

1. **goûtait** : savourait, appréciait.

Mathilde qui connaissait la forme de leur corps, l'exacte couleur de leurs cheveux (elle possédait une mèche de chacun de ses enfants), la teinte que prenait le tour de leurs yeux lorsqu'ils étaient fatigués. Ses mains touchaient chaque jour cette peau parfaite qu'ils avaient tous, et souvent, lorsqu'elle voyait Henri qui ne s'émerveillait pas, elle se disait : il ne les touche pas assez. Ils sont chauds et doux comme de la soie. Et pour finir ils seraient grands, et beaucoup moins doux, car l'infinie douceur se perdait peu à peu. On ne pouvait capter l'instant où elle finissait, d'ailleurs elle ne finissait pas toujours complètement, mais c'était une destruction permanente. Mathilde n'en voulait pas à son époux de mal mesurer cette magie vitale, en un sens elle le plaignait, pour rien au monde elle n'aurait échangé sa place contre la sienne. Henri parlait quelquefois de son travail, c'est-à-dire des livres, puisqu'il était désormais dans l'édition. Et Mathilde se disait en elle-même : mais que sont les livres à côté de mes enfants qui me confient des secrets !

Alice Ferney, *L'Élégance des veuves*, © Éditions Actes Sud.

Questions sur le texte 3

A. Dans quel milieu social les personnages évoluent-ils ? Relevez les indices qui le montrent.

B. Que ressent Mathilde pour ses enfants ?

C. Quelles relations les parents entretiennent-ils ?

D. Selon vous, que pense Mathilde de la vie qu'elle mène ?

4) Marta Morazzoni, *La Note secrète*

L'action se situe à Milan, en Italie, au XVIIIe siècle. Contrainte par sa famille, Paola devient religieuse à 16 ans. Sœur Rosalba, découvrant la voix de la jeune fille, lui apprend à s'épanouir dans le chant.

C'était son corps qui produisait la mélodie et qui l'élevait, l'atténuait, vibrait d'une passion qu'elle-même, sans cela, ne se serait jamais reconnue. Au couvent, on l'avait habituée à mortifier[1] tout plaisir, même celui procuré par les saveurs de la nourriture, et dans sa famille, elle n'avait rien appris de différent, et n'avait jamais rien saisi de différent sur le visage de son père ou de sa belle-mère ; elle fut donc immensément étonnée par elle-même et par la tension qui, de son ventre, montait jusqu'à son diaphragme[2], et se concrétisait dans les notes justes. Justes, elle le voyait, à l'approbation[3] continue de sa compagne qui la suivait dans les solos, regard et mains attentifs à conduire le chant, avec la sollicitude d'une sage-femme qui accompagne la naissance d'un enfant.

Le silence absolu de l'église, à la fin de l'exécution, laissa résonner dans les airs les dernières notes et avec elle l'émotion du public. [...]

[Mais Paola ne parvient plus à exercer son talent pour le chant et sœur Rosalba s'inquiète.]

Notes

1. **mortifier** : infliger une souffrance ; pour montrer qu'ils regrettent leurs péchés, certains religieux se font souffrir.
2. **diaphragme** : cloison musculaire entre le thorax et l'abdomen.
3. **approbation** : fait d'approuver, signe que l'on est d'accord.

– De quoi parlons-nous, jeune fille ?

Le ton de sœur Rosalba était brusque, elle n'était pas femme à faire des minauderies[1] et des câlineries ; néanmoins, son attention pour la jeune fille transparaissait, dans la sécheresse inquiète de la question.

– Je suis fatiguée.

– Bien. (Pause.) Et de quoi ? De chanter ? De prier ? De te lever à l'aube pour dire les matines[2] ? De quoi ?

– D'ici.

Deux syllabes fondamentales. Elles ne surprirent pas sœur Rosalba, qui avait creusé à mains nues pour les amener au jour. Le problème était plutôt : comment manier ces deux tessons[3] fragiles sans que d'autres fêlures les brisent en mille morceaux.

– Tu sais que tu es ici à la suite d'un vœu[4] qui te lie pour la vie à ce monastère, ou à un autre. À cette vie sûrement.

Paola leva sur sa maîtresse de musique deux yeux désespérés, qui tout de suite après se firent rebelles, puis leur lumière s'éclipsa.

– Tu le sais, n'est-ce pas ?

Malgré la formule, ce n'était pas une question rhétorique[5] ; la réponse de Paolina était un motif de grande attente pour Rosalba. Elle s'attendait à tout dans l'espace qui va des fureurs d'une adolescente à la détermination d'une femme mûre. Dix-huit ans n'étaient pas une mince affaire, à l'époque.

Notes

1. **minauderies** : attitudes adoptées pour séduire.
2. **matines** : office religieux du matin.
3. **tessons** : morceaux de verre ou de poterie.
4. **vœu** : promesse de ne jamais quitter l'ordre religieux auquel on appartient.
5. **question rhétorique** : question qui n'attend pas de réponse.

– Je le sais, mais je ne peux plus…

– Prier? Te réveiller à l'aube? Faire pénitence[1]? Porter cet habit[2]?

– Ma tête est ailleurs. Et elle leva des yeux secs et rouges sur sœur Rosalba : Et si la tête est d'un côté et le corps de l'autre, on devient fou.

Marta Morazzoni, *La Note secrète*, traduit de l'italien par Marguerite Pozzoli, © Éditions Actes Sud.

Questions sur le texte 4

A. En quoi ce que ressent Paola lorsqu'elle chante s'oppose-t-il à ce qu'elle a connu jusque-là?

B. Expliquez la métaphore de la « sage-femme ».

C. Quel personnage dans le dialogue a recours aux phrases interrogatives? Pourquoi?

D. Pourquoi les répliques de Paola sont-elles brèves?

E. Qu'exprime dans les deux scènes la voix de Paola?

Notes

1. faire pénitence : s'imposer une pratique pénible pour obtenir le pardon de ses péchés.

2. cet habit : il s'agit de l'habit que portent toutes les religieuses du monastère.

6 Lecture d'images et histoire des Arts

1 *La Demoiselle de magasin*, James Tissot, 1883-1885

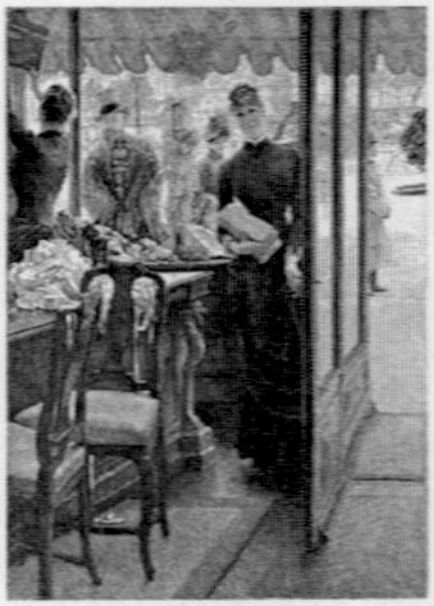

Document 1
Huile sur toile,
H. 146 cm; L. 101 cm.
Toronto, Collection Art Gallery of Ontario.

Après avoir vécu en Angleterre, James Tissot, pseudonyme de Jacques-Joseph Tissot (1836-1902), revient à Paris et présente en 1886 une série de grandes toiles intitulée *La Femme à Paris* dont fait partie *La Demoiselle de magasin*. Cette exposition est un échec et ce n'est qu'au XXIe siècle que le talent de ce peintre sera pleinement reconnu, notamment son art de la mise en scène et du point de vue. Ainsi, dans *La Demoiselle de magasin*, notre regard adopte celui d'un client quittant la boutique.

Questions sur le document 1

A. Comment James Tissot parvient-il à créer un effet de réel (détails, perspective….)?

B. Quelle sorte de commerce James Tissot choisit-il de représenter? Justifiez votre réponse.

C. Que regarde l'homme à l'extérieur du magasin? Qu'en déduisez-vous?

D. Dans ce tableau représentant un commerce, quels éléments font de la femme un objet?

2 *L'Homme au balcon*, boulevard Haussmann, Gustave Caillebotte , 1880

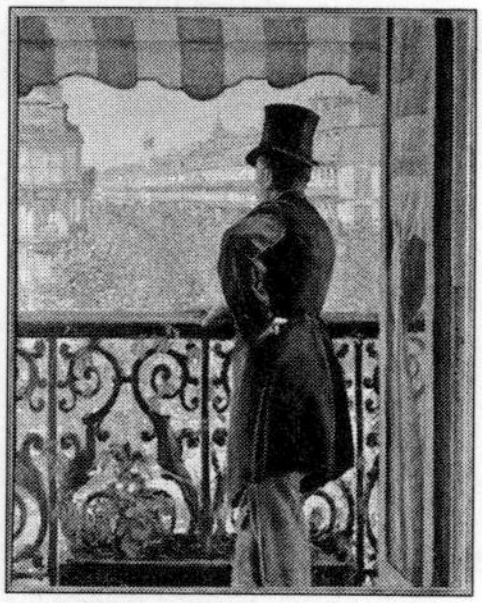

Document 2
Huile sur toile,
H. 116,5 cm ; L. 89,5 cm.
Collection privée

Gustave Caillebotte (1848-1894), financier des impressionnistes alors que les critiques et le public les boudaient, emprunte à ses amis leur goût pour le quotidien et la représentation de la modernité. Sa toile la plus célèbre met en scène des raboteurs de parquet et d'autres, dont celle-ci, le Paris transformé par le baron Haussmann. Les lignes et la perspective sont encore marquées à la manière des réalistes mais, comme ses amis impressionnistes, il attache une grande importance à la lumière.

Questions sur le document 2

A. Quels sont les différents plans ? Où se situe le chevalet de Caillebotte ? Quel est l'effet produit ?

B. À quoi voit-on que le peintre veut représenter un Paris moderne ?

C. Quelle place la nature occupe-t-elle dans le tableau ?

D. Quelle est la condition sociale du personnage ? Justifiez votre réponse.

E. Pourquoi, selon vous, Caillebotte a-t-il choisi de représenter son personnage de dos ?

7 Et par ailleurs...

N'hésitez pas à approfondir votre connaissance de Zola par la lecture d'autres de ses romans et la consultation de sites spécialisés sur Internet. Vous pouvez aussi voir ou revoir des films, directement inspirés du *Bonheur des Dames* ou qui rappellent son univers.

D'AUTRES ROMANS DE ZOLA À VOTRE PORTÉE

L'atmosphère souvent lumineuse du *Bonheur des Dames* diffère de celle qui domine chez Zola.

• *Thérèse Raquin*, un court roman, est le premier succès du romancier avant que ne débute la série des Rougon-Macquart. Vous pouvez le lire dans sa version intégrale en livre de poche.

• *La Bête humaine* se lit comme un roman policier avec deux meurtres, une enquête, la folie de Jacques Lantier… C'est aussi une peinture documentée du monde des trains qui fait de la Lison, une locomotive, un personnage essentiel.

• *Germinal*, qui se déroule dans les mines de charbon du Nord, est un des romans naturalistes les plus célèbres. L'histoire de la misère et des révoltes des mineurs se double d'une belle et tragique histoire d'amour.

Vous pouvez lire ces deux derniers romans dans leur intégralité, mais, comme ils sont longs, vous pouvez aussi vous tourner vers les Classiques Abrégés de l'École des Loisirs.

D'AUTRES DESTINS DE FEMMES DANS LES ROMANS

Denise, capable de dire non à Mouret, est un personnage original dans le roman du XIXe siècle car les romanciers imaginent principalement des héroïnes soumises et victimes.

• Entre 1830 et 1850, date de sa mort, Balzac, figure marquante du réalisme, réunit ses romans sous le titre de *La Comédie humaine*. *Eugénie Grandet* (Bibliocollège n°82) raconte la vie brisée d'une jeune fille soumise à l'autorité d'un père avare.

• *Un cœur simple* (Bibliocollège n°31), court récit de Flaubert, parcourt l'existence de Félicité, une servante.

• Contemporain et ami de Zola, Maupassant, dans *Une vie*, imagine les déceptions successives de Jeanne.

• Les courts romans autobiographiques d'Annie Ernaux, *La Place*, *La Honte*, racontent l'enfance et l'adolescence dans un milieu de petits commerçants en Normandie, les souffrances et la volonté de se trouver une place dans le monde moderne.

SUR LA TOILE

• Le site de la BNF (expositions.bnf.fr/zola/bonheur/) correspondant à l'exposition consacrée à Émile Zola en 2002 propose de nombreux documents iconographiques et des pistes d'analyse intéressantes et à votre portée. Par exemple, l'onglet « Le grand magasin » réunit des gravures qui montrent ce que pouvaient être les grands magasins à leur début. Beaucoup représentent « Le Bon Marché » qui a inspiré à Zola son *Bonheur des Dames*. En cliquant sur « Pistes pédagogiques » puis « Techniques de vente », vous accèderez à une réflexion claire et approfondie sur les différentes manières de consommer : Madame Marty ou l'achat compulsif, Madame de Boves et l'oubli de soi....

• Le site www.cahiers-naturalistes.com est consacré à Zola et au naturalisme. Vous y trouverez en particulier un intéressant dossier consacré à l'affaire Dreyfus.

• Le site www.guydemaupassant.fr vous permet d'accéder à des livres audios et des documents sur le contexte du naturalisme.

• Pour comprendre la place des femmes au fil du temps, le site gallica.bnf.fr/essentiels/parcours-pedagogiques/femmes propose un parcours qui offre différentes images et différents textes très utiles si vous voulez effectuer des recherches sur ce sujet.

POUR TOUS LES GOÛTS

• Deux films qui sont des adaptations du roman de Zola :

– *Au Bonheur des Dames*, Julien Duvivier, 1930.

– *Au Bonheur des Dames*, André Cayatte, 1943.

• Deux films légers et réfléchis qui montrent l'actualité des questions soulevées par *Au Bonheur des Dames* :

– En lien avec le monde de la mode : *Le diable s'habille en Prada*, 2006. Dans ce film de David Frankel (adaptation d'un roman de Lauren Weisberger), Meryl Streep, dans le rôle d'une directrice tyrannique, peut évoquer Madame Aurélie tandis qu'Anne Hathaway a bien des points communs avec Denise : une jeune fille maladroite et volontaire que le monde impitoyable de la mode va transformer mais qui, en définitive, parviendra à garder sa liberté et ses valeurs.

– En lien avec la survie du petit commerce : *Vous avez un message*, 1998. Ce film de Nora Ephron avec Tom Hanks et Meg Ryan montre les difficultés que connaît une petite librairie quand s'installe à côté d'elle un géant du livre. Comme dans le roman de Zola, le grand patron sans cœur et la jeune libraire condamnée à fermer tombent malgré eux amoureux l'un de l'autre.

Dans la même collection

ANONYMES
- Ali Baba et les quarante voleurs (37)
- Fabliaux du Moyen Âge (20)
- Gilgamesh (83)
- La Bible (15)
- La Farce de Maître Pathelin (17)
- Le Roman de Renart (10)
- Les Mille et Une Nuits (93)
- Tristan et Iseult (11)

ANTHOLOGIES
- L'Autobiographie (38)
- Dire l'amour, de l'Antiquité à nos jours (91)
- Poèmes 6ᵉ-5ᵉ (40)
- Poèmes 4ᵉ-3ᵉ (46)
- Textes de l'Antiquité (63)
- Théâtre pour rire 6ᵉ-5ᵉ (52)

ALAIN-FOURNIER
- Le Grand Meaulnes (77)

ANDERSEN
- La Petite Sirène et autres contes (27)

BALZAC
- Le Colonel Chabert (43)

CARROLL
- Alice au pays des merveilles (74)

CHRÉTIEN DE TROYES
- Lancelot ou le Chevalier de la charrette (62)
- Perceval ou le Conte du Graal (70)
- Yvain ou le Chevalier au lion (41)

CHRISTIE
- Nouvelles policières (21)

CORNEILLE
- Le Cid (2)

COURTELINE
- Comédies (69)

DAUDET
- Lettres de mon moulin (28)

DES MAZERY
- La Vie tranchée (75)

DOYLE
- Le Chien des Baskerville (49)

FLAUBERT
- Un cœur simple (31)

GAUTIER
- La Cafetière et autres contes fantastiques (19)
- Le Capitaine Fracasse (56)

GRIMM
- Contes (44)

HOMÈRE
- Odyssée (8)

HUGO
- Claude Gueux (65)
- Les Misérables (35)
- L'épopée de Gavroche, extraits des *Misérables* (96)

LABICHE
- Le Voyage de Monsieur Perrichon (50)

LA FONTAINE
- Fables (9)

LEBLANC
- Arsène Lupin, Gentleman cambrioleur, 3 nouvelles intégrales (99)

LEPRINCE DE BEAUMONT
- La Belle et la Bête et autres contes (68)

LÉRY
- Voyage en terre de Brésil (26)

LONDON
- L'Appel de la forêt (84)

MARIVAUX
- L'Île des esclaves (94)

MAUPASSANT
- Boule de Suif (60)
- Le Horla et six contes fantastiques (22)
- Nouvelles réalistes (92)
- Toine et autres contes (12)

Dans la même collection (suite et fin)

PAPIER À BASE DE FIBRES CERTIFIÉES

Le Livre de Poche s'engage pour l'environnement en réduisant l'empreinte carbone de ses livres. Celle de cet exemplaire est de :
550 g éq. CO_2
Rendez-vous sur www.livredepoche-durable.fr

Achevé d'imprimer en Juin 2023 en Espagne par Black Print
Dépôt légal : Août 2016 – Édition: 09
67/0479/1